灰鲸却是不平常的，尤其是西太平洋的雌性灰鲸，因为全世界只有三十多头。作为鲸类研究者，那位妻子的先生，他一直以为这辈子不可能见到灰鲸了。十个月前，那只大灰鲸的尸体横“海”而出时，他的同事小吴触摸着灰鲸布满藤壶的身壁，泪水满眶。他倒没有那么显露的情感，但是，他心里有惆怅；从业二十多年，终于见到真身了。从今而后，这辈子是不可能再见灰鲸了。他的手掌，也在大灰鲸粗糙的皮肤上，情感复杂地触摸着。二十七吨重的灰鲸的体表上，长着当地渔民叫出山口的，学名叫藤壶的小贝类，灰鲸庞大的身躯上，尤其是胸头部，藤壶星罗棋布，这成为灰鲸著名的身体花纹。所有的海洋动物、鱼类，恐怕只有灰鲸，能容忍小贝壳们在自己皮肤上安营扎

灰鲸

须一瓜 著

河北出版传媒集团
河北教育出版社

年轮典存丛书

编者荐言

中国当代文学已走过七十多年，每一次文学浪潮的奔腾翻涌，都有彪炳文学史的作家留下优秀作品。

回首20世纪七八十年代，改革开放开启了中国当代文学持续至今的繁盛，由于几百家文学刊物的存在，中短篇小说曾是浩荡文学洪流中的浪尖。然而，以1993年“陕军东征”为分水岭，长篇小说创作成为中国文坛中独立潮头的存在，衡量一个作家的创作成就及一个时期的文学成果，往往要看长篇小说的收获。中短篇小说的创作和读者关注度减弱，似乎文学作品非鸿篇巨制不足以铭记大时代车轮驶过的隆隆巨响。

进入21世纪，特别是党的十八大以来的新时代，我们乘着光纤体验世界的光速变迁，网络文学全面崛起，读图时代、视频时代甚至元宇宙时代的更迭，令人应接不暇，文学创作无论是体裁还是题材都呈现出一种扇面散播效应，中短篇小说创作也再度呈扇面式生长，精彩纷呈。

为此，我们特编辑了这套“年轮典存丛书”，以点带面地梳理生于不同年代的当代优秀作家的中短篇小说精品，呈现不同代际作家年轮般的生长样态。

我们不无感佩地看到，生于1940年前后的文学前辈，青年时已是文坛旗手，在当下依然保持着丰沛的创作力，他们笔耕不辍，使当代文学大树的根扎得更深。

“50后”一代作家已走过一个甲子，笔力越发苍劲。他们不断返回一代人的成长现场，返回村镇故乡、市井街巷；上承“40后”的宏大命运主题，下接烟火漫卷的无边地气；既广受外国文学的影响，又保有中国古典文学的高蹈气质。

在“60后”这一中坚力量的年轮线上，我们能看到在城乡裂变、传统向现代过渡的进程中，一代人的身份确认、自我实现，以及精神成长的喜悦和焦虑。

“70后”作家因人生经验与改革开放四十年紧密相连而被称为“幸运的一代”和“夹缝中壮大的一代”，也是倍受前辈作家的成就影响而焦虑的一代。如今已与前辈并立潮头，表现不俗。

而作为“网生一代”的“80后”和“90后”，他们的写作得到更多赞誉的同时，也承受了更多挑剔和质疑。但经过岁月淘洗，我们欣喜地看到，曾经的文学小将已在文坛扎扎实实立稳脚跟，相继以立身之作进入而立和不惑之年。

六代作家七十年，接力写下人世间。宏阔进程中的21世纪中国当代文学，正在形成新的文学山峰的山脊线。短经典历久弥新，存文脉山高水长。

目　录
CONTENTS

忘 年 交

——给 LZDL

一

“来参加我的追悼会吧。”

那个老人，那个叫老陶的老人说这话的时候，湖边的晨雾还没有散尽，苦楝子树和榕树树梢上的鸟鸣，停顿了一下，又开始小声鸣叫，好像总被雾呛住。年轻人似乎也发现了鸟鸣的古怪，尽力扭头往身后的树梢顶上看去，这个时候，很稀薄的白色阳光穿过树梢，在他瘦削的脸颊上亮了一下，就消失了。

年轻人又垂下头，顺势对老人的邀请隐约点了点头。“喂”，那老人说，“在这里，你是我唯一亲自邀请的人呢。”老人坐到年轻人的身边，年轻人往边上让了让。湖边风餐露宿的长椅上，其实潮湿得令人屁股不舒服，老人又挪了一下屁股，嫌潮气，但到底还是没有站起来。

辽远的湖面上轻雾缭绕，细看有轻微的、不知是微风还是蜉蝣弄出的轻细涟漪，一只早醒的白鹭，有点迷糊地划过湖面，停在湖心一根木桩上发呆。年轻人眯缝着眼看它，其实是看不清的。最近他都不戴眼镜，四五百度的近视，使他视力模糊。如果他戴眼镜，他能看清很多东西，比如那只白鹭为什么发呆，比如是什么东西让小鸟叫声如噎。总之，他能看到很多。可这是他不愿看到的。他这个困顿迷离的神态，却让老人感到兴致勃勃。老人说："年轻人，你这个状态真是像瘟鸡一样，你要找点事做，是不是？"

年轻人没有回答，他还在眯缝着眼睛望着那只发呆的白鹭。白鹭也偏着脑袋呆看这边。

老人说："你帮我润色过的悼词，基本是不错了。不过呢，我当儿童团长的那一段历史，还是有必要突出一下。不容易啊，你想想看，现在八九岁的独生子，还在妈妈怀里撒娇，我们那时候是在战火硝烟里成长。随时你就牺牲了——小命就没了呀。那么小的人，真的不容易。"年轻人似听非听地点点头。老人觉得年轻人答应他了，很高兴地拍了拍他的肩头。

"我估计到时候一定反响不错，其实，这真是我听过的最全面、最真实的悼词了。希望我在灵台上不要笑出声吓着大家。"老人觉得这句飞来之句，简直幽默至死，没说完自己就哈哈大笑，还笑个不停。那只发呆的白鹭惊起，飞远了。

年轻人觉得这声如洪钟的老人一定不会这么快用得着悼词，虽然老人家自己越来越着迷那份已经打磨了十年还没用上的悼词，那种急切地等待反响的亢奋心情，早就超越了沉闷的死亡。年轻人暗暗由衷地羡慕。

老人笑完，说："哎，你今天几点来的？"

"……四点吧，五点……"年轻人低语，"我没看表。"

老陶说："那你昨晚几点睡的？"

年轻人回忆了一下，觉得好像是四点，又好像根本都没有入睡过。这样一想，他心里更加阴沉晦暗。

"你还是要吃我的药方。好像你姑妈很久没来了。"年轻人没有回答老人，把身子往椅背靠了靠。老陶说："这里都是老人，你在这里休养什么呢？我觉得你还是要去上班，找份出力气的工作，上班累了，你自然就能吃能睡了。"

年轻人含混地点头，又像是无动于衷。老陶琢磨了一下，还是觉得年轻人是点了头的，便说："工作也许是不好找，但是，只要你愿意吃苦，从最底层干起，困难都是暂时的，反正，逃避是不行的。"

年轻人明显地点头，但眼睛一直看着湖水的远方。老陶说："昨晚我九点多就睡了。"老人掰起指头："十、十一、十二、一、二……快六点醒的，足足睡了九小时！哈哈，对一个七十五岁的老家伙来说，我实在睡得太多了，一个梦也没有。"

年轻人还是没有说话。他看到了湖水的底部，感到身子像落叶一样地在冰凉的水中摇曳，摇曳，一直往明亮的湖底而去。耳边有老人热情的叨絮，这有点让他分神，湖水不是表面上看到的这样阴霾阴沉，而是如此柔亮旖旎。老人拍了他一下：“你说呢？难道不是这样吗？”

年轻人抬起眼睛，茫然地看着老陶，后来他决定点头。湖水顿时不再透明，身子从湖水深处被老人拍了回来。如果他能像老人那样，不，只要有老人一半的睡眠，他是不是就不再对一切都充满疲倦感？

他觉得每一天心里都堆堵着灰褐色的烂草，每一次呼吸，都能闻到胸腔里呼出来的腐烂霉变的味道。有时候，他都担心自己的呼吸熏着别人了，所以，他很排斥别人在他身边。有个疗养院的小护士，喜欢在他鼻子下仰视他，叽叽喳喳的。这几乎使他不能呼吸。这样，他就非常讨厌那个女孩儿，厌恶那个瞪着鸟儿一样的天真圆眼睛的女孩儿。可是，女孩儿不明白，觉得人人都喜欢她，为什么他会对她这样冷淡，因此她更喜欢站在他鼻子底下挑战这种感觉，甚至动手搭他的肩，直到有一次被他狠狠打掉了胳膊。力度之大，彻底粉碎了护士女孩儿虚荣善良的幻想。她顿时噙满眼泪，因为疼痛也因为吃惊。

如果，他能睡着，每天只要四五个小时，情况就大不一样了。但是，他一夜连一夜地，彻夜难眠。而这个情况已经三年多了，最近两三个月尤为严重。

“哎，你的头发都潮湿了。”老人站起来，“我们还是回疗养楼吧，棋牌室也能看到湖景的。”

“你走吧，”年轻人疲沓地说，“我再歇会儿。”

“还歇？二三十岁的人，怎么还不如一个快死的老头子？”老人说，“既然每天睡不着，为什么不试试我开给你的中药？那是偏方哪！我对中医很有研究。”

年轻人勉强笑了一下，明显是在敷衍老人。

树上的鸟多起来了，也许小鸟全部醒来了。老人见年轻人闭着眼睛，便自己吹着口哨，沿着湖边的林中小路，欢快地往疗养院那边去。

二

十一点，老人老陶找到年轻人的时候，他不在房间，也不在能看到湖景的棋牌室。有人说他来过餐厅，吃了半碗馄饨汤。老陶最后在布满各种管子和接收天线锅的四楼天台看到了那年轻人。老陶是上来找猫的时候，高兴地发现了找不到的那年轻人，他就坐在那纵横交错晾晒的蓝白色床单丛中。

老陶赶紧退回楼下到自己房间，拿起一沓稿子，吭哧吭哧返回天台。“嗐，你答应帮我改悼词，却让我到处找不到你。

我在房间里等了很久……”年轻人像被阳光刺眼一样，眯缝着看老人走近的身影，表情在淡漠与温和之间。“这事要抓紧，我可不像你有大把的时间，说不准明天两腿一伸，我就死翘翘啦。抓紧点。历史嘛，来不得含糊。”

年轻人接过老人的一沓文稿。

稿子的标题是“致悼词”三个大字，另起一行小字，破折号后面是“陶永福同志永垂不朽”。第一段类似学生填空题试卷：陶永福，生于1937年。因病医治无效，不幸于（　）年（　）月（　）日（　）时（　）分在（　）去世，享年（　）岁。第二段是他的想象：在生病住院期间，得到了县委、县政府及有关部门的领导和生前好友的关心，包括某某、某某、某某某，曾多次到医院探望，对他的病情表示深切的关注，并对其亲属子女致以诚挚的问候。

这份自拟的悼词，年轻人从认识老陶的六周前开始，已经看了很多遍。而老陶自己已经足足写了十多年。自从他妻子十三年前突然撒手归西，他就感到自己时日无多，他决不能像妻子走得那么匆忙，什么都来不及整理交代。从那一年冬天起，老陶就开始撰写遗嘱和自己的悼词。他的悼词几乎年年修改润色，到现在已经有两万多字。从加入儿童团写到退休，他热烈讴歌了自己的一生。

年轻人第一次看到这个材料时，心里咯噔了一下。他从来没有想到，人可以用这种方式观察自己，描绘自己。他当时就流露出强烈的惊羡与感佩之情。老人邀他帮忙润色，他就没有异议地接受了。原来的悼词，关于儿童团部分是略写。关于这部分，老陶发轫之际也有过沉吟。三个儿子一直说写短点写短点，没人爱听。这个年轻人看了也说不要写那么细，开追悼会的时间一般没有那么长。可是，老陶看这年轻人第一次看他的悼词时，眼镜都要掉下来了，和自己家三个儿子的反应完全不一样。所以，这启发了老陶，外人的反应肯定更具有参考价值。来开追悼会的人，大都是外人，不可能全面了解死者嘛。本来，儿童团部分略写，是老陶自己下笔时，相当惜墨如金。他知道自己有许多波澜壮阔的日子要用掉很多篇幅，可是，一个人一生最重要的起航时刻，还是不宜太简略，最终要盖棺论定哪。所以，儿童团部分还是要稍微浓墨重彩一下。

“你不知道，我父母是非常胆小怕事的人，觉悟比较低，我像我爷爷，天不怕地不怕。”老人老陶对年轻人说，“儿童团长虽然官不大，可是，我们心里一样有敢于牺牲的精神。1949 年 10 月，东环战役的炮火已经持续了一天，解放军和国民党守军在滩头进行着激烈的争夺战。一边是拼死登陆，一边是顽强抵抗，战斗非常惨烈，整个东环岛被硝烟笼罩着。就在这个时候，三十多个国民党兵突然闯入东环火电厂，强行把工友们都拘禁起来，控制了整个厂区。我大伯他们要联合工友保卫电厂，迎接解放。这个串联字条，都是我们儿童团传递的，我还被国民党门岗盘查过，那个兵鼻毛很长，但我非常镇定。才七八岁的人啊！第二天，又一批荷枪实弹的国民党兵冲进电厂，从车上搬下十几箱炸药，放置到电机室的发电机组上。已经联合起来的工友，拿起武器，不过，电厂还是被国民党兵炸掉了。”

“你要……怎么加呢？”年轻人说。

“言简意赅一点吧，反正就是要体现我人生不平凡的起点。”

年轻人舔了舔被旺盛虚火烧红的嘴唇，手在稿子上随意地翻动。阳光在年轻人的脸上，凸显了浓重的黑眼圈。老陶说：“原稿先还给我吧，手稿很珍贵啊。你先按这个内容写好，我来加，好吧？”

年轻人把手稿还给老人。一个小护士的身影奔出天台小门，“在这儿啊！”小护士喊，“快点快点！林若先生的姑妈来了，还带了客人来。”

一老一少离开被套床单翻飞的阳台，告别了迷离灿烂的正午太阳。老陶跟着年轻人和小护士走到院长办，一眼就看见小齐姑妈，身边还有两个穿深色西服的男人。老陶跟小齐姑妈笑笑，就顺势进了屋子。年轻人的姑妈和老陶算是第三次见面了。

两名西服客人很客气，看到年轻人，一个起身，一个微微鞠躬，说：“添麻烦了，我们代表公司，再来了解一下情况。”另一个男人笑笑，说：“不好意思啊，知道你身体不好，我们也没有办法。这位是？”

院长起身说：“老陶，他们要做材料，要小齐先生配合一下，没什么大事。您先回避一下吧。”老陶就不好意思再待在里面，说了声：“这孩子一直睡不着觉啊。”护士用“知道了知道了”的表情，把老陶哄送出去，并掩上门。

三

正午的太阳，从窗外洒了一半到院长办的木纹强化地板上。公司代表在和年轻人谈话的时候，注意到他反复把自己的棕色休闲鞋，在阳光的边界移前移后，以致他们都觉得他在走神儿，也不愿意回答他们的问题。他的姑妈，一直很反对他们再次询问自己的侄儿，尽管她个人和他们中的一个有私交。她反复强调，侄儿身体不好，在疗养。而他们自己也有些不好意思来访，公司的人私下早就交换过意见，大家猜测，半夜能在跨海大桥待着的人，肯定比跳海的张总好不到哪里去。可是，偏偏，张总家人因为悲痛而理智薄弱，他们要追问，那个人凭什么对张总跳海无动于衷，还告诉他哪边水深，哪边水浅？还有，张总手上的劳力士表，为什么到处找不到？是谁拿去了呢？都是问题。很多问题。所以，公司只好派他们来打扰他了。

他们问得非常客气，语气近乎亲昵。回答者则始终心不在焉，一脸倦容。

问：“请问您，当时您在大桥的什么位置？是什么时间？”

答：“在主桥塔边上……大概是凌晨三四点吧。”

问：“他是怎么和您说起话来的？”

答：“……没怎么说话。我来的时候，他已经在那里了。（哈欠）我在抽烟，并没有注意他。”

问：“深更半夜，禁止行人通行的跨海桥上有人，您不奇怪吗？”

答：“（摇头）我不也在那。”

问：“哦，对不起。然后呢？”

答：“什么？然后，他过来向我借火点烟，然后又回到主桥塔那儿。后来好像有很轻微的哭声传来，随风而来。若有若无，我不确定是不是他，我也没有看他（他掩饰了一个小哈欠）。”

问：“您觉得他想干什么呢？”

答：“他不是跳下去了。”

问：“他在那哭了多久？后来张总和您说的话，请您再说一遍，好吗？”

答：“我不能肯定他有没有哭。我一直懒得看他。后来，他开始攀爬护栏的时候，我说，你真的决定了？”

问："您是这么说的？"

答：（点头）

问："他怎么说？"

答："他停了下来。很久没有回答我。我不知道他什么时候又滑下护栏。反正，后来我抽烟的时候，他又过来了，要点着的烟。我们一起抽了一会儿烟，他一直不说话。我说：'你给家人留信了吗？'他按了按胸口。我说：'这恐怕不行，到海里这东西能马上找到吗？'"

问："他就把遗书掏出来交给您了？"

答："差不多吧，是塞给我。"

问："您说了什么吗？"

答："我告诉他，左侧主桥比右侧主桥的水深，约深九米吧。"

问："再问一次，您真的，没有阻拦过他一次吗？"

答："（摇头）我考虑好的事，也不会喜欢别人阻拦。"

问："对不起，请原谅，我们冒昧再问一下，您和我们张总聊天抽烟的时候，是否注意到他戴了手表？"

答："……"

问："手表……那个，一块儿好表，他们家里……"

答：（轻微摇头）

问："您那天深夜在那里干什么呢？"

答："……吹吹海风。睡不着，我就散步过去了。"

问：“您接了信以后，他怎么样，他马上就跳了吗？”

答：“没有，我们一起看了好几辆消防车开过去，拉着消防警笛，很吵。”

问：“然后呢？”

答：“他走到左侧主桥那边，很快就跳下去了。”

问：“你们没有再说话，好像您曾说，他道了谢，再走过桥面。”

答：“是，他低声说了。我忘了，对不起。”

问：“如果您劝他，他会不会改变主意？”

答：“我没有劝他。”

问：“如果您劝，我是说。”

答：“我不会劝。”

问：“他家人就是因为这一点，对您不太理解，所以，委托我们深入了解一下。因为按常理，路人还是会尽力劝他打消轻生念头的。您确定那天晚上，您——没有喝酒？”

答：……（完全走神后回来，然后，缓缓摇头）

问：“过后您是怎么想的，会不会后悔？哦，对不起……”

答：“还好吧，过后我感冒了，一直咳。桥上海风太大了。”

问：“那封遗书您看了吗？”

答：“（摇头）那是私人信件。”

问："请原谅，最后您再帮助回忆一下，您确实没有注意到张总手腕上是否戴手表？"

年轻人已经站了起来，他谁也不看，自己走出了屋子。他姑妈瞪了两名西装男人一眼，一个男人抱歉地耸肩，姑妈狠狠做了个跺脚姿势，随年轻人出去了。

院长站了起来，说："你们是无聊。他父亲家产千万，我们那两个塑胶羽毛球场，都是他父亲捐赠的。"

耸过肩的西服男人不好意思地笑笑，说："我们回去会跟公司汇报。"

"捐赠这一节别说！"院长说，"他父亲不愿意，他更不愿意外界注意他儿子在这。你们别瞎汇报，断了我的关系！"

另一个男人开始收拾录音机、本子、名片夹，他边收拾边嘀咕，那小子真是桥梁设计工程师？看上去恍恍惚惚的……

院长顶了一句："每个人都有恍惚的时候，就看你累了没有。"

四

小齐先生的姑妈没有找到侄儿，却看到老陶。老陶一看到她，就乐呵呵地过来，手里拿着一张单子：“看到小齐了吗？”姑妈接过单子却不看，拿眼睛四下张望，说：“看他去了卫生间，怎么就没了。等了半天，人家说里面没人了。”老陶：“我帮你找。”他指着单子说：“是偏方，专治小齐的失眠症。你帮他抓个药，下次带来，我去我们疗养院食堂帮他熬粥。吃吃看。”

姑妈感激而潦草地看了一眼——远志枣仁粥：远志、炒枣仁、枸杞子各15克，大米150克。上述中药与大米淘净加水适量共同煮成粥，即可食用。每日1次，睡前1小时服用，有解郁、安神之效。

老陶很得意：“我对中医很有研究。我给很多人配过方子。”

小齐姑妈没有搭腔，她根本没有心思听。

老陶带着小齐姑妈在宿舍里找到小齐，他已经睡下了。姑妈说：“我等你一起吃个饭吧。”小齐说很累，想睡一会儿。老陶说：“是啊，他一个晚上没怎么睡。不如我带你姑妈去食堂吃饭吧。”小齐点头说谢了。姑妈过去摸了摸他露出被子的脑袋，年轻人转头对姑妈笑了一下。

小齐姑妈本来要和那两位公司人员一起回城里，但侄儿的状态总让她不安心，便想留下来陪他说说话。小齐母亲生下小齐和他的孪生兄弟后不久就自杀了，死于产后抑郁症。做姑妈的为孪生兄弟付出很多，兄弟俩都还不错，学习成绩和体育都很拔尖。直到初中的一个暑期的夜晚，兄弟俩看完电影途中，被一醉汉的车给撞了。当时，小齐弟弟推了小齐一把，小齐只是轻伤，车轮下的弟弟颅骨破裂当场死亡。

很多人担心小齐，但是他看不出什么问题，他只是沉默。他一如既往的成绩优秀，偶尔开口，依然妙语天成、幽默至极。节假日，他甚至愿意陪父亲及父亲新女友、姑妈、表姐一家人去钓鱼踏青。一切都很好，亲友们都说这孩子懂事，不让人操心。大家把抚慰的重点放在中年丧子、事业方兴未艾的父亲身上。

父亲看出他不太对劲，是他坚持保留死去兄弟的所有遗物，甚至一双本来就要扔的开胶球鞋。兄弟俩本来一个房间，他这样的固执，外人看不出严峻。后来他们搬进了海滨独栋别墅，他坚持要给死去的兄弟保留一个房间，父亲给了他狠狠的一巴掌，他在暴雨中离开了家，彻夜未归。最后，双方都让步了，小齐的房间隔壁保留了一间空房间，但里面什么都没有，只是常年闭门。隔段时间进去搞卫生的阿姨，发现里面的东西一点点多了起来，包括一双快脱底的旧球鞋。外人依然看不出什么问题，大家羡慕林老板，儿子高分进了重点大学，有礼貌、幽默、整洁帅气。只有家里的阿姨知道，每年假期归来，偶尔会发现小齐深夜呆坐在那间空房子里。父亲知道后，示意下人往里面搬跑步机等健身器械，小齐没有反抗。父亲多次夜归，发现儿子独自在那个空房间里，没有灯，只有洒进去的路灯或者月光。父亲贴着窗子，想仔细看屋里面的状况，但是，儿子从来没有因此受惊，他是如此安定，里面黑色的人形剪影，反而给了窥视者极大的恐惧和不安。父亲就越发不愿意看了。

除了这个空房间，小齐说起来也没有更多让人操心的事了。毕业后，他参与了本地几个桥梁的设计，其中一个项目获了大奖。领导和同事都很赏识他，因为他富有才华，从不张扬，虽然寡言少语却待人友爱幽默，是个令人愉快的同事伙伴。很多女孩子追他，他也相继交往着，最终没有一个想娶。转眼他三十六了，姑妈、表妹们也开始不断给他介绍女孩，条件一个比一个好。他开始是应付，后来是直接推托，不见。在姑妈再一次不打招呼地往家里带女孩儿时，姑妈吃惊地发现，侄儿的眼里浮起了一层反抗的眼泪。姑妈感到不忍，更感到说不出的害怕，这个害怕，和那个她从来不愿踏进的空房间一样，令她深深地觉得恐惧不安。

五

疗养院的食堂里，吃饭的人几乎走光了，有点空荡，

虽然和老人一起吃饭，小齐姑妈并没有满足老陶的好奇心，她甚至不愿意谈侄儿的任何东西，老人千方百计地绕着

弯子问来人干什么，小齐姑妈只是轻描淡写地说："那个单位一个副总跳海了，小齐正好路过，他们来问问情况，办事的人是我同学。"老人顿时兴趣盎然，但姑妈转了话题，她更感兴趣的是侄儿在这里的生活情况。这样就聊到了老人的悼词写作。老陶情绪高涨了，夸小齐乐于助人，接下来就开始介绍自己的一生。他也客气地征询小齐姑妈的意见，关于儿童团护火电厂的那一段，要不要篇幅再长一点。

小齐姑妈说："也可以了。"然后，她看了手机时间。老人怕她要走，话题又回到小齐身上。老陶问了很多问题，这些问题，有的是他道听途说，有的是在小齐那儿问不出结果或不好意思问的。比如，小齐是因为下岗还是婚姻问题才不工作的？年纪轻轻，有多大的心事都不能睡觉了？问得姑妈很后悔和老人一起吃饭。但是，她也感到老人是真心关心侄儿，因为老人说："我倒是想过了，如果小齐经济有困难，我可以帮一点。我这个年纪了，说走就走，钱留着没用。你看我三儿一女，一个在银行，一个在政府，一个是老师，家里的女儿也是公务员，条件很好，家里什么都不缺。"

老人说得很真诚，小齐姑妈觉得老人虽然话痨烦人，但也是个实心眼的好人。最后，老人说："下周我回老家，让小齐跟我回我们小县城去散散心。路费呀、吃、住，都不用他考虑。"

老人老陶力邀小齐和他一起回三百公里外的老家玩，一方面是心疼小齐的身体，另一方面，他觉得，让小齐直接感受一下他革命一辈子的地方，对把握好悼词的内容和精神实质，肯定是大有益处的。

说起来，从老陶第一次冒昧请小齐看他的悼词，并委托他加工润色，他就看出来这个年轻人是体贴人的。乐于助人还说不上，但是，他很温顺，很尊重人，简直有点任人要求的样子，就这一点，就比他三个亲儿子可贵可亲。虽然他神情老是有点淡漠，但他的耐心和温和，完全弥补了这个先天不足。

因为总是讨论悼词这么个两万多字的大工程，所以，年轻人由此完全了解了老陶是个什么样的人，而老陶压根就不知道这个温顺又耐心的年轻人究竟是个什么样的人物。老陶唯一比大家都清楚的就是，小齐几乎不睡觉。说起来，这一老一小在疗养院，进出出双入对，但老陶对小齐甚至连最基本的问题都搞不清。比如，来白鹭湖疗养的，大都是单位组织来集体休假的，或者一些家境不错的老年人，被有出息的子女安排过来休息散心的，比如老陶自己。小齐哪边都算不上。问他，他只说："他姑妈让他来调养一段。"老陶说："你单位同意你休这么久吗？"他说："已经辞了。"老陶说："那你老婆孩子怎么办？"他说："还没有。"

因为漫长的一生要回忆、要总结、要提炼精粹，要付之于"盖棺论定"的历史笔墨，老陶也真的无暇旁顾，所以，年轻人不爱说自己，老陶也没时间太上心。

小齐和老人老陶，真的一起踏上了回老陶老家县城的路。那是一座临海的历史小城。

途中，因为一起大车祸，大巴被迫停顿了一小会儿。一个溜下去小便的乘客，回来惊悚报告全体乘客说：“不是交通事故！是有人自杀，故意的！故意贴那辆车的！”老人老陶很惊奇，更惊奇的是，他看到年轻人淡定温柔的笑意。整车男女老少都被这个消息骇到了，而小齐的表情却和整车人完全不搭调。

老陶说：“小伙子！你在走什么神？”

小齐哦了一声，舔了舔虚火烤艳的红唇。老陶以为他不好意思，有抱歉的意思，但看他似乎意犹未尽地在回味什么，贴上去……他说贴……

老人不觉得这个“贴”字有什么可笑的。年轻人打了个手势，似乎在说明“贴”的感受，老陶想起一个大问题来，说：“喂，人家说，你来疗养院前，一个大半夜，亲眼看到一个老板从桥上跳下去了。很有钱的老板啊！”

小齐并不收回目光，但他点了头。

老陶拍了小齐肩头，似乎要把他拍出恍惚状态——真的？！

年轻人回看老人。老人说：“你劝不住？拦不住？”

年轻人摇了摇头，好像是承认劝拦不住的意思，但老人老陶又觉得他不是这个意思，更像是没什么好劝好拦的意思吧，老人当场就不高兴起来。打这之后，他有一个多小时不搭理小齐，再没和年轻人说一句话。他越想越生气。直到进了城关，老人终于想起年轻人是自己极力邀请的客人，而且，他也想通了，此行往根本上说，分明就是老陶他个人的红色之旅，他对这个睡眠不好，却不辞劳苦对他听之任之的年轻人，实在是应该好一点啊。再说，刚才他有什么极大过错吗？仔细想想，好像也没有，只是，天知道，老人觉得自己就是被他莫名其妙地激怒了。死，是一件重大的、非常郑重的事情，人怎么有理由对别人的死，毫不尊重、无动于衷呢？这就是这个年轻人不懂事之处。

想到死，想到自己的悼词，老人的心情渐渐转好。他对自己生死无畏的境界充满瓷实的惬意。

六

老陶的女儿，也一把年纪了，不过，快人快语的，还不时用手拍打父亲的肩头，看上去依然像个随时可能撒娇的小丫头。才坐下，女儿就说道："爸，吕局长，那个吕四番调走啦，你想让他主持你的追悼会，又不成了。"

老陶对小齐说：“这个小吕，最早是我一手培养的，现在调北京去了。先是调省里干了一任，很不错。要是当年，我没有培养他入党，他不要想有今天。所以，小吕看到我总说，我是他最早的领路人。这话没错！”

“嗨呀！老爸，人家总共才在你手下待过两年多，他吕四番这么说，是尊敬你。你老这么说，外人会笑话你。”“谁敢笑？”老陶说，“他难道比小吕还厉害？在人才培养上，我就是那个慧眼识英雄的伯乐嘛。我们县里，谁还培养过比吕四番更大的干部？”

“是呀是呀，将来吕四番可能真的从北京飞来主持你的追悼会呢。”

“难说，说不定我追悼会的时候，他正好来视察什么的。”

女儿不断给父亲夹来鱼腹上少刺的肉。小齐很快就理解父女间这样的调侃风格。父亲一进门，就宣布说年轻人是他的忘年交，是他的私人小秘。老人老陶对自己的幽默表达，总是第一个欣赏的人，所以，自己话音未落，转调就哈哈大笑不止。年轻人不习惯老陶的大嗓门，他知道老人耳背，这是不自觉的，没想到，他那女儿也一样嗓音尖脆洪亮。夹在他们中间，小齐有点头昏脑胀。那个在厨房进出忙碌的女婿倒很安静，只是不时问问这个菜那个菜口感如何。

女儿说：“我爸这人达观得要命，所以你看他能吃能睡，我的哥哥们都说他活一百岁没问题。哈哈，他的悼词我看也别写了，写了十年，他自己长命百岁，而他邀请参加追悼会的人，都死掉好几个啦！”

“这么说，不对，你不对。”老陶说。

“怎么不对？五年前那一稿的时候，你悼词上说由马部长主持追悼会，结果，他比你先死了——脑出血。还有那个，江副局长，还有城关镇那个陈书记，县委办常主任——车祸，死得很惨呢。”女儿又对年轻人说，“整个汽车都飞到水库里去了。车上三个人，都没了。”

女儿这么说，其实还是在逗父亲，在强调他的豁达健康。老人却被她的回忆弄得有点感伤，他对年轻人说：“人总是希望死的时候，有些德高望重的领导、同事来告个别，一起怀念一下，你一生就算是隆重闭幕了。你看我后来的悼词，来参加追悼会的人名那里，都是填空，空、空、空，唉，到时候，你都不知道，还有几个人能填上去。要是七八年前，你跟我回来，呀，那请我老陶吃饭的人，都排不过来，都是真心实意地要拖我去吃饭，拉呀扯呀，非要我去。我去是给他们面子。小齐啊，人就是这样的，你要实实在在付出了，你一定会在后面看到人家也实实在在待你。现在，你年轻，不一定懂。小娟像我，她就知道，待人要真心。所以你看，她在这县城里到处都是朋友，县里那些领导，哪个不知道我女儿陶娟……要是你早十年二十年来，嗐，陶娟的名气，真是不输他老爸……”

女儿拿一个嫩鸡腿，把老人的嘴堵住了。两人都笑嘻嘻的，非常开心。那个女婿的脸上一直客气而干巴地笑着，不时招呼小齐："吃、你吃。"

女儿对小齐说："你家里还有谁？"

"父母、一个双胞胎弟弟。"小齐说。

"双胞胎呀？陶娟欢叫起来，真有意思！你们像不像？"

"像，我父亲有时都搞错，但是，我姑妈能分清。"

"那你妈妈都分不清？"

"唔，也许吧。"

"那你弟弟他现在做什么？"

"做他自己喜欢做的东西。"

"哦，"陶娟说，"你以后怎么办？我老爸说你辞职了。"

年轻人点头。明显看得出他不想说了，可是，陶娟却很想帮助父亲这个小朋友。陶娟不喜欢年轻人说话，老是用手捂嘴，好像口臭似的，也有点嫌弃别人口臭的感觉。陶娟有点不太舒服，但是，既然是父亲的客人，陶娟还是非常礼貌。她说："这么年轻，你应该去找工作。一个人没有工作，哪有好的睡眠？我看，你赶紧找事做，也别拈轻怕重、挑三拣四的！"

年轻人又点头，并不看陶娟。陶娟意犹未尽，却被父亲抢了话头。老陶说："要是真的就业困难，我找陶坚帮你。你原来到底做什么的呢？"

“没事的，”年轻人说，“如果我想上班，单位可能还会要我。他们不肯批我的辞呈，要我先休息。所以……”

“单位又不是自由市场，你想来就来想去就去。”老人说，“你都辞职几个月了，我看人家不会要你了。哎，你原来是干什么的？”

“……造大桥的。”

“建筑公司？”老陶说，“你这体力行吗？算了，回去你身体恢复了，你找我，我一定让我儿子帮你，他门路很广。你有读大学吧？”

“谢谢了。”年轻人笑了笑，“再说吧。”

晚间新闻看完后，小齐站起来说他还是到外面宾馆开个房间住。老陶说：“这怎么行。你有多少钱啊！”小齐说：“没事，我有卡。”

老陶有点生气。一个没有工作的人，怎么这么不随遇而安。他认定小齐经济拮据，又不自量力地挑剔。家里书房小是小，沙发旧是旧，可是，拉开来就能睡嘛。家里又没有小孩儿吵人。

年轻人说：“我换个地方，恐怕更睡不着。”

老陶说：“你到宾馆就不是换地方了？”

小齐茫然无措。陶娟说：“看你怎么习惯，都行啊，如果能报销也无所谓的。”老陶立刻对女儿嚷起来：“说什么话！他去哪里报销。我的客人怎么能去外面住旅馆呢！明天我们的计划很满，要一早行动。你赶紧把书房收拾好，给我们小伙子铺暖和舒服一点。小齐啊，你就听话在这儿睡了！”

七

夜已经深了，小齐依然睡不着。

开始是隔壁陶娟夫妇房间的电视声音很大，后来是老陶的鼾声如雷。小齐的隔音软胶耳塞，一直堵着耳朵，但是，声音还是大举入侵。比声音更逼仄他的，是陌生的气息，很重。他和他双胞胎弟弟都有一个习惯，把自己的内衣放在鼻子底下，闻着才能安神入睡。开始时双方打闹游戏，互相把自己的内衣蒙在对方脸上，后来就不分彼此，谁的气息都一样能够相伴入眠。保姆不会注意到小哥俩的这个细节，看到了就拿开抽开。但只要他们任何一个醒来，第一反应肯定是伸出小手，摸索内衣。自己的、兄弟的，都可以，重新搭在脸上、唇鼻间，就可以再度入睡。大学宿舍，他的这个习惯，被舍友发现后，嘲笑了他很久。那个时候，他失眠不是很厉害，顶多入睡难一点，但一点多基本能睡去。

鼻息着自己的内衣，年轻人等待着安眠药物的作用来临。但陌生家庭的气息太强大。自己的内衣也充满了旅途陌生人混杂的烟草味道。他喜欢弟弟内衣的气息，这和他是有区别的，兄弟俩的内衣都带有类似开水冲泡淀粉腾起的味道，尤其是穿了三四天以后，更加明显。但是，他觉得他兄弟的略有一点甘蔗渣的气味，而他死去的兄弟曾说，小齐的内衣有牛奶的味道。

这些年，他已经彻底告别了兄弟的内衣。小兄弟刚死的那些年，他都是把小兄弟的内衣放在自己鼻息间，深深呼、深深吸。没有一个人会看到，他在这个深吸、深呼间泪流不止。他和死去的弟弟都知道，本来，小兄弟是不该死的，他并不想去看那场电影，他想去打球。可是，小齐那天非看不可。这是第一个令他追悔莫及的错误。本来就算看了电影也不会碰上车祸的，但是，第二个永远不可饶恕的错误紧跟着发生了：小齐忽然想起他需要两节七号电池，小兄弟说，家里好像还有。但小齐说多买了也没有关系，反正都要用。车祸就是在兄弟俩出了那个文具店后发生的。如果，他不买这一排七号电池，他们就一定会错过那辆喝醉的家伙开的车，那么必定会错开这相隔的时刻。而车在撞上前那一瞬间，小兄弟把小齐推到了安全地带。在以秒计算的时间里，弟弟走了。回想起来，小齐难以置信，买七号电池的时候，他兄弟只剩下三分钟不到的生命了。

一想到这个，他就浑身哆嗦，痛入骨髓。

多少个深夜，小齐只要在那个淀粉和甘蔗渣混合的气息中睡去，就能看到弟弟在这个气息的包裹中笑眯眯地走来。

有一次，他看到弟弟挂了个拳击手套皱着眉头过来，隔天就发现，父亲已经把弟弟最爱的拳击手套丢进垃圾桶了。有一次，好容易入睡，半夜却被人弹了一下脖子。用手弹的，拇指和中指成圈发力的那种弹法。嗡的声音，在他醒来之后，犹在耳边回响，是小兄弟回来了，平时他最喜欢这么弹击小齐。有一次，在那个为小兄弟所留的空房间，在那个摆满了健身器材的房间，小齐在屋角坐着睡去后，突然被耳边的一声沉重叹息唤醒。他睁眼四周查看，没有人，但健身房的每道阴影里，好像都记录着有人刚刚离去。

小齐的泪水爬过鼻翼，微痒的感觉最后停留在鼻尖，四周安静极了，他嘴里呢喃出声的却是“妈妈”……小时候，兄弟俩经常讨论他们陌生的妈妈，一致猜测，妈妈是因为他们俩而死的，是他们共同害死了自己的妈妈。小齐明白，他又害死了他弟弟。想念兄弟，想念妈妈，他孤独地怀想着那个双胞胎儿子刚满月就跳楼而逃的妈妈。

如果不想见弟弟，一定不要闻着他的内衣入睡。然而，有一天，他意识到即使闻着弟弟的内衣，弟弟也越来越少出现了。这个时候，他才开始沦陷于严重的失眠。但这是阵发性的，时好时坏。

跨海大桥和海岸线大桥，设计的时候，他睡得非常少，他喜欢这个紧张感。只有这样他才能模糊，究竟是什么原因睡不好。

去老陶老家的旅程中，路过这座海岸线大桥时，老陶发现年轻人懂桥。老人说他很喜欢这座桥，他从来没见过沿着海岸线走的大桥，还说他们县城海边沿线也应该造一座这么矮的漂亮桥。年轻人说："造这么矮，是为了不挡住海中岛屿的美丽景观。"老人说："那这么矮，台风天，不是把桥冲断卷走？"年轻人说："不会，造桥的人必须事先考虑到最大浪潮高度。这种桥，要考虑浪托力。"

老人不懂浪托力，年轻人随口说："就是海浪往上的冲击力。这个位置的浪托力非常大，每跨有五十吨的力，远远超过桥面动负载的下压力。这个由下而上的力，可以冲掉普通桥。所以，这种桥，它的支座是非常特殊的，特别抗压、抗拉。"

老陶猜动负载是指汽车什么的，又不好意思问。他说："你真懂桥啊。"年轻人呵呵了一声。老人说："你懂路吗？造路？"

年轻人说："懂一点点，但我喜欢桥。桥和路不一样，一般意义的桥，就是在不可能的地方，实现了可能，有点像绝地逢生。路嘛，只要有人走，到处都有路。它和桥不一样。"

"你小看路了。"老人老陶说，"造一条路，也是很不得了的！"

八

在老人老陶家，小齐一直熬到天蒙蒙亮，熬到了听到外面扫大街的声音。在天将欲晓的灰蓝色光线里，哗哗的扫地声，令人松弛安神。他猜，环卫工的扫把伞面一定很大，是用非常细的竹枝集束扎成的，扫起来很轻，省力的那种。听着听着，大概就是这个时候，他渐渐迷糊过去了。梦中他看到妈妈抱着自己，他很清楚是她抱着自己，她怀里的童毯卷得像个长春卷，另外一个春卷在地上哭泣。小齐又看到自己走到妈妈身边，却发现，春卷里面不是宝宝，不是他，而是一个蚕蛹。地上，也是一个蚕蛹，蚕蛹一鼓一瘪地抽动，在哭泣。

妈妈绝望地跑开了，好像哭了，他看到她披头散发地跑向天际。梦境换了，小齐感到自己在吐丝，就是一只吐丝的蚕，他的脖子因为吐丝吐得非常酸胀，可是，他就是不能把丝吐成一个椭圆形，他不能把自己包裹起来，藏起来。他孤零零奋力地吐，他的脖子忙碌得又酸又痛，可是，丝就是吐不圆，它变成不平展的一块儿，像块稠密的蛛丝破网。

他的脖子累得酸胀欲断，有人拍醒了他："喂喂，起来吧小伙子！快起来吃吃我们的鱼卷汤！"

小齐的眼睛涩得几乎睁不开，头痛欲裂。他的脖子扭卡在沙发直角里，酸胀的感觉从梦境延续到现实。老陶乐呵呵的，说："看来你在我家睡得很香啊，你看你的头，扭成那样也能呼呼大睡。起来起来！走，我带你去吃我们城关最有名的小吃！"

吃了早餐，老人老陶带年轻人去的第一站，是县文化馆。那里有一棵大樟树。老陶领着小齐进去，铁门边小房子里，那个脸像红枣的门卫要他们登记，老陶有点生气，大声说："这个地方我熟悉！刚解放的时候是公安局，我在这里当干事。那时候你在哪？你还没出生呢！"

那个门岗说："那我管不着。你按规定登记就是。"

老陶说："我看你什么都不懂！人你不认识，历史你也不清楚。公安局之后是广播站，广播站之后是样板戏团，再以后才是文化局，再以后……"

"不管是哪里，"门岗说，"不登记你就不能进！"

老陶气坏了："太不像话了！你知道我退休前是干什么的？"

红枣脸的门卫厌倦至极，又轻蔑至极。他说："县长来了也一样登记！不登记不许进！"

立在一旁的年轻人，使劲按自己的鼻根，揉太阳穴。

他的头疼在早饭后，变成了偏头痛。这个时候，他已经非常后悔跟老陶来他们家乡玩了。他揉捏着鼻根，拉了一把老人，示意他走了算了，文化馆看不看无所谓，没想到老陶突然拍了红枣脸的桌面："我告诉你！我在这里工作的时候，那棵樟树才这么大，”老陶比画了一下尺寸：“你这工作态度不行！要是我找县长谈谈你的事，你的饭碗就没了！根本不用惊动省领导。我告诉你，一个门卫，要懂得尊重人，你以为我是来收废报纸捡破烂的？是不是？！你给你们领导打电话。”

小齐头痛欲裂。红枣脸不知是怕了，还是彻底烦了，径自从后门走开了。老人老陶非常高兴，胜利地挥手说：“进！我们进！”

一个小小的文化馆，就一幢三四层的平顶水泥房子。楼前有块空地，空地上不知道挖什么，大蚯蚓拱过似的，可能是在铺管线还是什么的。几个人来去，表情都很淡漠。再走过一堆乱放的自行车棚，拐弯，就到了大樟树前。大树下居然有浅水蜿蜒，沟里面潺潺水流载着小小的卵形落叶流向远方。四周还是蛮清净的。

老人抚摸着老樟树两人合抱的大树干，看上去很动感情：“你知道吗小齐，我在这里当助理干事的时候，我小陶誊写的文字、表格，清楚整齐可是闻名全县的。一张蜡纸手印一千八百份，没有一张破损。那时，我六分钟油印一百张！这个纪录，在我们县无人能破——我的悼词里没有写这个，这些要是都写，起码要再加一万字。唉，我这一生，可说的事情，唉，多了，多了！”

年轻人说：“一般人家……”他本想问一般人六分钟是

印多少张，后来感到自己对这个话题根本不感兴趣，便打住了话头。老陶说："你说什么，你是不是认为加到悼文里比较好？"年轻人心不在焉地点头，说："也是不错了。"

如果按照老人的工作史，参拜的第二站是热电厂的一个烟囱，但是，因为路不顺，老陶就带小齐去看一条长度为十一公里的公路，它连接 324 国道的。这条路也在城西，老陶说它用了快四十年，直到前些年，高速公路杀过来了，它才退为次干道。现在，显然走的车少了，路的两边高高地长了很多青草，花边似的，即使中午的烈日高照，它依然显得冷清而感伤。

但是，老陶看它的目光，就像一个目送孩子去远方的父亲。

"当年车水马龙，看不出吧，但你千万千万别小看它。"老陶说，"当时我在县公路局指挥部当负责人，你知道吗？十七公里的路，每公里造价只有一万多元！一万多元啊，我还包括了拆迁、安置。而且！整个施工期间没有发生过一起事故！非常平安、非常高效。来，来！你过来，你看看这路的质量，什么叫路哇！"老人领着心不在焉的小齐，走到路边，又走到路中间："现在到处都是豆腐渣工程，你根本想象不到，一个县城还能造出这么好的路！四十年的风吹雨淋，小车轧大车碾，你看看，它仍然这么坚硬可靠。有什么秘密吗？有，那就是你心正，路就硬！"

年轻人在路边，一屁股坐了下去。

“哎，”老陶说，“怎么总没精打采的，昨晚你不是睡得很好？你在我这条路上跑一跑吧，运动一下，好好感受一下我的路，要不，我也陪你跑跑。我以前跑过这条……”

年轻人站了起来，说：“我们走吧，有点累了。”

“这么快就累了？我一个老头子，我一个遗嘱悼词都写了多少年的老家伙还没说累呢。现在的年轻人，真是豆芽菜体质啊！你信不信，喂，我还可能跑百来米。”老陶左右看看，想看看有没有车。年轻人连忙说：“我信，我们还是走吧，大阳太大了。”

老陶说：“本来我也没有觉得造一条好路，是件功在千秋、利在万代的事，你看我在悼词里就没提到它。但是，你看，现在到处都是黑心工程，我不写写这条路，真是对不起它了。你说是不是小伙子？”

年轻人没有回答，他非常想马上回去，回到一个人安静的家，回到床上，回到无人打扰的床上。他甚至感到脸边游丝而过了一种带着甘蔗清甜气息的淀粉味道，这是身体的渴望。渴望睡眠，渴望安宁，但是，一想到回去未必能睡着，必定又陷入另一种绝望，他绝望得简直有点想哭。这个念头刚过，他的眼眶就红了，泪水悄然溢出。他盯着远方，以掠头发的手势，顺便擦掉泪水。远方的左边，高高的路基上，能看到飞驰来去的汽车的侧背部。贴上去，贴上去。那个家伙怎么会知道这个隐秘的感觉？他的脑海里出现那个登上大巴车报告车祸的惊悚乘客。贴，那个贴的说法。贴上去。

“你说好不好？”老陶说。

年轻人茫然地点头。

“你不觉得麻烦吗？”老陶说。

“什么？”年轻人说。

“我们重新整理悼词，来个去粗存精！看来有些东西我不写进去也是不对的。要尊重历史。”

“可是……”年轻人迟疑了一下，“你还是要考虑不能写太长啊，要知道来参加追悼会的人，都很……悲伤……他们不会太……集中精力听讲……我是说，你可能……”

“你看你看！你走神了嘛！我刚才不是问你，我们重新推敲选材，就是一个去粗存精的努力，如果实在是很多有历史价值的东西，实在是删不掉，我看我在遗嘱里，干脆交代儿子和小娟帮我出个悼文的文字稿……”

“不会吧？”年轻人在强烈的阳光下，眼睛都紧闭了，他紧闭着眼睛说，“虽然现在开会都有文字材料，但是，开追悼会也发文字材料，会不会……”

“我看也没有什么！你没有文字，光听一遍，一下就过去了，很快就忘记了，如果有文字稿，拿回家还可以反复看看，其他没有来开追悼会的人，也可以补看。这挺好哇！咦，我看这是改革！”

“我们还是走吧，”年轻人说，“肚子也饿了。走吧。”

栗色的阳光下，小齐的脸死白，看起来郁郁寡欢，简直死样怪气。老人感到这年轻人有点讨人嫌，他心里顿然不快，立刻指出：“你不是饿，我看你从来没有胃口，不爱动的人当然没有胃口，你是懒筋在蹦。我告诉你，你这样懒散怕动，很不健康。极不健康！”

年轻人仿佛没有听见老人的批评，他慢吞吞地往车站那边走。老陶越发不开心，回头又恋恋看了几眼野草镶边的寂寞公路，也郁郁地迈步走了。走了两步，老人冲着年轻人的后背心有不甘地大喊：“要是你在这个路上跑一圈，我保证你胃口大开。你信不信？喂，喂——！生命在于运动——”

九

一老一小中饭的时候，就和好了。年轻人谈笑自若，但胃口依然不好，喝了一碗红菇汤，几乎不怎么吃饭。他计划下午出去的时候，去买一张明天回程的大巴票。但看老人兴致勃勃的，没敢说出口。可是，到了下午，他就明白，计划流产了。原来老陶还要和他一起回去。而且老人已经叫女婿买了两张票，大后天下午才走。老陶解释说，明天、后天是周末，要等到大后天周一上午，才方便到有关部门报备一下。

年轻人不理解，老陶耐心地教他说：“虽然退休，但你还是有组织的人啊，外出当然要跟组织报备一下，这是起码的组织观念。”

下午的计划是看热电厂的大烟囱。老陶午睡起来发现，年轻人没有待在他午休的小书房，而是在客厅看电视，可是电视却是静音状态，一点声音也没有，看画面、文字好像是社区养老什么的。天知道他在看什么。不过，老陶很高兴，说：“你连午睡也不睡了，看来你在我们小娟家晚上的睡眠质量非常不错。我看要不你就多住几天好了，我叫我女婿去退票。”

“不不不！”年轻人站起来，“我还有事，我最好是明天就走。”

“你瞎说什么！还跟我客气？我告诉你，我们就是在这住半年，我陶娟和小谢也不会半点不高兴！”

“我真是……”

“不要找借口了，我还不知道你的底细，一个人无牵无挂，无业游民，呵呵，你就安心当我小秘好啦，我们要实地考察，写个最令人难忘的好悼文。”

去热电厂的路上，老陶一直在描述那个二十六米高的烟囱。“十二年前，当地一个蛮厉害的地震，好多烟囱都垮了，就我建造的没有！谁都赞叹那是奇迹，要知道，我可不是专业造烟囱的！”老陶说。

那时老人是县里管基建的一个负责人。热电厂项目上马是要献礼用的，施工非常急，专业设计建造单位，却因故不能按计划履约。老陶硬是遍访名师，亲自抓了这个烟囱项目。土洋结合、创造辉煌。在老陶的描绘里，小齐觉得他相当于即将遇见“世界第八奇迹”，非专业出手，最匪夷所思、最高的烟囱、最美丽的烟囱、最抗震的烟囱、最具专业品质的烟囱、最具标志性的建筑、最具城市历史价值的烟囱。

但一眼见到那个烟囱的时候，年轻人感到稀松平淡。在荒芜感的厂区的背景下，年轻人以他专业的工程美学的眼光，同意那是一个造型比较漂亮的烟囱。下粗上细圆锥形，暗红色的砖，线条严谨细致，仔细品味，还有点傲岸。不过，这个热电厂已经没有什么人了。热电厂关停，老陶是知道的，这个用了二十多年的烟囱早不再冒烟，老陶并不太难过。他理解组织的战略调度，一个新的电厂已经崛起。旧的停用，尘烟排放据说要减少几百吨呢。老人觉得烟囱不冒烟，他一点意见也没有。但烟囱完全可以成为雕塑，一个历史进步的象征，成为一个城市艺术品。所以，在老人心目中，烟囱的分量是非常重的。他也有一颗像烟囱那样傲岸的心。

可是，万万没想到，他们跨进围墙走近烟囱的时候，那个烟囱底下站了半圈多人。老人骄傲地走近那边，像国王走近自己的臣民，却听到惊人的噩耗，那些人正在规划商讨，在烟囱的什么位置安置炸药，才能让烟囱的倒向最合理安全！

老陶心脏病差点暴发，他感到自己心脏像被人捏面团一样死死捏住了。他拿眼睛看他的小秘，一口气就是上不来，那只捏住他心脏的手，只是稍微松了一下，又死死攥紧了。年轻人脸色依然煞白，看不出有没有受到刺激，但是，他看到老陶的样子，伸手搀扶他。那些预谋要炸烟囱的施工人员，发现了异常，有点惊惶，有人慌忙给老人递矿泉水，有人问是要救心丸还是打120。这当儿，老陶活转过来。他一手指着烟囱，眼里充满了隐约的泪水。

年轻人替他问道："为什么要炸它？"

旁边一个人说："这地已经被拍卖走了，开发商要来清场了嘛。"

年轻人便想把老人扶走，老人终于能发出声音，他的嗓子却嘶哑，听起来是很狂妄的叫嚣："炸它的人没有好下场！"

场地的人不约而同地笑起来，这个情景，年轻人也笑起来。老陶却像孩子一样委屈地喊："我又没有带相机！没有相机……无论如何，我要下次来拍了你们才能炸……"

回去的路上，老人一直不说话，干瘪的下巴不时委屈地抖动一下。年轻人觉得他似乎在忍住悲伤，他也许害怕自己一开口就会大哭起来。夕阳打在老人的脸上，老人的哀伤和失落像金子一样耀眼。每时每刻都处在头疼中的年轻人，看看老人，看看金色的夕阳，又看看老人，内心涌起无限的羡慕。

还有什么人能够让自己生命划痕如此深刻、如此慨然，一个有所秉持的人是多么幸福啊，在老人一生的每一分钟每一秒里，都有鲜花开放、瀑布激荡。他感到这个老人是个最纯粹、最圆满、最幸福的人。老人却不知道自己身在宝山，怀揣金子一样的琐碎情感。

路边袭来一阵阵烧稻草的味道，有农夫在远远的夕阳那边，吆喝着牛。天高地阔、炊烟氤氲。这满世界都是别人的自在安宁。年轻人忍不住内心难过，眼泪悄然而落。不过，他悄悄擦去了。

十

年轻人和老人最终在次日告别。年轻人执意要走。实际上，就是一老一少的永别了。年轻人没有说自己在书房里彻夜无眠，只说自己睡得很好，弄得老陶生了气，他本来还要带他去郊区的一个看守所。那原来是劳改农场，他退休前任县司法局局长，任职期间，他对改造犯人有一些非常好的做法，在全省推广过，当时局里还写了一篇经验交流文章，那些文字都是他亲自把关，县委报道组那些通讯员，几乎都没改动，就登省日报去了。反响很大的，外地很多司法局都来函来电取经。最不得了的是，中央人民广播电台都报道过。

他说这话的时候，年轻人顶着青得浓重的黑眼圈在收拾牙具，然后取外套、系鞋带。整个过程他保持着干巴巴的力图礼貌的笑容。整个过程老陶咬着一根大油条，亦步亦趋地跟在他身边，几乎是孩子气地挽留他，那种无奈巴结的央求，简直到了丢脸的地步。小娟说："好啦好啦，让人家走啦。过两天你回陶勇、陶坚那边，你们不就又见面了嘛。"

年轻人单肩背着空瘪的双肩包，看了老人好一会儿。他抬手，把手搭老人的肩上，轻轻地、有点腼腆地捏握了一下，笑了笑，这回不干巴，眼眶都隐约湿润了。这个湿润眼神，老眼昏花的老陶都看清楚了，等小齐走远，老陶自得地对女儿说："他其实是舍不得走的。我们是忘年交啊！你看到他想哭了吗？"

"你神经病！"女儿毫不客气地说，"怎么可能，一个大男人！你和人家有多少交情啊。要不然，这人就是脑子有问题！"

等一个月后，老陶和女儿谈到小齐的死，小娟才说："哦，真的，他那天和你告别好像是含着泪水的。不过老爸，他不是为你含着眼泪的，是为他自己，因为他知道他心里在想什么。"

老人老陶很不喜欢女儿的推测，他相信他和年轻人有真实而深厚的友情，这份情谊比和儿子们更默契、更恳切、更包容。他对老陶的悼词写作，始终那么尊重，有求必应，他给老人诚心诚意、尽心尽力的感觉，让老陶在惊闻他自杀的消息后，简直有姜伯牙摔琴之痛。

不过，老陶不得不承认，这个年轻人对他来说，充满迷雾。后来，年轻人死后，他甚至不敢肯定，他到底和什么样的人忘年交了一场。

十一

因为小齐执意先走，女儿陶娟就留老爸多住了半个月。等老人老陶回到儿子家，小齐已经跳楼自杀一周多了。老人并不知道。又过了一周，出差回来的儿子想起来，曾替父亲接过一个同城快递，夹在杂志报纸堆里。儿子一想起来，就翻出交给老陶。里面是两页白纸，电脑打好的文字，细看是年轻人帮老陶整理的悼词前部分——关于儿童团保护电厂的那些。还有一段文字，看不出是应该插在悼词哪个部分，因为手稿在老陶自己这里，年轻人又没有标，老陶看来看去，接不上，又觉得写得虽然是表扬，但表扬得很奇怪。其中，有一段：

……老陶的生活状态，充满了全心全意、自给自足的欢乐。这是人人都羡慕的境界。他浑然沉醉于生活给他的所有安排，不看命运脸色，只管和它贴面起舞……

这才是命运真正的强者。呵呵。

呵呵，这两个字，更不对了，悼词怎么能有这样不严肃的句子。“他浑然沉醉于生活给他的所有安排”，生活这个词，似乎应该改成“党”或者“组织”，句子应该是“沉醉于党和组织给予他的所有安排”，这样就对路了。贴面起舞也欠妥当，“浑然”，也不严肃，老陶专门查了《新华字典》，有好的意思，表示质朴、纯真、完全等意思，也有糊涂、混沌、无知的意思。一个人悼词念完，人生就正式落幕了，再有歧义让人误会不合适吧。

老人很费解，就找年轻人留给他的电话打过去问究竟，每一次打都是关机。又过了几天，老陶按捺不住，通过白鹭湖疗养院要年轻人电话。那边很吃惊，说：“你不知道他自杀了吗？！人都烧掉一周多啦！”

老人老陶差点休克过去。一通电话没完，全身汗透，凉湿入肺腑。放下电话，老人发了很久的呆，最后，振作定神，又打电话，从疗养院要到小齐姑妈的电话。这才和姑妈联系上了。姑妈开始不想见他，老陶说自己有年轻人最后寄出的东西，姑妈才同意老人来，并让小齐父亲的司机去接他。因为，到现在，他们全家都没有找到小齐的任何遗言。

老陶带着年轻人寄给他的东西，到了小齐家。结果是，小齐父亲和姑妈并没有因此获得更多的关于小齐的自杀原因，而老人老陶反而更加糊涂了。直到那一天，走进海边别墅的老陶才知道，和他交往那么久的小伙子，和他原来以为的人，完全不一样。那年轻人是个非常出色的桥梁设计师，自杀前两天，单位刚通知他，获得了全国最高专业奖——“茅以升”桥梁设计大奖。而年轻人也根本无须老人家的经济援助，他家里非常有钱。

在齐家，在小齐的房间，老人老陶看到一个漂亮的姑娘，一看到他进来就眼圈红了，好像老人是小齐的最贴心的亲人。还有一个清秀干练的女孩儿，在帮助阿姨递茶送点心。姑妈在一阵情绪失控号啕大哭的时候，指着两个女孩儿对老人哭诉：“你看，造不造孽！都是喜欢他的女孩。”她手指指了一下，好像是指那个清秀干练的女孩儿：“说好要结婚了，突然又逃避了。”

老人费解到想大发脾气。这算什么事？！有个多少人羡慕的好职业，年轻、富有，才华还受到赏识，家庭幸福，讨女孩子喜欢。这样再美满不过的人，有什么理由睡不着觉？有什么理由辞职去疗养？这样的人自杀，简直太过分了，太不像话啦！他姑妈说来说去，不就是睡觉差一点，不就是有个设计项目后来发现有缺陷，领导说了几句，不就是头发掉得厉害一点——失眠当然掉头发。胃酸过多？常年服用偏头痛镇痛药？算来算去，统统都是屁大的事。那个叫小齐的年轻人，这样的死法，不是戏弄人吗？要不就是鬼迷心窍啦。

十二

有一天，老人老陶和儿子路过了世界上最低的海岸线大桥。老陶突然想起那个叫小齐的年轻人。老陶难过至极，让儿子停车。听说这就是那个自杀者设计的大桥，儿子便把车停在了紧急停车道上。父子俩下车，第一次仔仔细细地打量这座蜿蜒的、世界最低的海桥。

儿子突然笑出声。老人说："你笑什么？"

儿子说："我想起你的悼词了。"

老人说："你别说，他做事情很认真。如果他不死，肯定能造更多更好的桥。"

儿子说："我是想，他帮老爸你润色悼词的时候，究竟在想什么呢？"

老陶回答不了儿子。老人极度沮丧。

儿子又说："他设计了这么多好桥，却自杀而去。这种人怎么还能那么认真地帮你润色悼词，真想不通啊。"

老人很久没有说话，反复抚摸着护栏。儿子催他上车的时候，他说："我实在实在是想不通，要是我能造出这样一座桥，再怎么样我都不可能去自杀。一个人做了这么了不起的事，你说，怎么会想死呢！”

儿子笑说：“你要想通了，也许早都被人致过悼词了。”

新年雨季来临的时候，老人老陶去世了。告别仪式真的是由他生前单位的年轻领导主持的，只是节奏比老人预想得快。追悼会前，人们拿了之前的悼词对照了一下，只对他做了简要的生平介绍，致悼词本身，只用了两分多一点的时间。

万言悼词没能派上用场。

但是，三儿一女对老爸的遗嘱是忠实履行了。老陶最后一份遗嘱是：如果我得不治之症，请立即给我安乐死，不要浪费国家医药费。社会舆论不会谴责你们的（这个没有前提，不适用）；骨灰不要搬来搬去，就近做肥料撒；遗物全烧掉（这个做到了），不留任何痕迹，以免后人麻烦；清明节别给我烧纸钱，死者根本就不知道；火化时一包香烟一杯酒陪伴就好（这个也做到了），这是我这辈子相伴时间最长的伴侣。

最后一条：把他卡里剩下的三千多元钱，尽数交了党费。

所以，火葬场回来的一周内，陶家兄妹就把三千零七元一角钱，直接转账代交了党费，清了户头。

四面八方　蔓菜芬芳

蔓菜，多年生草本植物，叶互生，圆形复叶，四季常青。茎纤细，叶和茎有特殊香气。喜海风，闻风茂盛。花细小浅蓝。果实形同绿豆，色丹，富含硒，性平，可入药。

——题记

我是在县方志办搬家的那天，第一次知道“蔓菜”的。

当时，我正要上石阶，一阵风过，半张很古意的毛边纸，在前面钟摆似的飘摇而下。一眼就看出，是线装书里的一页，就像一阵大风把它刮离火场，飘落在我跟前。这张火后余生的残缺纸片，不知是时间还是高温对它的改变，无论是焦褐的色泽还是发硬的质地，都已经不太像毛边纸了。这是对折后为正反两页的那种线装书籍，纸的下半部的蚕食边界为焦棕色，似火烧痕迹，之外的巴掌大的失却部分，估计早已炭化消失。我猜想它属于一本遭遇了大火的古书，有人把这片残片捡起来，夹在什么地方，也许在另一本书夹了许多年，但是，最终，它还是飘落出来了。

在石阶上，我拿着那半张褐色的火后余生的纸片，首先吸引我的是极细的、有点发白的毛笔画的工笔简图——几茎互生的圆形叶子，简直像铜板串。我从没见过这种植物，以为是传说中的摇钱树，可是一看文字，我的好奇心顿起。

菱菜，独产海埂合玱。叶互生，圆形复叶，四季苍青。茎纤细，叶和茎有清冽异香，冬季浓郁。喜海风，闻风茂盛。四季花开，花细小色白，果实如丹珠。根须如珠状连接。合玱人以其干果、根块泡水饮用，令人神清气爽、怡情悦性、平躁安康。

菱菜滋善……调转不善情绪……饮之，自戕者自拔自励、忧戚忧悒者转喜、冷漠者温暖、自负者自谦、自馁者自满、背信弃义者愧汗负疚……

资料室老居从石阶上一级级下来。路过，他扫了眼我手上的纸片。

“咦，”他说，“你哪里拿来的？不是早都烧掉了吗？——书呢？”

“我不知道。”我说，“是什么书上的？”

老居把怀里装资料的小铁皮柜子放到地上，拿过那张纸片。

“没错，是它，都烧了几十年了，一本地方野史趣闻之类的书。我刚刚参加工作那年，旧资料室有场大火，还熏死一个漂亮姑娘——我刚刚一见钟情的姑娘。书在哪儿？”

“我也不知道，天上掉下来的。”

“嘿，我又不要！”

老居笑，弯腰捧起小柜子，要离去。我追步拦住他。

“真有这种调转情绪的滋善草吗？”

“翻过，翻完就完了，没有什么研究价值，都不过是南方人荒谬的想象。我当时不过是想看那个姑娘，才老去旧资料室翻这些垃圾的。”

“你说它不可靠？”

“正经做学问的，谁也不信。我知道活的人中，只有一个全天候疯子相信，还有一个间歇性疯子也相信。”

“他们……是谁？”

“正常的时候，他们一个是地方志专家，一个是植物学者。”

疯子和半疯子的追求

我还是分别去拜见了那两位相信“菱菜”的疯子和半疯子——地方志专家老阿诺和植物学家密尚。

他们起码相差三十岁，世界上，只有他们坚信菱莱的存在。但是，关于合玱在哪里，据说，他们有过不顾脸面的忘年论战，分歧点天东地西，完全不是一个地方。当我试图替他们交换双方意见时，他们都把我当成对方，动辄就扑上来，要进行武力纠正。老阿诺甚至不像话地讥讽密尚，不过是把三叶酸当成宝草了：他还以为是《本草纲目》里的随便哪种野草呢！嘿，牙齿肿痛、赤白带下、两便不通、癣疮作痒……

我查阅了许多资料，没有办法确定合玱是哪里，暂时也没有可靠的依据，使我倾向两个疯子的任何一方。有个大学教授说，合玱是古越时期海埂原住民土话的象声词，音译，表示海风呼啸阳光灿烂的地方。更多的教授说，学界早就有定论了，东南沿海包括海埂的历史上，压根就没有这个地名。老居也说，有些野史有价值，至少当时的风土人情还是可窥一斑的；有些野史，根本就是瞎掰，不过是一些落寞愚蠢的文人，打发无聊的无稽之谈。

但疯子阿诺说，合玱就在附近，在东经108度、北纬24度的地方。他年轻的时候，经常在无人知道的日子里，去那里探访。现在，医生束缚了他的手脚，想搞坏他的脑子，但是他对合玱的记忆是不朽的。“没错，合玱就在离我们不远的地方。”他说。

老阿诺的脸像一个泡烂的煮土豆，说话的时候，我一直看到他一小片圆圆的舌头在口腔里腾挪，因为他一颗牙齿也没有了。老阿诺对我一会儿信心大增，觉得自己后继有人，一会儿沮丧万分，万念俱灰。“你去吧，按我给你的地图和时间，哦，你找到了，他们就没有理由禁锢我了，他们会羞愧万分地释放我。”转瞬之间，他又哭泣起来说，“你永远也找不到，哦，哦，我一眼就看出来了，你和我无可比拟。就算被你这样的人，瞎猫碰到死老鼠，侥幸找到了，那里还会剩下什么呢，什么也没有了，这是什么世道啊！哦……”老阿诺痛哭起来。

医生和护士飞奔而来。

半疯的密尚，说真的，外形很给我信任感。他穿着到处是被硫酸还是盐酸什么的烧成洞的、有点发黄发硬的白褂子，反反复复在高亮度的弧形墙灯下，摇晃观察手里的试管和烧杯，很像一位马上就面临突破的科学家。

密尚也给了我一份他手绘的地图和出发时间。我请求他标上经纬度的时候，他瞪视我良久：“你……”他伸了伸脖子，使劲儿伸了伸，还是把那刚才咽下去的话又吐了出来：“真是笨！所有的笨蛋就是你那种吃饲料肉猪的长相！”

我小心翼翼地说：“因为……我是觉得老阿诺的经纬度……”

密尚大喝一声：“白痴！”

我不知道他骂我还是骂阿诺。他抢过他手绘的地图，唰唰唰地用大号红蓝扁铅笔在上面标注了粗重的经纬线和经纬度。我老远就看出来，无论经度纬度，他都和阿诺相差一又六分之一度，在海埂有证可考的史料范围内，这意味着它们真的天南地北。不过，回去我查阅了专业地图后发现，它们分属两个小海湾，都在火山断裂带上，无论地貌气候，均属于"海风呼啸阳光灿烂"的地方。这是不是暗合了"合玱"的地名？

"蜻蜓饭草"

我开始了寻找合玱的旅程。现在想来，也许我真的连"合玱"的边都没有挨到。

那两个天南地北的小海湾，以及附近的类似地貌气候的周边地区，花去了我三年来的全部休假日。我是严格按照老阿诺和密尚的地图去寻找的，非常准确的经纬度。在那些礁石连天的海湾，我看到过无数阳光灿烂下的人们，踏过了无数海风呼啸的沙滩。但每一次似乎都被两个疯子审判为无功而返。

每一次回来，我必定会去告诉他们。我告诉他们我所看见的、听到的一切，但他们总是很生气。我越来越看出来他们对"合玱"病入膏肓的向往，同时，也感受到他们从心底对所求的绝望。只是他们从不承认。我跋涉在海风里进行的所有的证明，都成为他们嘲笑的对象。

我说的第一个故事是这样开始的，传说合玱的孩子不是能够听懂动物的话吗？在一个有着巨大礁石和凌霄花的镇子，我见到了这样的孩子。

那里的礁石一定是模仿了惊涛拍岸的长法，每一座都像凝固的海浪。那里，虽然看不到金色的珊瑚湾，也没有看到你们说的那种碧波连天、叶子圆圆的菱菜，但是，那个能够和所有动物沟通的孩子，真的就生长在那个海风呼啸、阳光灿烂的小海湾。而且那里的人，他们的石条阳台、三合土后院都长着一种常绿植物。有人告诉我，那叫“蜻蜓饭草”——就是蜻蜓爱吃的花。那里的很多人家，喜欢把它的果子晒干加在铁观音茶里，泡着喝，据说异香扑鼻，喝了令人心旷神怡。

我在那里的时候，发生了一件意外事件。

意外事件来得很突然，那个能够和动物说话的孩子，出车祸死了。

我后来才知道，一辆运送水晶矿石的过境车，轧到了孩子。

顺着路边很多在鱼尾葵树下默默流泪的人，我来到了事故发生的中心地。没有想到，一个四岁半的孩子那么受人关注，我以为人们难过，是因为那孩子讨人爱，没想到他们说，现在只剩这一个孩子能够和动物说话了。我们希望他长大。

那里的人说，不只动物，那孩子能和他所见到的任何生物说话：男人、女人、老人、婴儿、警察和小偷，门前的紫荆、后院的木瓜，还有阳台的“蜻蜓饭草”——可能就是菜，还有，这个时代的孩子所能见到的苍蝇、蚂蚁、小鱼、鸡、小鸭、巴西龟。所有的生物，都是那个孩子愿意亲近并能够亲近的对象。

鱼尾葵下，孩子最后的时刻，被那里的人仔细回忆着。我记住了其中一段。

人们说，那天下午海风打着旋涡上岸。走来一个提着白纱婚裙的新娘子，她的身后，婚纱的裙裾和绿篱上匍匐的橙色凌霄花一起在风中起舞。

那孩子被深深吸引，就一直跟在新娘明媚的蓬蓬裙子边。

他仰着小脸问：“姐姐冷不冷？”他说：“我有两块海螺糖。”

走向礁石群的新娘，跟着拍照片的人，东张西望地找景，没有搭理孩子的问话。

孩子说：“我有两块海螺糖。”

新娘摸着孩子的头说：“我不吃海螺糖。”

孩子望着海风中新娘裸露的肩膀，说：“你冷不冷？”

新娘说：“不冷。我一点都不冷。”

孩子说：“白雪公主也是在雪地里穿裙子。”

新娘提起裙子蹲下来，她亲了亲那个孩子的脸颊。

孩子就目不转睛地看新娘、新郎在白色的海浪间，摆各种造型拍摄。直到远远地，有人喊：“小凳子，你的巴西龟——跑——掉——啦——小凳子！”

那孩子像小狗一样竖起一边耳朵。新娘说：“小凳子是你吗？”

孩子把两块海螺糖放在新娘手上，扭头就奔跑起来，他似乎还没有掌握好奔跑的技巧，跑起来趔趔趄趄。

新娘说：“慢一点！”

那里的人说，从那时起，那个孩子一个下午都在寻找他的巴西小龟。

巴西小龟是从孩子住的石条围栏下，爬下或跳下，离家出走的。之前，孩子还邀请一个回收旧报纸的小伙子看他会吐金色泡泡的小龟。他坐在院门口的小板凳上，已经邀请了很多人参观小龟的新本领。

回收报纸的小伙子觉得有趣，把小龟捞出水面，放到阳台上的“蜻蜓饭草”中。那一时刻，海风轻旋，阳光灿烂，花草芬芳。小龟缩成一块儿石头，像死了一样。孩子贴上去悄声说，别怕，我在这。伸出手来，跟我握握手。

巴西小龟迟疑着，真的伸出一只可笑的小爪子。

回收报纸的小伙子哈哈大笑道：“哇，哇！”然后拿着他收购旧报纸的大杆秤和肮脏的编织袋走了。回收不到旧报纸的时候，小伙子总是坐在牡蛎壳桥头的凌霄花架廊下看旧书，每一页都要沾点唾沫翻，看得津津有味。不知过了多久，他听到楼道那边有人喧嚣，像灰尘忽然腾起那样，有人在紧张地奔跑，起身一看，才知道，出事了。

那个叫小凳子的孩子，小小的身子在后车轮底下，一块儿小半个馒头大的脑浆一样的东西，油汪汪地在车轮外侧。赶去围观的人，看到孩子小小的身子，干干净净的没有血，有人想看得更仔细，弯腰，就看到车底下，孩子的脑袋瓜都破裂了。

我的故事被老阿诺的故事打断了。他用他的故事，否定了我的故事。

下面都是阿诺的叙述。

"……那些人都以为菱菜是个随和的植物，因为它饮风而长。你说，这世界上哪个地方没有风呢，可是，能找到菱菜的地方却很少很少哦。为什么看起来那么随和的草，却又那么稀罕？对啦，也许你、我，所有的人，永远也无法破译菱菜的秘密。在它的发源地，那个海风直入的背山村庄，人们一代又一代和大片大片蓬勃的菱菜生活在一起。菱菜雪白的花开的时候，整个雪白芬芳的村庄就是天堂的郊外。哦，村庄外面是金红色的环珊瑚礁，再外面是绿蓝色的海水。沙滩和海水交接线——椰子树下，堆积着白色如沫的菱菜花。你要知道哦，菱菜飘香时是个很有意思的季节。周边的居民，无论山外的，还是海外的，只要知道菱菜的，都愿意在那个芬芳的季节，不远万里，去跟合玱的人谈心、联姻、做交易，或者到那里大口呼吸。只是，到合玱一趟是不容易的旅程。

“史书上（我不知道老阿诺是不是指那部烧掉的野史）记载说，合玱的人，男女老幼，个个性情随和、厚道守信、容貌俊美。而外面娶进来的媳妇呢，三年五载，也会发生如此美妙的变化。真正的纯粹的合玱人，是受世人喜爱的哦。

“据史书记载，‘尾生与女子期于桥下。女子不来，水至不去。尾生抱柱而死。’这个著名的尾生，就是合玱人。还有一个故事，说有一年哦，一个合玱神童被举荐，和全国一千多名进士一起进京赶考。结果他发现，试卷是他前几天练习过的，神童就报告皇帝，请他换个题目。皇帝激赏他，赐他进士出身。后来这合玱人长大当官了，由于天下太平，京城大小官员便经常到郊外游玩或在酒楼、茶馆举行各种宴会。合玱人家贫，无钱出去吃喝玩乐，只好在家里读写文章。皇帝见群臣经常游玩饮宴，只有那合玱人在闭门读书。皇帝想，如此自重谨慎，不正是辅佐太子读书做东宫官的最好人选吗？就提拔他为东宫官。那合玱人谢恩后说，我其实也是个喜欢游玩饮宴的人啊，只是家贫而已。若我有钱，也早就参与宴游了。

“你看，这才是合玱人啊！你懂了吗？”

没有真心笑的人了

阿诺午睡起来后，我继续告诉他我的故事。我已经明白了，一个个体现象，是不能证明合玱的存在的。于是，我坚持说完了小孩子和巴西龟的后半部分。

我说："很多人围着那个沮丧的运水晶的开车人。小镇人比开车人更加沮丧。"

拍摄婚纱照的新娘子一行也被人群吸引过来。发现是不吉利的事件，新郎就拉着新娘离去。新娘走了几步，一边听到了人们的议论，她开始寻找那个孩子留给她的海螺糖，发现根本找不到了，肯定是遗忘在哪一块儿礁石上了。所以，她挣开新郎的手，又回到人堆中。不知道运水晶的人狡辩了什么，有人揍了他一拳，运水晶的人夸张地惨叫。新娘厌恶地推了他一把。

运水晶的人哭了起来，从自己口袋里掏出一张表格样的薄牛皮纸，抽抽搭搭地说："这是……我已经三天没离开车子睡觉了，我实在太累了……干三天，才下车睡一个白天，晚上又接班上车了……"

人群中有声音说："真是要钱不要命！"

"哪里啊……"运水晶的人泪眼模糊地在人群中找说话的人，一边在裤子后袋里摸什么，他又摸出了一张白纸，"我工钱才……"有人一把抢了过去，几个人看了看，没有说话，又有几个人抢了过去一起看，有个声音高叫起来：“才这么一点？一百斤排骨都买不到？”运水晶的人说：“如果不包括后面一栏的长途熬夜补贴，辛辛苦苦干一个月，我只能买到八十斤冻排骨……”

小镇的人安静下来。

运水晶的人哀伤万分：“排骨？你们怎么会想到排骨呢？”他说：“我家已经十年没买过肉了，老家的小孩子先天不会走路，没有钱治，十四岁了还在床上拉屎拉尿……老婆肝不好，成天想自杀。那天，我老婆生日的时候，在快餐店，我替她要了一块儿卤排骨，店里给我们打快餐盘，一人打一块儿，我说不要，只有我老婆那盆要，他们不肯退，说排骨沾到了别的菜，味道不好了，偏要我买。我偏要退，他们就打我了，还把我的排骨扔到马路上。我火了，说，打就打了，为什么扔我的排骨？那我绝对不付钱了，他们的厨师拎着刀就冲出来了……”

这时候，我看到有人端来了“蜻蜓饭茶”，给小凳子父母喝，但他们痛不欲生，不想喝，人们就顺手给了运水晶的人。运水晶的人喝了，人们又给，他又喝掉了。他喝了很多很多茶水，看来他很渴，要不然就是很不安。

喝完茶之后，慢慢地，运水晶的人就无声哭了起来。他跪伏在小凳子尸体面前，一直说自己该死。

人们黯然地陪着他站着。

一个女人说：“你难道都没有亲戚朋友可依靠吗？”

运水晶的人说：“依靠谁啊，现在外面的人，你们不知道啊，连笑都不爱笑了。如果他们忽然对你笑了，肯定是有事要麻烦你了。我觉得，笑得最真心的就是那些预计要给你发结婚喜帖的人，等你去吃了酒，交了礼金，第二天他们就不怎么笑了。”

他比女人还会哭，一直呜呜咽咽的，难以自持，鼻涕挂了一下巴，筋筋吊吊地挂着。他好像进入了一段极其悲惨的回忆或想象，我看不下去，就在我准备离去的时候，突然，运水晶的人用自己的头去猛烈地撞车。大家一惊，七手八脚把他拉回的时候，那人已经头破血流，半昏死过去。大家都害怕那人的脖子给撞断了。

那个地方的人真是厚道。运水晶的人，不过是有丁点儿内疚感的杀人犯，镇里的人居然花那么多时间陪他一起难过。我还看到，很多人在帮助被轧死小男孩的父母的同时，也开始努力劝慰运水晶的人……

我说到这里的时候，看到老阿诺似乎在点头。他闭着眼睛，那个自负、易怒的舌头，不再在没有牙齿把关的口腔内傲慢滚动。我以为他会推定我找到了合玱，但是，他说：“合玱没这么简单哦。”他打着手势说肯定不对。

菱菜花香里的海盗

一只苍蝇，不断在桌前的金盏菊花芯里飞舞。它以为自己是一只蜜蜂。

老阿诺歇了很久，又开始说。

最早啊，合玱有人居住时，菱菜就漫山遍野了。说是菱菜对土壤的要求不高，贫瘠能活，肥沃能长，只要通风，它就蓬勃兴旺。所以，过去曾有媳妇把庭前院后青葱满地的菱菜当菜煮，结果，蓬蓬勃勃地摘一大箩，下锅一煮，菱菜全部化为汤汁，成了真正的“打老婆菜”——打老婆菜，最早就从这里出来的。不过，传说合玱并没有一家老婆因此挨打，因为丈夫喝了这些汤，个个都不乐意打老婆了，只是告诫老婆，不要再弄这个菜了，吃了拖不动渔网啊！而合玱的老婆通常也不乐意做了，空落落的汤汁，的确不抵肚子不下饭。这样，菱菜再新鲜欲滴，再自主兴旺，也不能获得家常蔬菜的身份，渐渐地就退出了人们的饭桌。哦，对了，我刚才说过，合玱菱菜花开的时候，是合玱最有意思的日子。海风呼啸，高天阔地里，都是清新的菱菜飘香；阳光灿烂的村庄，四处氤氲着微醺的和善之气。在那个季节，天顺民安，合玱的孩子能和所有的飞禽走兽说话。有很多的动物，会穿过大峡谷，来到合玱。那是最美好的、天人合一的季节哦。

菱菜花开的时节，就是合玱辞旧迎新的时节。合玱的辞旧迎新要持续一个多月。那里的新婚的女人会结伴走遍合玱，她们会告诉所见的一切，比如，推门第一道新鲜的阳光、树木、飞过的鸟儿、鸡鸭、竹林里过来的第一阵带有夜晚静谧气息的风，还有冲洗着白色贝壳的潮水、远处的山峦、脚边忙碌的虫蚁，她们都会一一说，哦，你好呀，新年来了。我们又要一起重新开始啦。

在菱菜开花如雪的时候起，合玱人开始洗门板、掸蛛网，整理前庭后院，大搞卫生，而且，家家户户都在用上一年的干菱菜花，烤制鲜美鱼贝，互赠友邻亲朋。家家户户还都会亲手重新描绘门神。和外地门神不同的是，合玱的门神都是踏在碧波连天的菱菜上，面带微笑。

合玱人也是腊月小年那天送灶神，他们对灶神很尊敬，但不行贿，因为合玱人一年到头，平和良善、尊老爱幼。在菱菜盛开、辞旧迎新的时候有个重要的祭拜日，全村的老少要一起祭拜诸神。祭品一定要有九个苹果、九小把葱、九小把芹菜、九小堆杏仁和九块慈姑。它们被放在洗净的菱菜叶子上，分别代表地久天长、平平安安、聪聪明明、勤勤力力、诚实有信、万物祥和。

那一年，菱菜盛开的时节，海上来了一支强盗。强盗船是在菱菜芬芳中靠岸的。他们就是和过去踏上其他任何一个给养点一样，烧杀抢掠一把，补给了就走。那个晨雾茫茫的早晨，淡奶色的海风里，时浓时淡地飘过不知名的、令人安神的清香。下船的海盗们互相看着，又看着礁石丛林深处的村庄。许多人不由自主大口呼吸。

他们向村庄走去，沙滩上干净的沙子，在脚板下发出唧唧的响声。一阵阵芬芳，清冽袭鼻，哦哦，有如阳光下的山泉。

有一个海盗想起家乡院子里的祖父种下的两棵波罗蜜。

几乎只是一瞬间，更多的海盗想起了平时不容易想到的人和事，比如，心爱的狗，菜地里的蓝色牵牛花，母亲的白头发，姑娘的酒窝，妹妹的眼泪，山口的风筝。有一个海盗悄悄擦掉了眼泪。

而此时，合玱全村人都跪在山坡前的空地上，一排排、一队队，他们在等候祭拜日的第一缕海上过来的阳光。

失火的时候，合玱村民并不知道，等他们惊觉已经是天空乌烟滚滚，而当他们暂停祭拜仪式，纷纷赶回去救火时，才发现很多服装怪异的陌生男子在英勇救火，他们救出的婴儿，在他们怀里微笑，他们甚至还救出了牲口圈子中的牛、猪、鸡、鸭。

海盗们在合玱住了很久。他们爱上了那里的姑娘，他们喜爱姑娘的父母兄弟，喜爱那里的和睦无忧。但是，海盗们最终还是走了。他们带着心爱的姑娘和物品走了。从那以后，慢慢地，越来越多的人知道了合玱，知道了通往合玱的海上之路。

合玱在海上，只是很小的一个点，但在陆地上，在山的背后，却有辽阔的腹地。不过，和合玱相邻地区，于合玱之间有个人迹罕至的千米大峡谷。大峡谷之外，是喧腾热闹的、没有菱莱的、辽远无边的、人烟稠密的腹地。大峡谷那边的人是非常精明的，他们只要凭借婴儿的哭声，就能推断一个孩子的个性和未来。他们认识峡谷这边的合玱，是个漫长的过程，因为海风吹不过去。一开始，陆路腹地上的人们认识合玱，除了小部分迷途者，大部分都是绝望伤心的人。他们从大峡谷顶端的悬崖上跳了下来。命不该绝的人，就这样来到合玱。

任何时代，总是有对生活彻底失去信心的人。世世代代的合玱，接纳了很多这样的人，如果他们跳得好，落水后，就立刻能被海水里的一种叫“大鲋”的鱼送上岸（像白鲫鱼的巨大的鱼，喜欢亲近人。阿诺注）。合玱人总会悉心救治他们。这些伤心绝望的人哦，只要一喝上菱莱茶，他们大部分人会转向情绪的反面。在合玱住了几日后，他们通常会打心底愉快起来，看什么都欢喜自在。他们会重拾信心，很多人会乐观地穿越峡谷，出去了，也有人气定神闲地在合玱居住下来。总之，在这里，尤其是菱莱花开的季节，那里是个令人振奋、容易喜悦的季节，人们很轻易地放大希望和信心：冷漠会转向温煦，背信弃义的恶念会悄然羞怯。

传说有个落难的书生，绝望跳下悬崖，被“大鲋”乘海浪搭救，送到了合玱岸。合玱人对读书人尤其宽厚敬重。养伤期间，这书生爱上隔壁晾晒菱菜茶的姑娘。是夜，书生翻墙进入姑娘房间，惊动家人，于是被押。合玱长老们一问案由，便出题面试。那书生秉笔疾书：

花柳平生债，风流一段愁。
逾墙乘兴下，处子有心搂。
谢砌应潜越，韩香许暗偷。
有情还爱欲，无语强娇羞。
不负秦楼约，安知漳狱囚。
玉颜丽如此，何用读书求。

喝着菱菜茶的长老们，一听击节赞赏，不但不责罚书生的非礼之举，反填词一首，判二人结婚：“多情多爱，还了平生花柳债。”最后一句是“烛影摇红，记取媒人是菱菜”。

但你知道吗，成也菱菜败也菱菜哦。据记载，当地人因为老喝菱菜茶，和山外、海外打交道吃亏居多。因为外面的人是不吃菱菜的。吃菱菜的合玱人，总是心眼太实，他们轻信又慷慨，近忧远虑都没有，吃亏了也不计较，也不一定有胆量抗争。慢慢地，一代代地，那个海风直入的合玱就没有什么人了。人们放弃了合玱，渐渐到山外、到海外谋生去了。不过，你要是真正找到了合玱，还是有人的，也许是一两个人的村庄。现在，也不用穿过大峡谷，因为修铁路的时候，早就把合埨和外面连在了一起。如果你要辨别合埨，首先你要看那里春天的时候是不是菱菜茂盛、碧绿连天；冬天的时候，那里像洁白的天堂。海风来去都是菱菜飘香，动物、植物和人，甚至海浪，都能默契交流，龙眼、荔枝、芦笋会告诉女主人当年的收成，而孩子，尤其是孩子，都是带着动物玩耍的，甚至上学堂。如果不是这个感觉，你就找错地方了！

我问阿诺菱菜叶子长什么样，阿诺说："像铜板一样，圆圆的，拔下叶子，有清汁流出来。"我说："有一个地方，我看过这样的叶子，不过没有汁液流出来。"

阿诺像早孕反应那样，干呕了几下脖子，之后，一直发出"哦"和"噉"之间类似食道痉挛的声音。

"那么，"我说，"你还愿意听我的故事吗？"

他没有回答，但他的眼睛，像调皮捣蛋的孩子，窥视着我。

屠刀和孩子清澈的目光

我就像一只采蜜的工蜂，不断把远方的信息带回来，供奉给阿诺和密尚，并忍受他们的推敲和甄别。当然，他们也告诉我不少信息。一来一往，这三年间，我们互相叙谈了很多我们所掌握的"合埨"线索。

这里面，老阿诺的信息比较混乱，因为很多时候，你无法断定他的叙述，是来自哪个野史趣闻，是民间传说还是他的亲身经历，还是梦幻，或者根本是药物导致的臆想。治疗医生也不允许我以学术态度，来对待老阿诺。所以，这里有关地方志专家阿诺的话，我自己也不十分当真，更不可能把它作为严谨的治学材料。它只是我对于“合玱”、对于“菱菜”的一种怀想和寻觅的激情辅助。

人和动物对话交流，是阿诺最着迷的部分，所以，我又告诉他一个故事。

有一天，我要离开一个老渔村的时候，碰到了一个满腮紫色青春痘疤的人。他是个喜欢吃炸咸带鱼的八旬渔民。抽着我的烟，老人说他听家里的一位长辈说过，两百年前，那位长辈曾有个远房叔公，年轻时，也见过一个能和动物说话的孩子。那远房叔公是一个家族复仇者。他在夜色中抵达复仇地，正要动手的时候，碰到了一个在睡梦中醒来的孩子。

他也没有想到，他本以为无人的稻草堆里会有个那么小的孩子。那个奇怪的孩子，看到他手里寒光瘆人的刀，毫不害怕。也许是孩子根本不认识刀，反正，那个孩子揉着眼睛说：“叔叔，要尿尿。”

那个远房叔公不知如何是好。

“尿尿，叔叔……”

那远房叔公说，他从来没有见过那么清澈的眼睛。而一把寒光逼人的刀，竟然在这样清澈的眼光下，顿时黯淡萎靡下来。这是多么不协调啊。

孩子在金色的稻草床中站起来，向那个仇恨满腔的复仇者张开了他的小胳膊。复仇者不得不放下刀。他抱起了这个向他敞开的孩子。

别的房间里，孩子的家族人正惊恐地看着地上的刀，看着抱着孩子的复仇者。他们看着复仇者，笨拙地把孩子抱到门口，孩子的小便声清脆地射在外面的月光石板上。没有人敢大声呼吸，包括那个复仇者。尿尿还没有结束，孩子就在复仇者怀里睡了过去。

复仇者抱着孩子轻轻站起来，那个小小身子、大大脑袋的孩子，半醒半睡间，一手搂住了复仇者的脖子。

“你的马，”孩子说，“外面的马，它肚子痛了。它想你过去。”

那位叔公放下孩子，拿起刀。他并没有马上出来看他的马。他看着孩子，心里柔软而混乱。月儿银亮刺眼，比刀还瘆人。

那个远房叔公站在两百年前的月光下，感到一阵阵口干舌燥。

这是一个好兆头，还是一个不吉之兆呢？那复仇者迟疑地走了出来。他吃惊地发现，沙礁旁他的马，正痛苦地倒在地上，口吐白沫。

月光下，跪在病马边的复仇者，抚摸着马，永远失去了复仇的念头。

“你们祖上那地方的人喝菱菜茶吗？”我说。

老渔夫说：“菱菜？不懂。你说的我不懂。”

我想到一句话，放下屠刀，立地成佛。我并没有说出口，可是，老渔夫吐着咸带鱼骨头说：“扯淡……”

故事说到这里，我看阿诺，没想到他竟然睡着了。松弛的嘴角挂着老人的口涎。

我只好站起来，离去。

上帝的风铃

密尚总是用审讯的语气发问，我并没有反感他，是他严厉的科考气质征服了我。

不审讯的时候，密尚会有种类似自说自话的倾诉。让我感觉是自说自话，是他说话的时候，总是对他手中的烧杯试管或者脚尖前的什么空虚点说话。他几乎不看我：

“……在那个地方，我一直听到有……嗯……怎么说呢，就像是……有点像是一车空心砖头卸下来的声音——不不，那里根本没有砖。这个比喻不对，它要比那个泥土的声音，更清凉、更通透、更空远，最后一声都快连到天边了，哗啦啦的，一声连一声，两声叠三声地，隐隐约约，特别清澈人的耳朵，忽地一阵、忽地一阵，清香如花一样地传过来的……老有这个声音，我这么说，你明白吗？”

他并不看我，我还是马上回答：“唔，……好像听到过……”

“你给我记着，一方水土养一方人，合玱人像孩子一样，最喜欢过新年。这个地方的人，既不会跳舞，也不善于歌唱，但是，他们爱笑。他们喜欢微笑，喜欢吹着细长的笛子。大年初一，合玱人微笑着穿上新衣服，到处拜年。新年的阳光下，到处是悠扬清新的竹笛声。不过，第二天开始，许多合玱的女孩子就会想哭，她们不喜欢新年开始变旧了，竹笛声也就变得很哀伤。你知道吗？合玱的孩子，尤其是女孩，天生感伤。她们的父母长辈，通常就会给她们烧制一壶菱菜红糖茶，也叫女儿茶，可以调理小女孩的情绪。每一个女孩都要经过这样的调理，慢慢地就一年比一年更理解新旧交替。你说，你找到了什么？”密尚突然发问。

“你见过阳光灿烂海风呼啸下，那些感伤的竹笛声中的小女孩吗？”

密尚问，阿诺那个老疯子知道这些吗？按合玱世代相传的风俗，合玱的人嫁女儿，一定会让要出门的女孩，喝一壶红糖菱菜茶。就是用菱菜的珠状根块晒干炮制的。他们指望女孩到了外埠人家，能和在合玱一样，天天情绪饱满无忧。所以，当地妇人也叫它“滋善草”“婆媳草”。不过，过去的人很难掌握菱菜因人的血型、酸碱体质、体重而异的量，因此很多女孩到了婆婆家，变得胆小懦弱，要不就没心没肺。即使刚刚好，服用者心情愉快，百事不愁，婆媳和睦，但这个媳妇，终究还是会被外族同化。

“你说，你看到了什么？”

密尚说，真正的合玱人，也就是那里的原住民，早就消亡了。只是你找对地方，你还能看到菱菜还存在。合玱早就物是人非，历史传说中的合玱，那个海风直入的背山小村庄，因为喜欢喝菱菜茶而最终没有人烟了，它成了狗的天堂。我找到那里的时候，第一眼看到的是漫山遍野的菱菜，引来蝴蝶、蜜蜂漫天飞舞，连路都快看不见了。我摘掉了耳机后（后来才知道，密尚有戴耳机听交响乐的习惯），感到有东西舔我的手，原来是两只黄狗。密尚说，我这才看到，那些不明原因废弃的民居遗址边，趴着许多安逸的狗，也许它们是被当年的主人遗弃，依靠菱菜和山鼠，在这里顽强生息，世世代代等待主人归来；也许它们只是团体出游，定期来看看这里的蝴蝶和菱菜吧。总之，那里没有人，只剩下狗了。

这个时候，我才感受到什么是半疯子的思维。

以前，有个屠夫告诉我，天堂里面都是狗，但他还是要杀狗。密尚说：“你知道吗？从找到合玱的那时候起，我就相信了屠夫的话。还有，就是前面我告诉你的，当我摘掉耳机，我不时听到那种比车卸空心砖更清澈的声音，一阵一阵，当时我猜是合玱海浪拍岸的声音，后来我觉得，那是一种风铃，看不见的风铃，天地间的无形的风铃声，肯定是老天爷在合玱四周挂满了风铃，我们听得见，可是我们看不见。”

“我问你，”密尚说，“你老实回忆，这个奇异的风铃声，你这一路都没有听到过吗？一次都没有？”

我被问得紧张而空虚。要承认，大部分的时候，密尚比老阿诺说话更有条理，他对我的究问层次也清晰。我几乎觉得我真的空跑了三年假期，也许我真的连合玱的边都没有挨上。难道合玱真的四周挂满无形的风铃？它的地界，就是风铃线？我的天啊。那是什么神奇的地方？

密尚的桌子上有菱莱的标本，后阳台有一个小角落，那是密尚的实验基地，他用温控器、风扇动力系统和紫外线、湿度控制仪等装置，模拟的海风呼啸阳光灿烂的环境，但是，隔着玻璃，我看里面的小草蔫头蔫脑，并没有多大生气。

“这是哪里弄来的草呢？”我问。

“当然是合玱！”密尚说，“我就快破译出菱莱生长的全部秘密了。快了！一旦这个问题解决，我告诉你，我将建立世界崭新秩序，我可以把人间直接变成天堂？你信不信？！”

我不合时宜地笑了起来。

密尚顿时面无血色。他站起来，几乎要扇我一巴掌。可是，他跳起来，并且在挥出手的时候，他改变了身体方向。

我想，科学家的理性到底战胜了这只粗鲁的手。我也害怕了，目光变得格外恳切。我恳切地看着密尚拿来一张塑封的标本。他这是第一次，把他的宝贝，近距离放在我面前。

我认得出，它和我捡到的线装古籍上画的很相似，就是传说中的菱菜，一瓣瓣古钱币一样的圆圆的互生叶子，枝杈间还有小花穗一样的东西。应该那就是那植物的果实了。

密尚说："告诉你吧，白痴！菱菜的硒含量，是普通草本植物、家常蔬菜的十九倍以上，菱菜果实中一些罕见的微量元素，能极大地促进生物体血清素的分泌。血清素的意义是什么呢？它有助于镇定情绪、解除焦虑，使你感到心情愉快。不过，复杂的是，血清素在生物脑部不同区域、不同的年龄阶段的作用并不相同。现在我还掌握不住准确的剂量问题。"密尚一指那个实验区："'逾淮而枳'不仅是口味问题，是成分起了根本性的变化。这个很糟糕。这正是我的难题。"

密尚说，小鸟和风，把菱菜的种子送往四面八方，一些像老阿诺那样，对历史一知半解的人，四处指鹿为马；还有一些急功近利、居心险恶的植物学家，非说他们找到了菱菜，并开始广泛种植；还有一些沽名钓誉的学者浑蛋，利用政府的无知浅薄，毫不害臊地公布了菱菜"滋善"配方、菱菜"正气"配方、菱菜"宽容"配方，骗得了政府一大笔又一大笔的专项科研经费。

密尚说："你说你走遍了北纬东经范围内所有海风呼啸阳光灿烂的地方。那我问你，你听到那天堂的风铃声吗？没有。那么，我想，你至少应该能看到伪菱莱——你不至于有眼无珠到这个程度吧！"

傻 瓜 草

我陆陆续续对密尚说起了一些旅途见闻。在我告诉他这些见闻之前，我积累着越来越多的困惑。所以，后来我问密尚："既然合玱已经不宜人居，实际上也就是被人遗弃的，而听你说，都是菱莱惹的祸。所以，我不明白，那你为什么要重新发现并致力推广菱莱呢？这不是害人吗？"

密尚目光如炬。

心头一凛，我有点词不达意。我说："按我的理解，唔，这种东西会使人变蠢吧，它那个……让人傻乐、轻信、盲目飘飘然，大概就是那类被人卖了，还帮着数钱，还鉴定钞票真伪的……"

"你是个白痴！"他咬牙切齿，"毫无慧根！你永远也不能理解莱！"怒骂忽然停歇，密尚像孩子作恶案发一样吐出舌头，有点懊丧的样子。

那个样子其实可笑。但是我谨慎地端坐着，不敢再轻易出声。我们两个安静了很久。

他把手里的茶水保温杯盖子拧开，是要我看的意思。我伸头看一眼，就是淡棕色的茶水。他让我喝，我有点迟疑，我不习惯和人合用一个杯子，但看他目光坚毅，我只好稍微沾了一点。密尚盯视着我，我想他是不是要我回答茶水的味道。

他高声喊道："你看！它没有用！如果它长在合玱的土地上，吹着那里的海风，而不是我用咸鱼风扇模拟的海风，我就不会边喝边对你发脾气。它的确是菱菜茶啊！理论上说，无须任何节制，我就是内心平静安宁，我会很宽厚地倾听任何愚昧的话，并有耐心去纠正一切错误。如果它长在合玱，你喝了也会渐渐明白事理，弃恶扬善。所谓'和喜怒而安居处，节阴阳而调刚柔'。可是，我们喝的都不是真正的菱菜。它变异了！我要拯救的就是真正的菱菜！你刚才说什么？轻信？傻乐？你觉得人和人之间，都这样轻信、傻乐不好吗？盲目飘飘然？这也不好吗？不惬意吗？你这个盲目用得好，就是这样。盲目飘飘然总比阴险得飘飘然好吧？比阴险得不飘飘然更好吧？我就是喜欢每一个人天天都盲目飘飘然的。人人都轻信，人人都傻乐，这是多么纯真的诗意人间啊。只要我能拯救真正的菱菜，只有我能够拯救人间！"

密尚歇斯底里："我必须！我能够！我唯一能够！"

密尚把杯子重重撂在桌上，说："现在，你还认为我是害人吗？”

每一次，在他凌厉的审讯下，我都是嗫嗫嚅嚅地叙说我的路途见闻。因为密尚老是打断我，所以，我的叙述有时候有点乱。看得出来，密尚对我的讲述是有兴趣的，但他故意做出轻蔑淡漠的样子，故意不看我，一直在手里不断摆弄他那些实验试管、烧杯。我试了几次，只要我讲述一停，他手里的活儿立刻中断胶着了，我故意保持停顿，他就歪头、再歪头，最后叫起来，把屁放完！或者，他总以轻蔑嘲弄的方式提问，为的是让我说得更明白。

吊死猫的小孩

在一个棕榈小镇，我敢确定我真的日夜听到你说的车卸空心砖头的声音。不过，在我下榻地的附近，我也亲眼看到货车车斗竖起来大卸砖头的场面，哗啦啦的，像汽车腹泻那样，砖头从高高翘起的车厢里一气儿堆卸在坚硬的地面上。声音蛮好听的。所以，我不敢说，我在夜深人静的床上，听到的这样的声音，是不是就是你说的合玱的无形风铃。也许是工地加班呢。不过，那个地方，还有其他让我难忘的东西，比如“微笑志愿者”。

长途车抵达棕榈小镇的时候，我一下车，就有两个像医生那样的穿白褂子的人穿过棕榈丛，过来发了一张粉色纸片。他们微笑着，说：“不要马上填，在你离开我们之前，填了统一交给高速公路收费站就好了。”

我低头看，表格叫“来宾满意调查表”，调查栏目涉及当地文化、风貌和吃住行，打头的问题是——对我们市容市貌（含市民）的第一印象：你微笑了吗？选择打勾：微笑、平静、不满。

棕榈树丛边，我看到一个腋下夹着小黄旗的导游，也在给自己的队伍分发粉色纸片。他大声告诉自己的队伍：“这是非政府机构的、已经进行了多年的一项民间调查，它来自社会热心分子，我们叫‘微笑志愿者’的组织。你们在街上看到穿白色风衣、戴红色微笑徽章的就是他们。他们认为，生活的最大意义，就是每一天，你都能由衷微笑。大家说，对不对呀？”

队伍说：“对呀！”

“小黄旗”挥动着说：“我也是其中成员！所以，请大家抬举我，到时务必认真填表。我们这里，山好水好风更好，所以我们有一种天下无双的神奇好茶，这个茶是我们这里的独一特产。你一喝就心情好，长期喝，保证你们心里会充满平和、喜悦、宽容、温润、辞让和友爱的微妙气息，你会有非常非常幸福的感觉！久而久之，女人美丽、男人宽厚、社会和谐——噢，大家不要着急，以‘微笑志愿者’的名义，我一定会安排大家去品赏！现在，大家请跟我这边走！”

“小黄旗”拉着队伍走了。我在去住处的路上，果然看到很多位穿白色风衣、戴红徽章的人。他们非常迷人地微笑着，从我身边走过。看到他们，我不由自主地也微笑了一下。我是通过换房旅游中介交换到这个住处的。没想到给我送钥匙的中介工作人员也是“微笑志愿者”，而且还是一个小头目。他说，本来不是他来接头换钥匙的，但这里正好发生了点小事要处理，他就顺便过来了。

我才注意到，他胸口的徽章，很像我们那里出的一种娃娃乐面包。红底上就一白色弧线，表示笑得大嘴咧到耳根。

我说：“你要处理的事情，跟那个微笑活动有关吗？”

他和蔼地交代该住户家具电气使用情况的有关事宜，好像没有听见我说的。

我说：“我跟你去好吗？我来这里并没有任何览景目的。”

他微笑着说：“我知道。你如果实在好奇，就请跟我去吧。”

见到那个事件中心的孩子之前的路上，我已经知道，他吊死了一只花猫，就在居民道口的刺桐树下，很多人看到两只小猫绕着被吊死的猫妈妈凄厉地叫。

我跟在志愿者后面，去了那个九岁男孩的家。

还有两位志愿者已经在那孩子的家门外等着了。我们一行人进去后，那个孩子不理志愿者们，砰的一声把自己关进房间里，父母怎么劝也不出来。孩子的爸爸给大家泡茶，热水一浇，屋子里弥漫着茶香。一个志愿者问：“孩子喝这个吗？”

母亲答非所问：“说来你们也许不信，我这孩子其实非常善良。他从小就是这样，到街上看见乞讨流浪的，都非要我们给了钱才肯走开，哪怕我们因此扣他的零用钱。”

“他喝茶吗？”一个志愿者更明确地问。

“一般吧。他更爱喝饮料，我跟他说饮料不好，茶和水对身体好。所以，他有时喝一点这个茶，有时就是喝白开水。”母亲说。

带我去的志愿者微笑着说：“如果他平时多喝点茶，恐怕就不会把小猫妈妈吊起来。”

孩子父亲站了起来，像是要送客的样子。

父亲说：“我们喝茶，不管什么茶，都是我们爱喝才泡的，喝了舒服才乐意喝的。你们最好别管我们喝什么不喝什么，谁也别指手画脚地告诉我，什么该喝什么不该喝！”

“对不起，”志愿者异口同声，“我们只希望孩子每一天都在微笑。”

孩子的母亲说：“怎么可能呢，现在外面的人这么自私！上周五我忘了给孩子零钱，放学的时候，他就没有钱乘车回家。向同学借钱，同学不借；他想打的回家，司机担心我们父母不在家拿不到钱，也不干；孩子在口袋里找到一张饮料兑换券，找学校旁边的小店老板换零钱，老板怕是假券，也拒绝了他。孩子只好走回家。他才九岁，一个人在路上走了两个多小时，回来就哭了。他问我，妈妈，平时我总帮助别人，为什么我需要帮助的时候，没有一个人愿意帮我？你说，换你你微笑吗？！”

我跟志愿者在棕榈街上走的时候，听到一阵阵车卸空心砖块的声音，哗啦啦的，有力量却节奏优美，很温煦地辐射向天边。我问志愿者有没有听到，他们说没有啊，什么声音呢？我没有描绘，结果我一描绘，他们就会说，啊，卸砖块呀！现在到处都是大工地！

“密尚老师，您亲耳听到的那种声音，能断定是那种上帝挂的风铃的声音吗？”

密尚问：“那个地方究竟卖什么茶呢？你看过了吗？”

我摇头：“我在棕榈小镇买了很多种茶叶，逐一泡开后，我没有发现有一片是圆形互生的叶子，它们都是普通茶叶，是有锯齿边的长圆形叶子。也就是说，它们和菱菜无关。”

密尚说：“哼，我就知道没那么容易！历史精华不是一般人能复原的！这些小人，不过是想利用一知半解的噱头，搞活旅游经济罢了。那些表格、那些志愿者，只是那些天真的志愿者进入角色了嘛！”

红袍门神

我又说了一个故事，我还是想证明我找到了合玱，或者说，证明我接近了历史上的传说。我非常渴望得到老阿诺和密尚的基本认可，可是，无论我怎么尽心回忆介绍，我发现，最终，他们都在极力嘲弄我的见闻。这让我觉得，下意识里，他们共同的志向——本质上并不是找到合玱，而是证伪合玱。他们比一般人更有力量、更有理想地否定了合玱。

我说："我还到过一个海风习习的灰瓦小镇，那里的人很注重信用。传说有一度，只要说是那个镇里的人，很多需要押金办理的事务，无须押金都允许办理。那里的孩子很快在外界赢得友善、自律的好名声。如果附近区镇的女孩子外出告诉父母，她要来这里，那么，女孩就是彻夜不归，家长也不心慌，更不会报警。

"还有，各地的各类慈善活动，越来越多地搬到那个地方的中心广场来开展。我赶上了一次。那一天，阳光普照，空气清冽，大红横幅字下，我看到很多人在捐款。后来那地方忽然喧嚣起来，原来人们发现活动请来的几个主要演员，都是替身。不过，喧嚣很快平息，那里的老百姓说，哎呀算啦，现在吃喝拉撒睡学，有几样东西是真的，可是人家假演员，好歹表演劳动是真的，流汗也是真的，再说，最后毕竟是做慈善吧，算了。一个瘪嘴老太气咻咻地对着我说风凉话，嘿哟，每次活动都能刮到不少钱哟！一个戴大红袖标的工作人员纠正说，钱是其次，主要是，大家总是在这一时刻，感受到心潮澎湃，感受到火烫的爱心。对这个，大家都上瘾了！

“我用的是春假，到那里度春节的。我发现小镇居民家家户户也都画有绿色背景的穿红袍门神，他们灰瓦下的门楣，贴的几乎都是平字打头的横批。一路走去，我看到平安是福、平和得福、平静有福、平顺聚福、平淡见福、平衡满福、平稳保福、平生幸福、平易近福、平实亲福和平允多福，真是数不胜数。

“当时我就想，这样集体性的平心静气，不是合玱还会是哪里呢？”

但是，关于这一点，老阿诺和密尚反应竟然惊人一致：“怎么能相信到处乱贴的标语？除了真正的合玱我不知道，我知道天下的标语都是游戏。没有人会当真写，也没有人会当真看的！它只是一种愿望或表达的必须，本质上都是做不到也根本懒得做的想法，越做不到就越想张扬出来，以代表正在努力。所以，就写了贴，好给大家、给自己一个交代。这样写的人、看的人，所有的人也就都心平气顺了。”

我继续讲见闻故事。

我说：“还有一天，灰瓦小镇的城南，有一家子急急忙忙地满城到处贴启事。原来，他们家后院里种的一亩木瓜，成熟的都被人连夜偷了！那家人担心的是，木瓜不值多少钱，但是，前一日刚喷过杀虫农药！小偷危险！启事的内容就是，要小偷千万别马上吃木瓜。

“你们知道吗？那天下午，我亲眼看见那家老夫妇、儿子、媳妇和孙女，还有他们的左邻右舍，分头张贴启事。启事上的大字是魏碑体：小偷，你可千万别马上吃我们家的木瓜呀，昨天刚喷过农药哇！！！实在想吃，请来我家吃干净的吧。下面是地址和电话。”

疯子和半疯子，终于闭上了傲慢的嘴巴。

最后一个故事，我也没有把握，它和菱菜有没有关系，但是，有趣，我愿意说给阿诺和密尚听。“这是我在离别的汽车上听说的。当地人是当笑话讲的，说他们那里有一位医技高超、爱喝酒的土著医生，有一天，有个居民鼻子发炎了，要做什么治疗，做治疗呢，要用那个麻药棉花球堵住鼻孔。本来，你说手术好了，一边一个棉花球你拿出来就好了嘛，可是，医生又喝多了，拿出了一个忘记了另一个。病人提醒说，医生你少拿了一个吧。医生说没有。结果呢，那个病人在家里打喷嚏，一下就把那个棉球打出来啦。病人生气了，说难怪这几天我这么难受！他握着电蚊拍冲去找医生算账。没想到，诊所里，医生正在抢救一个服毒自杀者，忙得不可开交。之后，又一个病人家属怒气冲冲找上门，说医生给他小孩治疗发烧，把那个肛门外用药，忘记交代内服外敷，害得孩子内服以后上吐下泻。孩子的父亲火气很大，拿着标枪要暴打医生。鼻子喷出棉球的病人，因为等候而亲睹医生的忙碌，就开始反对吃了肛门用药孩子的父亲的行为。结果，拿电蚊拍和标枪的两个病人对打起来了，打得稀里哗啦，但医生不为所动，继续专心致志地抢救服毒者。两人都打成轻微脑震荡和大面积软组织挫伤。最后，医生帮他们检查脑袋、包扎伤口。服毒脱险病人的家属，感激万分，当场就把医生和两个打架的人，一起邀去喝酒了。再然后，大家都看到，他们四个醉醺醺的，手挽手，大声唱着歌晃过小镇。结果，沿途，因为他们的歌声，小镇很多人推窗加入歌唱。据说，那个夜晚，到处是灰瓦小镇的人们糊里糊涂的合唱之声。

“那还不是合玱吗？”

疯子和半疯子无语。

三年来，我在海风呼啸阳光灿烂的地方奔走，目睹了很多见闻，收集了很多故事。我想，总有一个故事，总有一段见闻，能帮助疯子和半疯子确认合玱，或者确认找到通往合玱的路。没有想到，最后，他们还是一致断定说，你没有找到合玱，最多你只是遇到了疑似合玱的后裔。他们说，要辨别这些后裔也不难，尤其是遗传基因比较突出的。怎么分辨呢，人群中，那些容貌俊美、傻乐憨厚、没心没肺、一事无成的人，往往就是合玱后裔。所以，你一个外行，没有必要那样东奔西跑，该专业人员出手的事，还得专业人员做。你四处寻访海风呼啸阳光灿烂的地方，就当是做了一套健身操吧。

疯子老阿诺说:“而我要的是,找到真正的纯粹的合玱。”

半疯子密尚说：“我会亲自证明合玱的，我要开发出真正的菱菜！”

全城的狗都走了

我最后一次见到密尚，是参加老阿诺的葬礼时。我意外地在葬礼现场看到了表情倔强的密尚。之后，我就跟他回到他家。那一天，他心情不好，一直发出莫名其妙的假笑声。

在他的实验厅，我们喝着他制作的、依然不成功的菜茶，聊天。严格说起来，也不是聊天，因为经常会十几分钟没有人说话。有一阵子，他似乎在藤椅上迷糊过去，而我，是真的打过两次盹儿，有一次还差点掉下椅子。自从我看出老阿诺死了后，密尚心里有悲戚和孤独感，我就想陪这个半疯子坐坐，除非他赶我走。那时我不知道，这竟然就是我和密尚的最后一次来往。

我记得那一天，密尚在莫名其妙的假笑声中，随口告诉了我很多植物常识。他讲了个非常逗趣的“吃了人嘴短”的故事。然后又从植物成分分析了为什么“吃了别人的嘴短”

的学术依据。他反复说，血清素（serotonin）是个很好很好的东西——抗忧郁剂。苏打饼干、全麦面包、巧克力，就是普通米饭里的碳水化合物也能增加血清素啊。

他假笑着，总是语无伦次，再说植物，菠菜里的叶酸你知道吗？缺乏叶酸的人，他会变得健忘、焦虑、无法入睡，甚至有攻击性。因为他脑子里的血清素减少啦。所以，爱吃菠菜的人，都是好人。哈哈哈哈。对了，天天有樱桃吃的人也是天使，他们往往比一般人开心、有善意。如果你身边有女人爱吃樱桃，并且天天能吃到，那么，你就和她结婚吧。她会是个温柔美丽的女人。樱桃中有一种叫作花青素（anthocyanin）的物质，不，不不，南瓜和紫皮大蒜都有吧，它让我们不疲劳、不发怒、不焦虑。

密尚又发出没有必要的豪迈假笑声，多好啊，菠菜人、南瓜人、樱桃人，它让我们的心灵，比天使更轻快、更纯净。世界的秘密是多么简单啊，为什么我们什么也看不见？为什么看见了我们也不亲近？

密尚背着手，绕着日光渐斜的实验桌转圈。我看到他蹲下来摸索了一阵，忽然音乐就起来了。不知道是什么曲子，还挺好听。

密尚的嗓子忽然有点沙哑了，说：“你听！这一段！非常美对吗？我就是被它带到那里去的。后来我又去了几次，你知道吗？我怎么也找不到那个地方了。那个荒废的小渔村，它好像被山掩藏起来了。后来，我从耳机里面的音乐听到了这一段，美极了，感人极了，是不是？我跟着这个音乐，我走啊，听啊，听啊，走啊，它带着我走，忽然我眼前蝴蝶飞舞、芬芳扑面，好像什么都看不见了。你懂吗？我就地躺下，我闭着眼睛。四处菱菜芬芳，人在云中漫步，我听到一阵阵姑娘和孩子的笑声，透明而灿烂，就像我们现在听到的这么美好感人的音乐。那些姑娘和孩子的笑声，像风一样在跑，阳光波涛连天，我不敢睁开眼睛，怕一睁开眼睛就什么都没有了……”

密尚闭着眼睛，泪流满面。他说：“……我怕一睁开眼睛，什么都消失了……”

“真是……人的声音吗？”我眼眶里也在发热。

“是！现在……音乐里……你根本听不到孩子和姑娘……那个在风里的笑声……它像一条清淡丝薄的飘带一样在空中飘动……只有在那里才能听到！在家里根本就没有！听不到啊……我每一次都听不到……我可能再也找不到那里了……”密尚泪水涟涟，神志却迷迷糊糊。

“你……不是把菜籽拿回来了吗？不是到处都在种吗！”

密尚像被人惊醒地看了我一眼，又像是我对他胸口开了一枪。他手按胸口，直瞪瞪盯着我，结结巴巴：“‘逾淮为枳，逾淮为枳’啊！我这辈子永远也跨不过去了，连老疯子都撑不住了！”

我不知道密尚是什么时候失踪的。当时我是先在媒体上看到我们城市的狗，连续丢失。忽然一夜之间，路上贴满比办假证广告还多的“寻狗启事”。警方也接到数以千计的找狗求助电话。有人报告政府说，流浪狗也忽然锐减，说，屋角、广场边堆着居民喂狗的饭，可是，那些饭一直都没有动过。狗就这样不打招呼地走了。有个恶劣消息说，因为今年烧烤特别受欢迎，很多人奋力捕捉了不少猫狗，杀了到夜市做孜然烤肉串卖，销路很好。

有人说那根本是谣言。全城这样大规模的狗的消失，只有一种可能，那就是狗的相约离去。是狗的集体选择，是对这个城市、对人的厌倦。

那天，我去了密尚家，我想知道他的科研新成果。开门的是密尚老婆。她说，已经三周多了，她也不知密尚去了哪里。她说的时候，有点想哭的样子。

她说：“我怕密尚寻了短见。”

我不明白，这么一个和普通人不一样的人，怎么可能用寻短见来解决问题。我说不会的。密尚不是这样的人。密尚老婆带我看了密尚落满灰尘的试验桌，又走到他的听音室。我们没有说话，好像参观什么人的故居，默默地走着。

我还是不理解，我说：“他什么都没有说就走了吗？”

密尚老婆说：“我没有注意。但是他老跟我们家的狗说话。那两天，城里的狗开始大批失踪。我不知道他到底和卤蛋说了什么，反正等我发现，他和卤蛋都不见了。”

我说：“他是不是去找那个菱菜小村庄？”

密尚老婆答非所问：“就像是和全城的狗狗，一起走了。”

夜梦吉祥

一

“三阴交穴不在脸上。”

“那……有酸胀感了吧？”

“三阴交——不在脸上。”

“反正有感觉了嘛。”

“你怎么回事呢？”

“有酸胀感就对了嘛。管它叫什么名字。”

“你怎么回事呢！”

“什么——怎么回事嘛！我在帮你安神定志，你跟我发火了。你以前从不生气。”

“我没生气。好了好了，我自己按吧。”

“你还说你没生气！”

男人这次没有再分辩。双方沉默下来。其实，这只是个中场休息，再度爆发的激烈对话，至少在证明，失眠早醒这件事，已经开始严重困扰这个家庭了。他们双方都正在失去好脾气。男人在自己摸索按压治疗失眠早醒的穴位，女人看着窗外夜空。又一架灯光不怎么明亮的飞机，像撞击月亮一样，冲着月亮飞掠而去。临海的高层，风景优美辽阔的代价就是飞机噪声。

“你还说你没有生气！”女人其实想说的是，如果我们不住在飞机航线上，你可能就可以睡好觉。但是，她说出的却是气鼓鼓的蠢话。而焦虑的男人，没有像过去那样，敏锐地捕捉到她可被宽容的孩子气。他闭目合掌按摩着膻中穴，看上去像是拜佛。

女人是突然爆发了。“一个穴位叫什么名字有什么关系呢？我帮你按对了就行。你会酸胀就行。你为什么跟我过不去？！”女人大声说。

“我也已经一周没有睡好觉啦！”

女人又说：“你最近总是跟我闹别扭。你以为我感觉不到吗？”

男人睁开眼睛，又闭上，但他又睁开了眼睛，语气很温和，听得出他是准备吵架后的克制与温存：“你把一个腿上的穴位放到脸上念叨着按，一个睡不好觉的人，不能接受这种错误，你懂吗？”

“不就是名字不对嘛。我按对就行啦。你这么抠死理、爱计较，难怪睡不着觉噩梦缠身！你活该！”

“说什么呢你！这么简单！本来安神定志求好睡眠的，都被你按得没睡意了！”

“因为你认死理，小题大做，当然你就睡不好！你这是自找的！”

“我已经两三周没睡好觉了。”

“谁让你爱计较？！你是活该！活该！这样的心态，再按也没用！”

男人就把陈列墙上的一只很贵的花瓶扫到了地上。它碎了。

女人哭泣。

本来坐在柜子上，一只超爱看他们吵架的白暹罗猫，也嗷的一声遁失。

二

男人越来越害怕夜晚的来临。

每当窗外黝黑虚空的海天渐渐转亮，他从光线中站起来的时候，看着外面明亮的天光，就会由衷涌起浩渺的感激之情，这简直让他快流泪了。可是，这只是一会儿的天地恩情，一刹那的恩情缱绻，因为，和每一天一样，夜晚总是要来的。

其实，入睡也不是件困难的事，可怕的是他半夜一定会醒来。严格说，困扰他的，也不是半夜早醒，而是，醒来前的梦境，而这个梦境是活的，像植物一样增长着，又带着动物般的叵测居心。无论他用什么姿势入睡，那么，在梦境里，就是那个姿势托着他，往穹隆深处生长。他在梦里总能获得第二视觉，看着自己小心翼翼地掉转脑袋，观察周遭。他身边没有床，更没有一间屋子，哪怕有一个床垫托着高升也有些安全感。但什么都没有。他就像一个浮雕，从床垫上被勾勒出来，被一股令人不安的力量托起，缓缓上升。他曾闪念像夜空中巨大竹笋在生长，他就躺在那个笋尖上，那支笋不断往夜空生长。而他惊恐地发现，每一天晚上，他早醒前的梦里，托着他睡姿的那支看不见的笋尖，比昨天醒来时，离地面又更远了一点。

他本来是个喜欢趴睡者。活的噩梦出现的第四天，他就强制自己仰面睡了。他害怕自己梦中那种一睁眼，就被叉在天上、俯瞰深渊四周无靠的空虚感觉。那种灰蓝色的迷蒙空虚，让他眩晕，感觉还有一点喉咙发痒，而他知道，一咳嗽，他肯定会因失衡而从高空跌落的。三天，仅仅是三天，三个趴睡的夜梦，就让他患上了恐高症。他开始矫正自己的睡姿，必须克制住习惯性的趴睡。大字形、一字形、人字形、十字形，还有 C 形、K 形、O 形。他在探索什么是最安全稳妥的睡姿。这些适用睡姿中，C、K 两款都是侧睡，他觉得不牢靠，侧睡睡姿，过去都是用来辅助入睡的，也就是辅助过渡到最终的趴睡的。所以，它们一直带有临时感觉，你会不忍转换姿势。那么，试想一下，在高空，你睡在C字母的形状托上，要调整成大字形或十字形什么的，肯定是非常危险的；同样重要的是，侧睡在高空，随便一点风，也是容易把人吹翻的。

这样，琢磨的重点，还是落实在正面仰躺睡姿上。风阻肯定要最小，身体和地面的连接面要最大化。那么，什么是自己身体最能接受的正面睡姿？什么睡姿在高空中，最具稳定态？换句话说，什么睡姿是自己可能使用最长久而不想轻易改变的？它必须不仅把自己渡进深睡里，而且能保持到梦破到天亮。这其实就是寻求一个最安全的守护姿态。

睡姿一：竖一，也就是阿拉伯数字1形，也像字母I形。这个睡姿，按理说是稳妥的。因为死去的人们，不分国籍地都选择它，这自然有它的道理。问题出在，他嫌厌的也正是这份手脚的拘束，觉得僵硬如尸体，一了百了的感觉很不好。

睡姿二：十字形。正面睡姿里，双手外摊是他颇感放松的姿势，也就是十字形。但是，他过去的生活里，更容易采用的是十字形变体——婴儿睡姿势的，也就是双手投降的姿势。高空噩梦后，他试过三次，都是被腋窝如冰的寒冷侵袭到要抵抗翻身。公允地说，这个睡姿，在地面上，从来没有那么寒冷过，夜梦里，却好像有两个冰球顶在腋下，或者像被一个冰川巨人，卡着胳肢窝，又在高空中。在睡梦中，他也本能地要矫正这个婴儿姿势，正如他在白天，有足够的时间反思这个睡姿的危险。

睡姿三：人字形，就是双手自然侧放，两腿叉开的睡相。但是，他感到了上下半身自由与拘束不协调的对撞感。这个，只用了一个晚上，就因为分裂感而放弃了。

睡姿四：O形。它是胎儿蜷在子宫里的睡法，睡起来特别瓷实安稳，就像依然在子宫、在母亲怀里一样。但问题是，人的手脚只要自由过，就不可能长期保持蜷缩在子宫的状态。所以，稍微睡一下，你的手脚就自动要舒张开，在半梦半醒间，这个睡姿的危险，显而易见。

睡姿五：大字形，就是手脚一起上下摊开。其实，他这个人，平时是很少——几乎不用大字形睡姿。不是他不喜欢这份恣肆，而是，他总有点发虚。这就好比军事要点、钱包内容统统暴露一样。他心里会有点慌张，有天然的回避需求。不过呢，就目前的研究和实践结果上看，在高空中，在这个恐惧之境夜夜升高的噩梦中，似乎已经找不到比这个睡姿更体贴更持久的了。

所以，对一个不善摊手摊脚进入睡眠的人，强制自己用这个佯装的松弛放肆姿势入睡，也是一件煎熬的事。

日出日落，夜梦如追，这一切，还无人可诉，因为无人可信，包括他自己的女人。这尤其令男人日趋崩溃。他脸色苍青、眼白充血地苦思冥想：这个不断生长的活噩梦，并不仅是睡姿的选择艰难，而是难在找准一点——如何从现实迈进梦境，如何在现实与梦境之间把握住稳当的连接点。是的，真正困难的就是，怎么保持一个正确的姿态，应变高渺的空中既定的不测。它困难在，人醒来时，记忆是连接的，可是在噩梦中，没有前期记忆的他，意味着每一次入梦，都被梦魇突袭，一切都是猝不及防。每一夜你都猝不及防。白天清醒状态的所有防备，乃至抵抗准备，都很难和梦境自然接轨，遑论战胜噩梦。

三

女人还是低估了噩梦对一个家庭的危害性。

门铃叮咚一响，女人用涂得像色谱卡片的指甲的手，抄起了早就准备好的零钱。印度飞饼特快专递小伙子，像一个赛车手站在门口，他冷淡而郑重地举着白色的瓦楞纸饼盒：“两份菠萝！一份香蕉！”

女人一手塞过钱，一手拿过白盒子，她只是美丽地笑了笑，甚至来不及等送饼人转身进电梯，她空出的那只手，已经飞快地捏起一块儿饼，咔咔地吃着，顿时满屋酥香。女人冲着男人惬意地笑。男人看着她橙色的拇指和孔雀蓝的食指，捏住的是焦糖色的印度飞饼，果然，和他预感的一样，那块饼酥碎地掉了下来，于是他就看到了本来被印度飞饼挡住的白色的中指指甲、绿色的无名指指甲，还有金红色的小指指甲。因为饼的跌落，它们几个都急促地抓揪了一下。男人猛然觉得心头发紧，好像那个色彩缤纷的指甲，抓揪着他的心脏。

女人把饼盒子放在茶几上，示意他吃。男人却一点胃口也没有了，他没有放下手上的报纸，看了一眼窗外渐暗的天色。又一个夜晚如期而来。一个万户安歇的睡眠时刻，也按照既定的节奏，正向失眠者一步一步地接近。

女人说："吃呀。"

他看报纸。

女人说："冷了就不酥啦！"

他还是看报纸。

女人把一块飞饼递到他嘴边，碰到了他的嘴唇。男人把脸扭开。

"嘁！"女人说，"又不是我叫天黑的！"

男人把报纸重重放下。马上，他为自己那么重的动作羞愧。所以，他轻轻地说："我不爱吃香蕉馅儿的。我也不饿，等会儿吃。"

女人拿不准自己是不是要发火，最后，她妥协了，也轻轻地说："等会儿就不酥了。这样，我们何必多花十块钱叫特快专递。"

男人又看起了报纸，好像没有听到女人说话。窗外，已经是华灯初上，白天的令人心安的白光，正在全面退场。按照日子的过去的节奏，周末的夜晚应当是比较缠绵悱恻的，但是，这个家庭的美好节奏似乎开始乱了。显然，这个家正在被摧毁中，虽然外表看不出来。但是，男人、女人都知道。只是女人不甘心，她没有向那个所谓活的噩梦屈服妥协的精神准备，也没有与之对应的梦境，她甚至是埋怨和鄙视丈夫的莫名其妙，不就是一个梦吗，再怎么“活”，再怎么“噩”，也还是一个梦，醒来不就啥也不是，什么也没了吗？一个大活人，害怕一个梦，叫谁说，也是可笑的。

女人不知道，男人心里也是对自己的恐惧持否认态度的。不用妻子评说，只要天亮，天光地明的时刻一到，他就能非常清晰地看到黑夜中的自己是如此荒唐，那种匪夷所思的脆弱与恐惧，简直恍若隔世。他进而发现，那个活的噩梦的触须，已经试探着伸向他的白天生活。比如今天，他跟那些业余来上书法课的学生说道：“当年我到简崇本那里，满桌满地都是字，我若要他几幅字，他肯定随便就送了，我代别人向简崇本讨的作品起码二十多幅。现在，他们都发财了。可惜我不知道他会死得这么快，谁又能料到，他的字画从一平四百元，飙升到了一平十几万！他知道的，是我最早肯定他的书法富有静态感的建筑美，这才是雅俗共赏的漂亮书法……”他突然觉得言之无趣、味同嚼蜡。与此同时，他看到教室窗边一个蛇尾状的枝蔓，一闪而逝。他呆若木鸡，脑子里空白泛光，随之感到的是，从梦里弥漫出来的、夜空中的居心叵测的清凉气息。而按过去，每当他和学生们说到这一节时，学生会人头攒动、如蚂蚁般地亢奋，他自己也会分泌多巴胺，仿佛重温了一个邂逅发财的美妙时刻。上周，他给企业家书法班上课，讲到简崇本时，同样地，他的脑子突然一片空白。那是高空夜色式冷飕飕的无边空寂感，黑而空虚，一下子就让他对自己曾经兴致勃勃，也知道学生听到会亢奋的故事，彻底丧失了讲述的激情。他不再认为，那个猝死的、身价暴涨的书法大家，当年他让他在案头随意拿一幅，而他客气未取，等于与千万元失之交臂还有什么意义。所以出现空白，是他感到了看不到的气息，那个睥睨一切的清凉恐惧气息。男人有点想哭，请给我完好的睡眠吧，给我平淡无梦的睡眠吧——如果可以，愿意以这幅价值千万元的作品，去换一个无香无色的平常之夜。

上课的心猿意马，讲座的恍恍惚惚，还有暗沉的脸色，让平时和他关系比较好的学生注意到了。但对此，他总是轻描淡写地说，最近睡眠有点差。

独自享用完印度飞饼的妻子，情绪也芬芳起来，一直哼着不知名的歌，那双涂有五颜六色指甲的双手，把她奶白色的玲珑身子，洗浴得通体芳菲，她就像是被浴室里的香风吹送出来的女人。奶白色、滚着浅灰边的丝质睡裙来来往往、若有若无地无数次擦过他的二郎腿，香氛阵阵翩跹入鼻，裙下出浴女人的脚丫子，白皙水嫩、丹蔻天真，让男人想起站在蓝色大海的白色贝壳中的维纳斯。但是，男人马上又听到了夜色阴沉的喘息声，秒针彰显的黑暗势力会越来越大，倒下安眠的人会越来越多，世界失守了，最后就剩下他一个。你为什么偏偏挑中我一个？！在这逼人的、秒钟转动的节奏里，男人心烦意乱，但他始终沉静地靠在沙发上，装模作样地在钓鱼灯下看书。实际上，在他的脑海里，在他与噩梦的巷战中，他已经是退守在墙角。

女人洁白贝壳般的裙裾，终于暧昧地把他的书刮掉。但是，这并没有由此顺势拉开周末久违的性爱帷幕。男人还在看书，女人眼角扫了一眼——《入口食品是如何变成大便的？》，原来，这个装模作样的男人，把杂志拿倒了。

四

十一月份的台风，太出人意料了。

预计，台风“罗莎”将以每小时15—20公里的速度向西偏北方向移动，强度将有所加强，最强可达强台风强度(14级，42—45米/秒)，并逐渐向海南东部一带沿海靠近。

受今年 11 月台风“罗莎”和冷空气的共同影响，今天白天到夜间，巴士海峡、南海东北部海域、南海中东部的部分海域将有 9—10 级大风，阵风可达 11—12 级，“罗莎”中心经过的附近海域的风力有 11—14 级，阵风可达 13—15 级；台湾海峡、南海西北部、福建沿海、广东中东部沿海将有 7 —8 级大风，阵风可达 11—13 级；福建东南部的部分地区将有大到暴雨。

这个晚上，高楼外的台风，凶悍如巨蟒贴着楼壁翻滚，它和掠楼而过的飞机轰鸣声，完全可以混为一谈。每一阵狂风，都像飞机蹭墙掠耳，每一架飞机，又都像暴风摧楼。这个城市，平均一年三五次大小台风，或热带风暴。每次台风过境，妻子都不掩饰她的喜庆之色，她总是亢奋过度地期待着灾情突发，或急于看到灾后数据统计。以前，他总会溺爱地告诉她，有的喜悦，是没有公德心的，但她依然喜悦。她总会积极热切地采购好蔬菜呀、鸡鱼呀、蜡烛啊、电池啊、方便面啊什么的，像零存整取一个高利快乐，也像预备一个盛大的节日，再仔细检查前后阳台，就开始欣然期盼台风横扫一切的伟大景观。有一年，她家的阳台大玻璃门只是稍微留下一个木铅笔芯大的缝隙，台风就以此为突破口，呼啸着尖叫着，挤进他们家，直到撕毁整面阳台大玻璃。从此以后，她会让丈夫在台风来临前，严格审查关闭家里每一扇门、每一面拉窗，必须坚决扣死、不留一发丝缝隙。这样，台风只好在他们家门外窗外无助地呜咽，疯狗一样冲撞、扭滚、怒吼、狂飙。而他们温暖的家，灯光温馨，幸福小氛围，岿然不动。

但是，这个晚上，“罗莎”让男人坐立不安。他知道他的深夜，不在这个温馨稳固的家里，他在天上。他一个人在天上，在越来越高的天上。

距离台风登陆的时间，还有七个小时。妻子不知道，丈夫已经反复收看“罗莎”最新动态，研究“罗莎”行进线路。他已经忧心忡忡地计算出，凌晨四点，也就是他差不多被噩梦袭击醒来之际，正是“罗莎”登陆之时。那时的狂风，具有摧毁整个世界的力量。所以，妻子从浴室出来时，看到丈夫已经拿着四条连裤袜，在床边，对着她微笑。他的笑容因为谦逊而性感。

妻子一度以为，这意味着丈夫的回归。没有战争，哪知和平时光的可贵，没有窗外风暴肆虐，你就不知道家的温馨。

男人说：“我看了一下，可以的。睡觉的时候，请你帮我固定一下。”

女人乜斜着男人手里的连裤袜，不置可否。男人看出了女人的轻蔑，有点尴尬，表情更加倔强，也更加谦逊。“你听，”他说，“外面的台风，像被扎了刀的老虎。刚才电台说是五十年未遇。我肯定会被刮下来的。”

“刮下来就刮下来啊，正好噩梦就醒了。”

“万一我醒不了呢？”

“我叫你。”

男人暗暗叹气。他根本不相信女人，他知道她一睡如猪。但是，他没有反驳，而是更加温柔沉静地用身体语言，请求女人的帮助。女人看出了他卑微的讨好，赌气似的，按男人的指示，狠狠把他的双手、双脚固定在床头床尾。男人示意她在腰部再来一圈固定。

女人对男人蔑视到无以复加。

她表示没有捆绑物了，也表示手脚已经捆扎得很牢，足以抵御“罗莎”撕扯。但是，男人不放心，要求她把两条睡袍腰带连接做绑绳。女人的怒气和性意，是突然爆发的。不牢吗，“不牢吗，你试试！你动动！不牢，你看看到底牢不牢？！”女人像一头野兽，在他怒其不争的身上乱拱乱刨，男人先是瞠目，后是恼怒，再后是暧昧与配合。一直到床上偃旗息鼓，他们才再次感到，整个楼，不是因为他们在摇晃，是“罗莎”的暴怒。他们听到高楼外，摧枯拉朽的“罗莎”，啸叫着俯冲着一次次把整个高楼抬起又放下，它摇撼着、撕扯着、推搡着、噬咬着，他仿佛看到高楼外墙的瓷砖贴片，噼噼啪啪噼噼啪啪地坠落。总有一下，他想，“罗莎”可以把大楼，像拔树一样拔起、扔开，就像扔开一个用过的安全套。

一场愤怒的性，可能有助于睡眠吧。他自我安慰，听任女人在他身上收拾硝烟已逝的战场。女人嘀咕着什么，意犹未尽地对他捆绑的手脚，击节赞叹。她似乎捡了便宜，对这个意外的惊喜效果不住地点头，并夸张地用表情与体态，渲染自己的无耻与阴险。男人有点紧张，轻声而郑重地说："我真的需要一个好睡眠。"

男人闭上眼睛，关断所有诱惑与厌倦。他轻声央求："睡吧。"这个时候，他觉得手脚都累极了。一个姿势保持很久，本来就是困难的。现在，他多么想松绑，调整一下姿势啊。如果按他的习惯，趴睡是最舒适的选择，他可以趴好，再让妻子把他手脚固定，但他自己马上说不行，还是那个老问题。在高空中，一睁眼就是万丈虚空，他的心脏会爆裂如粉的，他一定承受不了。这样想着，手脚更加想摆脱捆绑，他当然不允许放弃固定连接，这是最后的保障。可是，这个姿势真的很累了。无拘与危险如此紧密关联，这样的纠结，使他焦躁冒汗。最后他把怒气，全部暗暗对准了妻子。冤有头债有主，不是吗？如果不是她的悍然侵犯，现在他完全可能安然躺在吉祥的睡眠中，因为有捆绑，就意味着保障。在他还没有对捆绑姿势疲倦时，就已经意识沦丧入睡，所以，虽然，这是个月黑风高的台风夜，只可能会让他比平时睡得更踏实安全。过去怎么没想到捆绑呢？他心里又痛责了女人一声。

五

捆绑在床、严阵以待“罗莎”的男人，并没有如意得到一个安稳觉。他只是自以为能够睡稳。

谁都没想到，妻子弟弟送的暹罗猫，直接把他推进了噩梦里。一开始他感到自噩梦入驻几周，从未有过的安详，尽管楼外是地动山摇的狂风暴雨。他只是有点不习惯新保障，就是那些捆绑的长丝袜。这个反恐保障，即使他信任那个台风夜之安眠，但又随着时间推移，让他渐渐感到摆脱桎梏的冲动。他反复劝慰自己，接受约束，才能获得安宁。这是安眠的代价。等他终于把自己劝入睡，那只暹罗猫，莫名其妙地突然跳上了床，在他的肚皮上，开始了前肢交替的小奶猫才有的推奶动作。

他先是在梦里看到了那只猫，那只像从烟囱里出来的暹罗猫，那只瓷白色的、只有四肢末端和耳朵尖、尾巴梢是焦黄发黑色的猫咪，在高空半闭着湛蓝的眼睛，他稍微一动，暹罗猫就怒睁眼睛，而那个眼睛的蓝，直通深邃的夜空，猫咪成了一个夜空的诡异剪影。

那个活着的噩梦，因为台风的势力，长得更猛了。他感到身子下面的空气，波涛汹涌，浩渺连天。而那只暹罗猫在他的腹部如痴如狂地踩着，腰上的捆绑带，早就被它咬掉了，一腿丝袜，已经悬吊在夜空，悬挂在比月亮还高的地方。

台风中，月亮像钟摆一样剧烈摇晃。他一直对自己说，醒过来快醒过来！这是梦！醒过来快醒过来！我就要摔下去了！快醒啊！他明明知道是梦，就是醒不过来。噩梦之竿顶着他在冉冉升空。而暹罗猫眼看就要把他弄翻了，它也随时可能蹬他而去，而他绝对经不住这个冲击。他不知道自己的手脚还有没有长筒丝袜固定，他不敢尝试动一丝丝，他没有勇气确认自己是不是还被安全捆绑着。他的手脚全部僵硬了，从千万年前吹来的冰一样的夜风，在他的骨缝关节里，刀刃一样穿掠。暹罗猫在拼命地推踩他的肚子。他觉得自己今夜一定会摔下去，一想到自己也许要一年才能摔到地面，他忍不住饮泣了。他越哭越大声。

妻子一把拍醒了他。

他一睁眼，就看到那只暹罗猫，跳下床而去。

“滚！”他失声尖叫，“为什么让它上床！不许它上床！”

他失态的尖叫，令妻子厌恶。妻子一针见血地回应：“吓到你的又不是它！”

为了报复他的令人作呕的尖叫，妻子说：“你脸上还有眼泪呢。”

妻子和那只仿佛从烟囱里出来的暹罗猫都走了。他的年休假就是那一天去请的。女校长说：“‘罗莎’把学校西门停车场顶棚都掀掉了，最近培训量大，图书馆前面的槟榔树整排都折断了，还砸了好几辆车。省再教育办检查小组明天到，你能不能下周再休假啊？”

他说：“不能。”

女校长扭脸看他。

他看天。女校长很执拗地看着他，等着他从天上收回目光。他收回目光，面容松懈语气却斩钉截铁，他说：“真的不能。”

六

女校长推荐的心理医生，姓何。男人找到这个安身于住宅楼里的“静心泉”工作坊时，感觉不像去访问一个心理医生。这个感觉让他自己扫兴，他本来就不相信什么心理医生，他只是想弥补拒绝校长的亏欠与不安，他想让自己的拒绝，有郑重其事、刻不容缓的理由。价码早就被告知了，有点贵，一小时一千。

何心理咨询师矮而肥硕，衣冠楚楚。虽然一身深色西服，看上去完全像个狡诈的水果摊贩——你知道他讹不到多少钱，但致力行诈的那种。和他肥大的腰身相比，上面显得尖头尖脑，下面却裤脚伶仃。何咨询师，眼神自负、间或又闪过不自信的媚态。

何心理师在他叙说自己的梦境时，神态专注、表情恳切，而且还用红蓝色铅笔随手做着笔记。这让他又生出一些信赖感，述说的时候，额外展开了不少。

他一说完，何心理师就笑了笑，然后目光有力地平视他，他感觉到咨询师做作的犀利。何心理师问："最近你的工作负荷是不是有变化？"

他说："没有。"

"你并不觉得有来自工作的压力吗？比如，领导换届、人事变迁，或者和人签订协议、契约让你不安？"

他说："没有。"

"家庭关系呢，比如妻子、孩子……"

"都好吧。唔，那个，'罗莎'来了之后，我妻子带着她的猫，走了……"

"'罗莎'？台风吗？你们之前关系怎样？"

"正常。"

"你有其他性伴侣吗？"

"当然没有。我爱我妻子。"

"她去了哪里？"

"她弟弟家吧。他家很大，猫也是她弟弟送的……"

"你们为什么吵架？"

"我们没吵架。她可能觉得我睡觉会吵到她……"

"如果，你硬扛着，不能够敞开，我就可能帮助不到你。"

他点头同意。不过，他说："我们是没有吵架。她不喜欢我老做噩梦，她就走了。就这么简单。如果我不做噩梦了，她肯定就会回来。所以，我才来找你。也不是什么太大问题。我没有什么严重心理问题。"

"好的，明白。"何心理师眼神里是你慢慢说的鼓励。

他却不想说了："我说得差不多了。我只是不想做噩梦了。"

"我理解，理解你。"何心理师说，"虽然你暂时还没有正视你的问题，但是，我愿意就我接手的无数个案经验告诉你，你最近的压力太大了！你在大脑层面拒绝这个事实，但是，你的潜意识做出了反应。一般而言，这种梦，代表的是危险而尴尬的僵局，你总是在坠落的过程中醒来，这是表示你想摆脱这种困境所做的挣扎，但是，这种困境摆脱不容易，所以，你就反复做这种高空坠落的噩梦。这会让你感到更多的焦虑、无助、不安和惊慌，这种情绪会堆积。当然，不同的坠落方式、场所，在噩梦中的象征意义是不同的……"

他说："不，不是的，何先生，我并不害怕高空坠落的本身，因为，这种梦，我从小就会做。我母亲总是告诉我们，那是我们在长高。我现在的问题是，我的噩梦，它是活的，它一直在升高，而我被托在上面，无依无靠，迟早要跌下来的。是这样才让我有点恐慌。"

何心理师说："你怎么知道梦在长高？"

“刚开始梦醒的时候，它把我托到吊灯尖那么高，后来就托到三层半楼高了，我能看到隔壁大楼的‘爱育’幼教广告；再后来，它已经五六层楼高了，我能看到隔壁大楼阳台挂的‘房屋急售’的大红布幅。那个高度，随便一阵风，都会把我吹落；而它还在不断长高，后来，我再醒来时，隔壁楼三十七层的红布黄字的‘昆达利尼瑜伽’广告，也看得非常清楚。现在，我已经超过东龙山气象高塔了。那梦还在长，我告诉自己不用看底下，但是，我还是能像旁观者一眼看清自己托浮在空中。如果往下看，那已经是从飞机上往下鸟瞰了。我当场就呕吐了。现在，我再也不敢看底下了，我本来就有恐高症。而它每夜都在长高，你知道，流云划过你耳朵的那种又软又冰的感觉吗？它比地面的风绵软，又像针尖一样冰。流云过耳，星空辽远，人如蝼蚁。而我，每天还在升高，往云端、往空虚深处长。这才是令我恐惧的，事实上，我也没有真正一次梦到自己落地，如果能到地，也许，我就不再害怕它了。它不断长，每天，每夜……在地面上行走、安眠的人，根本不会知道，星空有着多么令人恐惧的浩瀚，人只是一缕有意识的蛛丝……我总是要掉下去的，可是不知道，到底是哪一次，会在多高的地方——这就是我真正刻骨的恐惧……”

“在梦里，你有双重视角？”

“是的，那样看自己的时候，我想我是灵魂出窍了……”

“你的焦虑情绪，非常、非常严重。但是，你既然能找到我，说明你心里明白救援方案。你闭上眼睛吧，安静一会儿。不要想那个梦，随便想想其他什么。”

他很听话地闭上眼睛。忽然，他想到这也是一千元里面的时间，他的额头立刻冒汗了，就像刚才陈述梦境的时候。睁开眼睛的时候，何心理师手里的纸巾，马上递给了他。

“出汗了。”心理师说。

“嗯。”他说，他觉得心理师的表情有点奸笑的意思。

“刚才脑子里想的是什么？”

“乱七八糟的。后来看到几个游手好闲的男女老人——他们每天在我下班的时候，会一起步行着，经过我们小区门口。半人半鬼的，我多看几次以后有点讨厌他们了。我讨厌老碰到他们。”

“这样。”

“对了，这一段，我脑子里经常会有一段破碎的旋律。很好听的，可是，太破碎了，我就是哼不出来。刚才，我都快哼出来，它还是消失了——”

“它和你的噩梦是不是有关联，我们还需要更深入地了解，但是，我已经能感到你的强迫性思维，也许你自信心太强，对四周有过度强烈的控制欲。你的额头，就在这七分钟里，冒了一层汗。”

“这，我是……”

“你是什么？”

“我想到了你的收费，每一秒钟，都是我的钱啊……”他还是把出汗的念头坦露出来。心理师笑了笑，怜惜地说：“是啊。心理咨询，对双方，都是一个昂贵的付出。”

临别，收费小妹问道：“您是买单次咨询，还是购买一个疗程？买疗程可以打九折。”他假装表现出犹豫难断的样子，实际他觉得买这一单就亏死了。这一千元花下去，屁用也没有。何心理师捧着茶杯，从咨询室门口沉静地踱了过来，轻轻地说：“‘病来如山倒，病去如抽丝’，所以，你也不要着急，我们一步步来。通常，我们咨询六次为一个疗程，这样的治疗比较系统。你看看，是不是先试一个疗程？若感觉好，我们再往下走。这事，急不得。”

听这个语气，他觉得何心理师是担心他一下子就买两三个疗程的样子。这样的恳切担忧，瞠目之后他不由笑起来。

何心理师也陪同他笑着，说：“相信我，我们能阻断这个噩梦。你会过关的。”

他说：“您怎么会从事心理咨询呢？”

七

噩梦还在生长。摧枯拉朽的“罗莎”台风，并没有改变一丝它笔直朝天的生长方向，甚至，它长得更迅猛了——到底什么时候停止呢，他到底要在什么高度被摔下来呢？现在随梦而长的稳定，可能不是连裤袜捆绑抵抗“罗莎”的成就，而只是他还没有被送抵噩梦设定的高度。就像一个面对斩首或腰斩的人，铡刀没有下来，不是外力阻止生效，而是，刀锋还在被磨得更锋利的期间。当然，这是毋庸置疑的未来。他心知肚明，每天晚上，他都想，快了，也许今天晚上，也许明天。

这实在是一个无可诉说的疯狂煎熬。他给妻子打了电话。妻子比他先开口：“我就看你什么时候来请我！”

妻子随时勃发的孩子气，让他在悲哀中又有点想笑。但他没有笑出来，他张口结舌。没有人的陪伴，孤寂如失群的万年星辰，可是，让他人，尤其是这么个简单美丽的女人，见证他的日益惊恐，也是羞耻的。他不知道怎么接妻子的话。妻子说：“喂！你好啦？难怪！不做噩梦就想起我了！”

他说：“还做。”

“那梦呢，长更高了吗？”

“是。它一直在长。”

“你是想我回去，捆绑你吧？”

他又结舌了。

他接收到了女人不知道用什么媒介，传递过来的蔑视和幸灾乐祸。这种感觉让他愤怒与悲伤。人心太狠了，但这也是没有办法改变的事，对吧，你不要指望一个能在暴虐台风中收获生命的狂喜的人能反馈你什么慰藉。跟她说什么呢？在她眼里，最美好的人生，恐怕就是——如果地球是个蒲公英，所有的人就像蒲公英种子那样，在地球表面，随着“罗莎”，或者上帝鼓起腮帮，像吹灭生日蜡烛那样猛地一吹，所有的人儿就随风飘散，在星际空间微尘般地飘零，渺小而自知？

他说：“那个，护肩颈的小坎肩，在哪个柜……”

他闭嘴了。突至的害怕，如醍醐灌顶。他没有等待妻子回答，就挂了电话。脑际冰凉，他刚刚随口说出了什么？说人——不过是蒲公英的种子？他说地球不过是一朵蒲公英？！他已经这样看地球啦！他从心里打出了寒噤。他又一次看到噩梦的一鳞半爪。他居然在青天白日里，直接传感到噩梦的观照方式。原来地球已经是这么小了，自己升得太高太高了，这样的联想，这样观看地球的视角，应该突破大气层了。他看到了自己的极度险情。

妻子的电话打回来了。他没有接。

他捂着脸。开始还是默默无声，后来，他哭出声来。

谁受得了这般夜夜折磨？这一夜又长于千年啊。

人们在飞机舷窗里通常看到的晴空万里的区间，是个不会刮风下雨的区间，是大气层的最底部。只有这个层面以下，飞机的肚子下面，由于不断变化的大气运动，才会有风云雪雾雷雹，它也叫气象层，而在飞机背上往上再往上，16 千米到 55 千米的臭氧层，这里还是看不到地球的边际轮廓。再再往上，是中间大气层，55 千米到 80 千米。据说，美国航空航天局规定，超过80千米高度的飞行员，可以叫宇航员。那么，是在哪个高度，可以把地球看成是一朵蒲公英花球？

再往上吗？当然。

这些高空知识，是他噩梦刚刚入侵时，他从网络上搜索的。当时还一字一句地念出来：中间层之上，80—500 千米，是热层，那里空气稀薄，随太阳的情绪状态，温度在1000—2000 摄氏度，不过，你不会感到热，因为空气极其稀薄。

当时，妻子一边剥食板栗，一边嘲笑了他。但他继续念下去，是好奇加游戏的口吻，因为，那时，他不知道这个噩梦与众不同，更不知道它是活的，竟会在他的睡眠中扎根生长，节节拔高。他以为它和人生所有的噩梦一样，偶然相遇就缘散而过了。所以，他有声有色地念下去。女人当然就更不知道，他所念的，也许正是他即将造访的地方：500 千米以上是外大气层，这一层顶也就是地球大气层的顶。在这里，地球的引力很小，再加上空气又特别稀薄，气体分子互相碰撞的机会很小，因此空气分子就像一颗颗微小的导弹一样高速地飞来飞去，一旦向上飞去，就会进入碰撞机会极小的区域，最后它将告别地球进入星际空间。所以外大气层被称为逃逸层。

也就是说，地球 500 千米之上，就是广袤浩渺的星际空间了。人自然连粉尘都算不上了。粉尘都算不上了啊，而我孤单一人面对着恢宏无际的一切。这让他再次想哭，心里辽阔的孤寂散发出酸楚的气息，我怎么会做这样的噩梦，而且，看不到尽头。

八

他是在网上，寻访到了一个家排工作坊，叫“你的星空”。

那位“家排”心理治疗师，说是从德国回来的，直接师从德国老师。据说，德国老师也亲临过他的工作坊，直接参与上课与个案处理，民间传说很神。他是在网上搜索到他的，所以，他就去了那个城市。

“你的星空”在一座大厦的裙楼里。电梯三楼一出来，右拐进入一个大玻璃门，里面是个接待台。这里还比较亮，但这之后连接大厅的十来米过道，都是藏青色的装饰墙和吊顶，灯光通过两侧和顶部，从大大小小的星形小孔里漫射出来，璀璨的，或者不太明亮的，或扎眼的白光，好像走向一个因前卫而过时的歌厅，又好像是一个漏光的隧道里，一直延伸到一大片星空，那就是工作坊了。他觉得怪怪的。对他这么一个夜夜升腾在深邃星空中的人来说，这些人造星空，很造作，毫无真正星空那种沉潜着生命感的丰富与冷峻。不过，即使这样，他还是被这样的假模假式的星空，带到了沉郁的境地。

工作坊里面像一个大教室，藏青色的天花板做成浅弧度的蛋壳顶，穹隆的意思，星光稀稀疏疏地洒下来。进门前，他被引导需要脱鞋子进入。他很不习惯。里面，除讲台外，三面墙都沿墙根放置着三排坐垫，他选了一个正对门的那面墙的中腰部的垫子坐下。这儿过去可能是个舞蹈练习场，藏青色的布幔后面，偶尔露出巨大的镜面。

家排老师是个五旬男子，一身白色汉装。颈子下的盘扣，勒得他的脖子有点紧。他没有看任何人，只是闭目盘腿坐着。三三两两进来的人，大都跟他合掌致礼后，再悄悄去寻找位子。

一声模拟的钟声不知从哪个方向传来，开课时间到了。睁开眼睛的家排老师，表情十分祥和，他的目光，羽毛般轻轻环扫过大家。

“我们不是孤单独自的存在。”眼睛祥和的老师，第一句话，就给了他很大宽慰。老师说：“家族是社会最基本、最重要的一个系统。这其中，隐藏着不易被人们意识或觉察到的动力，它操控着家庭成员之间的关系，即爱的序位。这个力量，并不跟随社会及文化的标准或规则运行，而是在这些标准或规则之上运行。如果我们遵循‘爱的序位’和家人相处，关系会很好，大家都能够快乐和健康地成长；反之，如果我们忽略了它，家人会受困扰，这些困扰就是‘牵连’。

“谁也逃不出这个系统的‘潜动力’。因此，家庭系统排列，将让家庭成员，看到这个序位的状态及影响，看到不尊重这个爱的序位后，所引发的伤害。它透过角色扮演及互动，呈现与探讨我们所面临的心灵困境，为所有想与爱侣、夫妇、父母子女或其他的人际关系维持和谐，提供可靠的指引，为已经破损的关系，提供解决方法，我们将透过学习这个方法及其哲理，让自己更有力量地调整人际互动，更清楚地规划个人生涯。

“……”

他费劲地试图理解老师说的，他看到参加家排的人，似乎都比他明白家排是怎么回事，他们和场内有一种谐和默契感，不论是眼语交换，还是简短交谈，甚至隔空打出的手势。而他却很不自在。家排师的助理是个很帅的黑肤小男生。他听到自己的名字，被助理安排做第二个个案。

第一个案主，是个眉毛文得细又长的宽脸中年女子。她径直走到家排师身边坐下。她没有像家排师一样盘腿，而是抱膝而坐。老师问：“你的课题是什么？”

女子迟疑着。老师问：“你今天想解决什么问题？”

“我头疼。家里的事情太让我操心了——我又不是神仙！所以，我头疼得都睡不好觉了。请你帮帮我。”

那个话筒时断时续，他不是太明白宽脸女子在说什么，断断续续听到那些婆婆妈妈乱七八糟的家里事，这个吵、那个上吊的，他也不爱听，他更不明白。之后，那些被家排老师请到场地中间、扮演宽脸女子家庭成员角色的人们，一个个也挺奇怪的。有人哭，有人发呆，有人躲，还有两个人一直要打另外一个，有人倒地不动，还有人茫然乱走。

场面很乱，打人的是真的，咚咚咚的出手和扎在地面嘭嘭的赤脚脚步声，都非常有蛮力感。老师好像最后找到了案主头痛原因。

第一个个案结束。

轮到他了。他依那个黑肤助理指引，起身走到前台，按老师的手势，也坐在他身边。老师依然盘腿而坐。他不习惯席地而坐，但还是遵从老师的意思，努力坐了下来。

“你的课题是？”

“噩梦，”他说，“我……老做噩梦。”

老师不动声色。他也听到下面有人的错愕的私语中，缠夹着丝丝笑声。老师说：“你是说……？”

“我没有其他什么课题，就是——这一个半月以来，我一直做噩梦，一个活的、梦境相同的噩梦。”

“活的噩梦？”

“嗯，它一直长啊，我控制不了。它把我托举在越来越高的空中。”

老师一直微微点头，就像省略号那样轻地连成线了。听他描述完梦境，老师说："噩梦也许和家族没什么关系，它只是个噩梦而已。那么，我现在能做的是什么呢？"老师环看三面墙根下席地而坐的人们："我可以帮助他去面对这个噩梦，我们可以帮助他获得力量，去面对它处理它。"老师看他的眼睛，"你愿意我们一起努力吗？"

他点头。

"现在，在我身边，你想到你这个活的噩梦，你觉得，它是男的，还是女的呢？——这个噩梦。"

他瞠目，反应不上来。

"在我们识别它之前，谈谈你的家庭生活与工作状态好吗？除噩梦之外，你最想谈的。"

他粗枝大叶轻描淡写地聊了几句。现在，对于这些，他本身已经没多大兴致，职称、字画投资、妻子出走性质的回娘家，他统统不太在意。他只在意如何迅速摆脱这个噩梦的纠缠。

"这梦困扰你非常严重了。你想想看，你的直觉里，它是谁，它一定有性别的。"

"……我想不出来。"

"不着急，静下心，想一想看一看。"

"……"

"请闭上眼睛，全身心地感受它……慢慢来，心安神定。"

“……我想到我自己。”他老实地回答。

“你想想，梦里，它是有生命的，现在，它就站在你面前。仔细感觉一下。”

“呃……女的？”他说，“应该还是……男的吧。它是男的！”他肯定地说。

“很好。你妻子怎么想？”

“我不知道。她回娘家了。她怎么会知道我的噩梦是男是女呢。”他嘲讽地说。

老师包容了这个嘲讽，他点着头说：“孩子已经上大学了吧？”

“我们没有孩子。”

“堕胎了？”

“之前，我们一直没有准备好，所以……后来我们有准备了，但似乎变得很难，好在我们也不强求……无所谓。”

老师说：“在灵性家族系统排列里，我认为，像这样一个顽固的噩梦，和疾病一样，一定有它特别的使命。正如，我们在家族系统排列里看到的那样，任何疾病，都和家族中一个被排除的人有关。我们最终要把这些被排除的人带回系统中。所以，和疾病一样，让我们来看看会发生什么事情好吗？”

大家都说：“好。”

老师说：“让我们来看看这个噩梦是谁好吗？让我选一

名代表。”

老师点了一个小伙子上场。老师对那个小伙子说：“你代表这个噩梦，但是，我们不知道你的身份是什么，请你回到自己的内在中心，信任来到内心的任何感觉，完全听之任之。”

他一头雾水地看着在满场迟疑走动的小伙子，后来，小伙子坐下来了，最后是倒地抽搐般扭动。他困惑地看着这一切。老师又点了几个人上场，分别代表他本人、他妻子、他父母什么的。代表他本人的那个人，戴着一副深度眼镜，心不在焉地一直走在那些人的外围，代表他妻子的那个中年妇女，半边脸仿佛被火燎过，她一直在那个代表噩梦的小伙子身边转。

他完全不明白这些代表们，来来往往地做什么。老师推了他一下：“你上场吧，请跟随你自己的内心移动——真正的随心所欲。”

他不知所措地走向那个倒地抽搐的小伙子。他很踌躇，迟疑是不是要把他拉起来，但是，不知道这样做游戏对不对。小伙子看到他，停止了抽搐，似乎想对他伸手，但还是停住了。他们互相望着。他有点尴尬，迟迟疑疑间，那个代表他妻子的女人，突然对着他呜咽起来，似乎要他走开。他决定还是伸手把地上那个噩梦代表者拉起来，但是，没等他伸手，小伙子忽然蹬腿大哭，像一个襁褓中的娃娃。他发出奇怪的婴儿式的哭腔，奶声奶气，又带着野猫叫春的音色。他不知所措扭头看老师。

老师说：“你知道他是谁了。你说出来，你知道的。”

他疑惑地说：“……我失去的孩子？”

老师说：“你现在对他（指地上的人）说——孩子，我现在看着你。”

他鹦鹉学舌。笨重而腼腆。

“对不起，其实你一直在我心底。我们是迫不得已放弃你的。”

老师一句，他跟一句。

那个扮演噩梦的小伙子，停止了抽泣和蹬腿动作，他朝下趴在地上。

“过去吧，”老师说，“到孩子那里去。”

他走过去，依老师要求，两臂垂膝深度鞠躬，向躺着的人述说歉疚。他从来没有对人这么深深鞠躬过，这个九十度的垂臂鞠躬，让他头脸充血，也很不自在。他觉得自己很滑稽。然后，依据老师指令，他把那个躺着的人拉起来。被拉起来的小伙子，对他礼貌地笑笑。他知道游戏结束了。

老师环顾大家：“结束了。大家也看清楚了，这个噩梦，代表案主曾经堕胎的孩子。这个持续的、有生命力的噩梦背后，是某种力量在运作。老师转头看他，刚才，你拉起地上孩子的手，跟他道歉之后，心境上有什么变化吗？”

他不知所云。

“会不会感觉轻松点？我认为，今天晚上，你会睡一个好觉，一个很好很好的、没有噩梦也没有干扰的好觉。”

九

他并没有睡成一个好觉。事实上，噩梦如期而来，如期带他升空。他觉得星空中的自己和地面，只有一根丝线连接。醒来时，已经是浑身湿透。皮肤布满荔枝皮一样、灰色的鸡皮疙瘩，周身残余着星空里渺无人烟的刮骨冰寒。

在休假的最后一夜，他终于理出了一个对抗方案：放弃睡眠。我不睡了，至少我不在晚上睡，你还能来吗？！

当日晚上他喝了点红酒，奖励自己的开拓性思维，酒量控制很好，状态极佳，是个迈进新天地的美好序曲。九点不到，他开始喝茶。茶沏得很浓，慢慢地啜吸，好像在服用镇静剂。计划中看的第二部片子，也看完了。他很欣喜自己没有睡意，只是眼睛有点干涩。他揉了揉眼睛，穿上大衣，准备在楼下走走。今晚天上有半个月亮。

虽然南方，近子夜的夜晚，也还是寒意袭人的，黑色的长大衣，显得薄了点，所幸他有长围巾。小区车道出口处，有两排店面，彩票和水果店之间的店面外边，有棵桶粗的小叶榕树。每天进出小区，似乎都能看到有人在那里下象棋，总有三五个围观者。他曾经在等妻子买铁棍淮山时，在那里站了一小会儿。最惊异的是；那棋子快有工夫茶杯大了，一个个状如扁扁的小腰鼓。相对棋子，棋盘就比较小了，而且简陋寒碜，一块儿废弃的三合板，边缘都有点开裂了。格子红线也打得粗细不均，整体格子还有点歪斜。

各家店面早就关门了，小叶榕树下的小腰鼓象棋子们居然兵阵还在。也许是下了一半，大家累了或冷了，就离席而去了。一个穿军大衣的巡夜保安，勾头看着自己的手机，身外无物地走了过去。

男人走到那个凛冽月光照耀下的棋盘。小腰鼓的棋子，依然气质非凡地站在被弃的战场上。他仔细看了对峙的双方棋势，一首诗自动在脑海显示：松下无人一局残，空山松子落棋盘。神仙更有神仙着，千古输赢下不完。在脑海里显示的其实是关于这首诗的一幅字，当年他很看好的一个书写人的前景，但最终此人跑到非洲经营超市去了。那幅字只有一个字，他不满意，神仙的神字，神字里申的那一竖。书写人想表达神仙的飘逸的，可是，这一笔却总透着滞重与造作，哪里还有一点湛然虚空的仙气呢。写字人说：“这首诗，我起码写了半刀宣纸，两个神字，总有一个写不好，总有一笔过不去。”写字人戏谑地说：“所以，我决定放下笔，自贬去非洲了。”

他答，所以，你会赚很多钱。因为这个字你总是写不好。

正在半个月亮的清辉下走神，却见一个女子向他走来。女子穿一身两截式深色睡衣，停在棋盘边对他说：“没有什么大不了的。我去死。”

他这才定神看着女子，女子向他走来，又和他一见如故地说话，这都让他反应不过来。他等着她再说点什么，女子却看着棋盘怔怔地发呆，最后总结似的对他大声说：“没错，没有什么大不了的！”

女人疾步而去。他看着她走过车道出口。借着车道出口保安亭的青色灯光，他看到那个急匆匆的女子，衣着真难看，是红色的。他一直讨厌穿睡衣在小区里乱走的人，何况是这么笨拙难看的睡衣。半个月亮的天空，居然还能这么清亮。今晚我不上去。他想。他告别象棋残局，到二十四小时营业的超市买了条北海道面包，慢慢往自己的楼道走，今天，无论如何不上天。行走间，忽然，他听到有人急促高喊，似乎是保安亭那边有人歇斯底里地大喊，声音太大了，音节又模糊，以至于根本听不清那边在喊什么。他第一反应是有人触电了，随后，看到一个保安从地下车库奔跑而来，往车道出口而去。后来，人就越来越多了，包括住宅楼道里，有人狂奔而出，咋呼声、尖叫声、哭闹声，乱七八糟的。

临近楼道门，楼道里冷风阵阵，他紧了紧薄呢大衣，想今晚我绝不上去。饿死你，憋死你。你一定等不到我。他想着，已经追随那些脚步声音异常的人们，往车道保安亭而去。原来，刚才那个睡衣女子已经投河自尽。保安亭外面乱哄哄的，似乎刚才发生过厮打，应该是家属们对投河事件的剧烈问责。救护车仿佛就是哇呜哇呜地赶来宣告女子死亡的。他这才知道，对面那个烂尾楼的车库积水，原来已经深到可以让人寻死了。

回到家，他精神依然矍铄。他决定看书，可是，看着看着，竟又起了倦意，这让他非常恐慌，这是噩梦触手的抚摸啊。他站起来，又扩胸又摸高跳又做倒立，以保持头脑血液充足，他必须拦截一丝丝的倦意。最后，他决定再看一部片子，但是，就在他进行片名搜索时，他再次强烈地感觉到困倦。这让他更恐慌了。他听到有一个声音说，闭上眼睛，稍微休息一下吧。他知道这是噩梦出击了，它要拉他出场。他不无沮丧地哀鸣着，唯一做的抵抗是：坚决不上床，再困也坚守在沙发上。

噩梦，还是来了。它在沙发上，把他生擒了。

他看到自己空悬在浩渺无边的宇宙之中，半个月亮在胳膊肘斜下方，漫天星辰，因为颗颗立体而带来整体的虚空感，他看到自己如阳光中的微尘，头顶上有一颗星，发出晃人眼睛的十字星光芒，光的芒刺很长，仿佛随手可触。他估了一眼，觉得他的上升轨道很快会扎进那个光的芒刺里，马上他又否定了自己。一个细微近无的微尘，要和这个星光的芒刺相遇，还要有多少光年孤独的旅程。头部的另一边，一条云雾状的淡薄星云，莫测地探向远方，妖异、诡秘而不祥。每一个深夜，他都被自己极度的纤微所震撼、所煎熬，我这么一缕蛛丝意识体，怎么能夜夜承担如此浩瀚无际的孤独？我怎么能！

他喊了起来，他的声音在浩渺的星空，无声无息。

他使劲放声大喊："没有什么大不了的！"

他声嘶力竭："没错，没有什么大不了的！"

他血脉债张："没——有——什——么——大——不——了——的——"

他猛地翻身，一个不管不顾的疯狂身子，从星空俯冲下来。脑海里，他觉得自己不再是一纤蛛丝意识体，而像一块陨石，然而，他的第三只眼还是看到自己，仍如太虚之中纤微一尘。但不管怎样，陨石或是纤毫之尘，反正他豁出去了。他决然往下跳。

在他俯冲意念一起的同时，他掉在了自己沙发前的腈纶地毯上，他摔倒在地毯上墨绿色如云母纹的图案上，感觉一嘴唇都是栽在地毯上的摩擦生疼。所以，不用开灯，他知道自己到家了，他从太空归来，一念千里、一念万千光年。他知道自己落地为安了，他知道自己终于别过星空了。

这个活的噩梦，戛然而止了。

他觉得，它终于控制不了他了。

久久地，他趴在地毯上，轻轻地、不断地吻着地毯，仿佛久违故乡的归来。他不知道自己泪流满面，直到他涕泪交流地放声大哭，才确认自己在哭泣。

那个噩梦，终于断了气。它再也没有来。也许，它死了。

不过，很久以来他都不敢确定，也许哪一天，它会重振旗鼓，熟门熟路地找到他，就像小叶榕下那盘没有下完的棋的继续。

义 薄 云 天

一

事情发生在那个没有夕阳的黄昏。

天阴了一天，南方人穿起了夹克，瑟缩地互相叮嘱冷空气来啦。北方人管小健穿着短袖，在租住的楼房后面的废旧砖瓦、木料堆里找猫。那只黑色、黄色、咖色、白色相拼的浓墨重彩的猫，刚刚生了四只小猫。它总在搬家。

管小健牵挂它。半年前，管小健被公司派驻这里时，那只猫竟然在路口等他似的直坐着。四只猫爪并拢如田字，虎纹似的长尾巴，围巾一样优美地围过四脚。那时，它并不怕人，管小健弯腰哈喽哈喽地问候着，它也不闪避，仰头静静地看着提着箱子的管小健。

“你是谁家的咪咪呀？”管小健看着它整齐如花蕾的爪子，以为是精心修剪过的、家养的名猫。不料，它就是野猫。

房东说：“江洋大盗。很会偷东西吃！”猫很快就知道，管小健和所有的敌人不一样，所以，管小健叫唤咪咪，它一般都会出现。管小健叫它，从来也都是有吃的，最不济，也有一点方便面底汤。开始几个月，管小健以为自己喂胖了它，不料咪咪却是怀孕了。

公司为派驻人员租的房子，稍有点偏，但是离工作的电子厂不远。这里往北，是一大片工业区，密集的打工仔居住区都在村头那边，这里是村尾，原来比邻的两个国营老厂在拆迁，满地的废料颓墙，搞得确实有点荒凉。但是，很快就有人发现，从这里穿过鱼塘，再越过一个废弃的印刷机械厂，到区中心非常近，因为工厂的围墙都倒了。这样，走的人多了，一条路就在破砖碎瓦和丢弃的建材废料中出现了。

总有人爱走。急性子的人，甚至不管自己是否穿着高跟鞋，也不管是否月黑风高，自己是否腰缠万贯。

穿着短袖 T 恤的管小健，端着一个快餐盒，很有耐心地在那些钢筋水泥的废料山中，咪咪、咪咪地叫着。

他也可以把盒子放到这里就走，咪咪晚上肯定会过来把它吃掉。但是，他还是想看看咪咪的新居。搬来搬去有什么意思呢？他嘀咕着。天气预报说冷空气南下，要降温七八度，还带来连日阴雨。那么，咪咪和它的四个小咪宝宝，肯定要挨冻。前几天，看到的猫崽已经睁开圆圆的眼睛。咪宝宝三黄一雪白，脑袋也圆圆的，比身子粗大，四个绒球似的。

管小健已经打算把前妻给他买的旧毛裤送它们一家御寒，可是，刚才竟然没有翻到，他记得他妹妹帮他收拾行李的时候有说，还是带去吧，你的腿关节不太好。管小健说："我去南方呢！"他妹妹立刻不耐烦，说："带上！你的腿是北方的！傻了吧唧的！"

天色又阴暗了几分，风也灰拉拉的，像一个挥舞的旧拖布。颓败遍地的空气里，一阵阵泥瓦腥气，混着一丝艾草的味道。管小健踩到了烂叽叽的什么，紧跟着斜刺里一个木架子上翘起的一块锈铁皮，刮过他的手臂，辣辣地痛。天擦黑了，看不清。傻了吧唧的！管小健在骂咪咪，这么乱七八糟的地方，你的家能挡住风雨吗？要降七八度呢！

管小健隐约听到奶猫纤细可爱的叫声。他把快餐盒放下，蹲下看一根生锈的大铁管，里面没有声音。往这根篮球粗的铁管里看，黑咕隆咚的，什么也看不见。站起来看，铁管边是一大堆破烂残缺的水泥预制板，他蹲下来一动不动地谛听，果然，再次听到了牙牙学语的小猫叫声。

就在这个时候，一个女声突兀地划破阴沉的天空，管小健的耳膜像被一块儿铁皮狠刮——

"抢劫啊！救命啊！"

管小健站起来。

鱼塘边，一个小个子男人在飞跑，手里一个明显的女人漆皮白挎包。女人从地上爬起来，追喊中又摔倒了。女人凄厉绝望的哭叫声，尾音极长，像另一块儿铁皮又刮过管小健的耳膜。管小健扔下快餐盒就追了过去。

穿过鱼塘，追过废旧老厂子，一直追到了区政府公交站点后面，管小健扑倒了那小个子。但是，小个子身上已经没有包了。包呢？管小健拧住他问，那个人并不搭理，拼命地挣扎腾蹿，很有劲儿。管小健有点筋疲力尽地对围观的人群喊：“帮我嘛！他抢了个女人的包！”

两个年轻人冲了过来，管小健还没有反应过来，就感到自己腰腿几处麻热，随即被人踢打在地。有人使劲地踢了他的后背。人群哗的退潮一样缩远，慢慢地又重新围拢。有一条热情的嗓子在大声报告：“跑啦！通通跑掉啦！都是一伙的啦！”

管小健木头木脑地站在人围中，直到有公交车进站，人群忽地少了，他才想起来掏出手机打110。这时有人尖叫，哇，血啊，这人流血了！有人在叹息，好像是说天哪，太傻了！管小健低头看脚面，公交站广告牌的灯光，照出了他双腿下面的暗黑液体，就是血啦，他愤愤地想，竟然扎出我这么多血。那个丢包的女人呢？管小健看四周的人，一米八四的个子，使他很方便越过围观人群，女人没有看到——看到也认不出，他甚至没有记住她穿什么衣服，除非她自报家门。警车也还不来。妈的。有雨水忽然打来了，围观的人，都跑到站台上。一个老太婆走过他身边，戳他的袖子：“找死哟，这个天穿短袖？！”一个牵狗的男人很生气，对着她的背影喊："你说什么！傻瓜！这人差点被捅死了——喂，我替你打 120 啦！喂！"

管小健这才觉得冷，很冷。该死的咪咪。他抱了抱胳膊，冷空气前沿就是这样来了？他打着寒战，用力抱紧胳膊，腰腿顿时一阵热乎乎的奔流。

牵狗的男人又喊："我替你打 120 了！——喂，你是不是报了警？打 110 也不收费！"

警车是二十分钟后来的，管小健听到呜哇呜哇的警笛声，心里一松，跌坐在地上。这时候，他感到有人来搀扶他，搀扶他的胳膊很有力气，手心也很热乎。胳膊的主人用很亲昵的语气说："你太傻了！何苦这么……多管闲事。"管小健克制不住地颤抖，而且眩晕。他感到耳边体贴入微的声音很温暖，所以，他就想到他妹妹，那人说何苦这么……停顿了一下，管小健立刻在心里就接了腔，傻了吧唧。这是他妹妹的语气助词。从小到大，他妹妹总是这么对他说话。那人说的却是"多管闲事"，接龙接错了，管小健在黑暗和昏眩中，略微惭愧地笑了一下。

二

短袖衫是完好的，两层的运动裤却都被血洇透了。上面有四个洞，深度分别是 8 厘米、4 厘米和 3 厘米。两刀在腰臀部，两刀在大腿侧。清创缝针的时候，管小健很清醒。裤袋里电话响了，一看是范经理的电话，管小健赶紧接。下午范经理刚刚飞离。这个外派工作是范经理给管小健的，是管小丽的交情。行前管小丽千叮万嘱，要管小健干出一点名堂，给她争个脸。管小健这半年业绩一般，没有大开拓也没有大差错，但公司总部听说几家别的公司，正在大挖他们的业务，范经理就亲自飞来加固城墙。联络了电子厂的相关部门负责人，喝了酒、叙了旧、唱了歌、拿了误餐费。该做的都做了，就是让管小健好发扬光大。他们这公司，就是为这家大公司配套供应机子外壳。临行在机场，范经理说："你千万别惹事，一心一意地让我们公司搭好这只大船！订单如果转移了，你、我都不要做了！"经理过安检前，又折回头："你妹做事精明稳健，我希望你不要辜负她！"

范经理在电话里说："刚下飞机。想起来个事。"

管小健说："噢，哦。"

范经理说："那个高主任透露了他老婆生日，你记下时间没有？我一直忘了问你。"

"噢，那个……"管小健想不起来了。当时，高主任一说，范经理就踩了他的脚一下，然后，又一下。管小健连续被踩，以为谁喝多了把他的脚当擦脚垫了，就低下头去桌底观察。现在才醒悟过来，原来就是强调要他记下。

范经理语气不好了。他说："好像就在这一阵，赶紧去把时间搞清楚，然后送份好礼过去！现在是非常时刻！人家能透露给我们，就是还想和我们继续。这种垃圾事，以后不要我教你了！不懂问你妹去！！"

管小健说："好的！好的！我知道了。哇啊！"管小健失口惨叫了一声，他来不及拿开电话。那边，范经理吓了一跳，耳朵像寒毛一样竖起来，他弹直手臂，远离了电话。这边，一把镊子正往8厘米深的伤口内清理。医生快快地说："碰到坐骨神经了。"

管小健唔唔着。

范经理隐忍不发："怎么回事你？！"

管小健说："哦，没事！我很好！好得很！一只猫……"

范经理把电话挂了。

缝完针后，派出所的两名警察过来做笔录。管小健潇洒地挥挥手，说："是我自己的事。我的包被抢了。"

两个警察互相看了一眼。一个警察可能是过敏性鼻炎，闻言啾啾啾地连续打了十来个喷嚏。完毕，他问："外面的人不是都说，你在帮人追包？"

管小健说："不。这和别人无关。你们怎么来得那么慢啊！"

两个警察根本不想回答这个诘问："那……你把经过说一遍。"

“很简单，我正要去乘公交，他突然抢我的包，我猛追，结果，他同伙来了，两个，还是三个。他们拿刀扎我，你们来得太慢了！”

“那你包里有什么东西？”

“几百块钱、香烟、电子厂的饭卡吧。东西不多啦。”

“证件呢？”

“正好我没放到那个包里。”

“知道有个女人被抢吗？和你差不多时间的？”

“唔，不知道。也许有人喊吧。我不太清楚。我只关心我自己的事。”

“你是说，你肯定不是为那个女人去追抢包人的？”

“啊，是的。这年头，谁那么傻了吧唧啊！我自己的事，都忙不过来！”

“刚才把你抬上车的那些人，都说你是见义勇为嘛。”警察悻悻地说。有一个警察站了起来。

管小健急了：“谁说的！我可不是愣头青，叫他来跟我对质！”

另一个警察也站了起来，拍拍屁股。一边把笔录递给他，指了签字的位置，说：“人都散了，谁吃饱撑的跟你对质。不是就不是。拉倒。”管小健笑起来：“你们以后出警快一点。人命关天啊！”

两个警察头也不回地出去了。

三

管小健还没有意识到自己惹下了多大的麻烦。好在出租房还有一个偶尔一起下棋的业务员小苏，跟他算是朋友。接了管小健的电话，小苏连忙替他拿了御寒的衣服，又匆匆忙忙拿了他的箱子钥匙，找出管小丽给他的买电脑的钱去医院付账。业务员小苏马上要回湖南，自己的事情还没有理清楚，而这一去至少半个月才回来，所以，他要管小健赶紧说清楚，他能帮着处理的事，必须火速一并帮他做了。管小健看着病房外的天，说："这鬼天气！……你能不能帮我找一条灰色的毛裤？"

小苏说："不至于吧？这医院不是有被子盖？而且……怎么好换药？"

管小健摇头，说："是那个咪咪，那个花咪咪生了四只小咪……"

说着，管小健自己也底气不足地停了下来。毛裤他自己还没本事找到，还要再让别人找了毛裤，再去瓦砾废料中，找出一窝猫，这实在有点麻烦。管小健忧愁地看着阴冷的天，闭上了嘴巴。

业务员小苏还是有了恨铁不成钢的语气，说："嘁！还想多管闲事！那个女人连看都不看你一眼……”

说完小苏就走了。管小健后来有点后悔，应该叫他出去喂一次咪咪，把鱼汤鱼骨拌饭倒在那个地方，还是很容易的。咪咪在哺乳啊。吃饱了，也就不怕冷了。但是，很快，管小健就必须为自己操心了。医疗费不够，买电脑加他自己的钱，七八千都贴进去了，还欠医院两百多块钱。管小健举目无亲，又不敢告诉范经理和管小丽，所以，只好请求出院。医生说，出院后果自负。管小健点头。结果，还是被拦住，说清了账才能办理出院手续。管小健有计划像穷人一样逃跑，可是，他后来想，逃跑了也身无分文，还是要借钱，所以，他想来想去，决定给高主任打求助电话。

管小健给高主任打电话，先是离题万里地嘘寒问暖，他想不露痕迹地套出他老婆生日的具体日子，然后暗示说要送好礼。没想到，高主任是个爽快人，也可能手中正有事，已经被管小健摸不着头脑的问候，搞得很不耐烦，说：“生日昨天就过了！你他妈的真是闲啊！没事我挂了！”

管小健赶紧说：“不不，不，我是真心诚意的，我们公司特意叫我准备了一份礼物，我还以为是今天……又怕搞错，公司也没别的意思，一点心意……那个，不知道你夫人她喜欢衣服，还是化妆品……”

“真啰唆！把已经破费的放我们传达室好了，行了行了！我在开会。”高主任挂了电话。挂掉的时候，他听到管小健在里面急叫了一声，但他还是按掉了电话，也根本不想再回打过去，甚至想到那个白痴代表会再打过来，心里就很腻歪。生日都他妈的记错了，还要叽叽歪歪说什么呢！果然，五分钟后，管小健又打来了，听上去是鼓足了干劲儿。高主任极其厌烦地说："我在忙！说话利索点！"

管小健很不好意思，说："对不起，你看，我把你太太生日记错啦，真是很抱歉，太抱歉了！虽然没有见过她，可是，我们公司……"

高主任喝道："行了！我在开会！"

管小健说："对不起对不起！是这样，那个，现在，对不起，我那个，还想要向你借点钱，一点就好，因为我在医院，我出不去哇……"

高主任停顿了，大吃一惊："你是说——想向我借钱？借我的钱？！你在医院？"

管小健就一五一十、颠三倒四地说了个彻底。高主任终于听明白，听明白就大为恼火："你脑子进水了啊！天下还有你这种事！狗拿耗子多管闲事，就已经够白痴了，你他妈的还自作聪明不认账，说自己不是见义勇为，都扎了四刀了，说不定你就死了，这个时候，就要大张旗鼓地说自己是路见不平，专门利人！这种事的原则很简单，开始就别做！万一不小心做了，就要四处弘扬！让所有人都知道！我的天啊，你们公司怎么找你这么个二百五来啊？你听清楚了，现在，是那个女人要给你钱！是政府要给你钱！不是我们老百姓！我给老范打电话！”

“哎呀！”管小健吓得差点跪下来，身子一扭，几个伤口都爆痛，“千万别！高主任！你一告诉范经理，我饭碗也保不住了。我不能让他觉得我不稳重！”

“你给我老婆准备的礼物呢？”

“这个……嘿嘿……它，那个……”

“屁礼物！你这个白痴！”

管小健应答不上来，只能干巴巴地赔笑。

高主任电话里半天没吭气，一秒秒的时间，走得管小健汗流浃背，他感到悲凉绝望至极。这时，高主任终于开腔了。到底人心还是出入热血的，高主任还是有点被管小健的行为触动，他说：“好了，我让司机给你送钱。借你五百吧，平时我身上没有很多钱。”

没想到，房东老陈也骂管小健傻。

老陈说，当时，他和一个雇工正在楼顶上，加固一个雨棚架子，听到那个被抢的女人尖叫，然后他们看到租客管小健冲了过去。老陈说：“我还以为你成大英雄了，怎么，连医疗费都是自己出的？！那女人怎么那么不像话？！连面都不露一下？”房东老陈看管小健呆头呆脑、眼神迷离，嘴里突然就飙出了几个恶狠狠的本地粗话。管小健已经能听懂这个本地粗口，他寻思房东不借钱，也不至于狠狠地骂他。果然，老陈扔给他一支烟，自己对粗口做了解释。他说：“这年头，你救人，干屁！”

三层楼的租户，很快都知道了管小健的故事。大家看到管小健走路一瘸一瘸、无法落座的样子，心里都不落忍。平时不太说话的房客，都过来问候他。最后，大家都疑惑地说，那女人真的都没有去医院看望过你吗？一次都没有吗？你怎么这么傻呀！

连三楼的假和尚清虚法师都生气了，看到管小健，就“阿弥陀佛”地夸张叹息。

管小健就在大家遗憾的视线里一瘸一拐地移动身子。他也不好意思向大家借钱。那天去卫生所打针，不过是不到两公里的路，平时几步就到了，现在，腰腿不便，只好打的。可是，打的起步价就是八块，他觉得太冤枉，才一公里多啊！他跟的哥商量，我给你五块钱吧，或者，来回十元包你的车。的哥歪脑袋乜斜他半天，倾身替他开了车门，要他下去。管小健恼火了：“喂，我这是见义勇为负的伤！我已经付了六七千块钱啦！！”

“了不起啊，拿个证件我看看。”的哥嘴里的牙签轻蔑啐到管小健腿前，声音忽然提高了，“八块！坐不坐？没钱别耽误我生意！”

四

这个晚上，星星非常明亮，很久没有这样清澈的夜色了。天气干冷，管小健听到咪咪在风里传来的呼唤。也许是叫唤小咪咪们，也许是叫管小健。管小健小心翼翼地半蹲在茶几下面，找到了半包苏打饼干，然后慢慢走到阳台。星光下，工地那边残垣颓墙、一地狼藉。有个什么东西，被风吹得一直拍打一个洋铁皮破雨披。风里面似乎有狗屎的味道。

“咪咪，你在哪里？”管小健握着饼干，张望着，没有抛投的方向。

刀伤后，管小健觉得自己好像怕冷了，因为冷，他就觉得咪咪一家也不好过。出院后，他看到了咪咪一次，从东家厨房的矮墙上跳了过去。那时候，管小健没有很大的力气招呼它，房东老陈老婆正在问他的伤势。所以，他也不好意思跟咪咪打招呼。

管小健决定去找咪咪一家。他把在北方穿的长夹克披上，拿着半包饼干，慢慢地慢慢地下楼，慢慢地走到后门之外。这些天，他很想给妹妹管小丽打电话，尤其又受了的士司机的深度刺激。他真的很想给管小丽打一通电话，把这个经过告诉她。她从小到大都喜欢替管小健拿主意，经常也能拿出很好的主意。但是，管小健还是忍住了。虽然他已经弹尽粮绝，非常需要妹妹的支持。但他已经想明白，这前前后后的事，无论哪一节，他都会被管小丽骂得狗血喷头。

管小健不敢走太远，怕再踩到锈钉子什么的，很麻烦。他高一声低一声地叫唤着咪咪。一直没有咪咪的动静，口袋里电话却响了，竟然是管小丽。管小丽一贯的语速极快："电脑买了没有？这么久也没个电话！你还没买吧？"

呃，管小健的头，顿时极大，他说："那个，看是看中了一款，还没有最后定……"

"很好！太好了！快记个电话！"管小丽报了一个手机号——驻厦办何主任。"他们要更新电脑，他那台才用一年多，答应我一千五给我啦。你马上打他电话，明天你就过去办手续。"

管小健说："一千五啊？太贵了！"

"贵？你竟然说贵？！你吃错药了吧？才用一年的联想 486。那你看中的要多少？起码六千吧！人家可是新电脑！！还贵？！"

管小健支支吾吾地说不出话来。

"别傻了吧唧的！这友情价！是冒着国有资产流失罪名的风险。马上打电话！明天提货。谨防夜长梦多。提了货你跟我反馈一下！"

管小健想说明天没有空，但也知道恐怕很难骗瞒过去，而他吞吞吐吐的语气，让精明过人的管小丽一下就逮住了："你把钱搞丢了？是不是？！"

管小健只好跟妹妹说了实话。

“你是说，你被人扎了四刀？”管小丽啸叫起来。

“四小刀，并没有伤到内脏……”

“扎了四刀，输了很多血，你把我给你买电脑的六千块钱，还有你自己的一千多块钱，你都给医院了，是不是？！”

“嗯……差不多吧……”

“你跟警察说，你不是见义勇为，你是为自己——是这样吗？！”

管小健已经感到管小丽要发作了，他还是极力用天下聪明人的行为准则要求自己，所以，他镇定地说：“我当然没那么傻，这种事，要不你就根本别去做，万一做了，功成身退就是，我才不想出这种傻风头，让路人指指点点，范经理知道了，还以为我爱冲动，做事不可靠……”

“你、是、个、天、大、的、白、痴！”管小丽咬牙切齿，一个字、一个字地往外迸，随即，霹雳惊魂的怒吼开始了。管小健能听到妹妹气管咝咝的气流声，煤气瓶要爆炸也就这样了。“你！也快、四十岁的人了！为什么、你为什么永远长不大！永远都要我操心？！”管小丽说得有些上气不接下气。管小健不敢再说什么，怕又没有说到点子上，找骂。

“那个被你救的女人呢？”管小丽的气管还在咝咝出气，“她一分钱都没有出？！”

“我也没有帮她抢回包，”管小健说，“现在我还没有见过她，也许，她晕倒了，来不及……”

“你放屁！马上去找警察！实话实说。现在就打！”

“那你这……不是把事情闹大了？不就是一千五的电脑钱吗……”

“管、小、健！爹妈已经给你气死了，我早晚也要死在你手上！”

“呃，我是说，你冷静点……”

“再冷静就死人了！现在就是把事情闹大！找警察！找记者！必须真相大白！不能让英雄流血又流泪。”

“我没难过，我流什么泪，我男子汉大丈夫，不就是一千五的电脑吗。我会处理好的……”

“哎呀——”管小丽发出生不如死的刺耳尖叫，可能有七八拍长。管小健的耳膜吱吱吱地回响，他头晕脑胀，赶紧把电话关了。管小丽又打了进来：“蠢驴！别傻了吧唧的！给我报警去！立刻！马上！现在就打！我们要赔钱，要政府肯定！必须要有个说法！二十分钟后，我打你电话！”

“丽啊，你别告诉范经理啊……”

管小丽把电话挂了。

管小健从小到大都听这个小他两岁的妹妹的话。他不再叫唤咪咪，拿着半包苏打饼干，一瘸一拐地慢慢回到房间。他的心里越来越明显地怦怦跳，找警察？警察会怎么看呢，出尔反尔，他们会以为我神经病，脑子不清楚吗？管小健拿出纸笔，用心设计了几个很得体的询问和陈述句子，演练了两次，才打了电话。等终于找到那天出警的并去医院做笔录的一个警察后，警察只是哼了一声，半天不再说话。管小健一下子就把刚才准备完美的报告，全部打乱了。他急急忙忙地说:“我不是为自己，我是为那个女人。我是见义勇为啊！”

警察把电话挂了。

管小健看了手机半天，里面只有嘟嘟嘟嘟的声音。

他真的不想再打过去了。我求你啊，你以为。他恼恨地想，这事情说起来，不就是卡在二手电脑那儿了吗，不就是一千五吗，大不了明天再求高主任借点钱，我又不是还不起。哼。打这个电话干什么呢？一会儿这样说，一会儿那样说，一会儿是见义勇为，一会儿又说不是，这样做人，低三下四，也真是太幼稚了。

管小健找到最后的一小袋茶包，给自己泡了杯花茶。现在，他还不习惯当地人喝的铁观音，但是，已经渐渐感觉到铁观音的香气是有穿透力的。那次房东老陈家的那一泡，确实很甘甜，带一点令人迷离的微酸。他想，下个月，经济状况缓解了，买它一斤好好尝尝，不过，恐怕还要整一套工夫茶具。当地人都是那么小杯小杯地啜，蛮好玩的。电话响了，管小健头皮一炸。管小丽。当然是她。管小健恨不能把电话扔进马桶。但他不敢。

他说：“我打了，警察没有接电话。”

“再打！我等你结果！！”

管小丽就挂了。管小健感到了煎熬。一大通的诉说通话，警察总共就哼了一声，这一哼，功力惊人，管小健就像被降龙十八掌打到悬崖深渊。说实在的，再打，很需要精湛内功的。管小健难受得在屋里反复揪头发。

管小健对妹妹一向是又爱又恨。管小丽从小就脑子灵、小嘴甜、八面乖巧、漂亮干净，到哪里都人见人爱。管小健仿佛就是为了反衬他妹妹而来到这个世界上的。管小健记不清什么时候起，妹妹成了他的舵手。记得刚上学的时候，有一次，他和在单位幼儿园小班的妹妹，结伴回家。管小丽决定一人买一个棒棒糖。管小健选的是乒乓球大的、横切橘片形状的橘片棒棒糖；管小丽要的是一只耳朵折下来的红眼睛小白兔。是管小丽眼尖，最先发现一对流浪乞儿的。一个五岁左右的女孩儿，抱着一个一岁多的婴儿。他们在一个避风的街角。小丽拿胳膊撞他说：“看，他们没有爸爸妈妈！”管小健看到了。管小丽又说：“她眼睛那么大，她想吃我们的糖！”两兄妹警惕而好奇地慢慢走过那对流浪孩子。走过后，两兄妹不断回头看，那个抱着婴儿的女孩儿，也一直看着他们。“她在舔嘴唇！看见没有，她很想吃！”管小健又回头看，他停了下来。妹妹补充说：“她肯定从来没有吃过！我敢打赌！”

管小健说：“那……我这给她吃吧……”

“橘子的不好吃吗？！”妹妹说。说着，鉴定似的踮起脚，吃了哥哥手上的棒棒糖一口。实际上，一买来，他们都互相尝过对方的糖了。

管小丽又舔了哥哥的橘子糖一口，眼睛一直瞄着那个行乞的女孩儿：“是怪可怜的。”她同意地说：“你真的不爱吃了？”

“我爱。”管小健老实地说。

“可是，我的兔子糖可好吃了！妹妹说，我从来没有吃过这个味道的！而且，你看，小白兔身子每个地方都不一样，不像你的橘子片，随便掰一半，两边都是一样的。”

管小健看看妹妹的糖，又看自己的糖，小妹妹没有等他完全跟上趟，就直截了当地说：“对啊，我的不能分，你的分一半给她好了，一半就好了。让她吃一下解馋。好不好？”

这让管小健很高兴。他本来是想拿自己的糖，都给那个大眼睛的小女孩儿，妹妹这样一说，那他还可以吃到一半。真是再好不过了。

两兄妹就一起再回到那对流浪小孩儿身边。管小丽龇着自己的牙做示范，生怕哥哥咬得控制不好，咬坏了。管小健把咬到自己嘴里的那一半，吐在手心里，递给那个女孩儿，说：“我们一人一半吧。”行乞的女孩儿笑了，伸出非常肮脏的小手，接过管小健的糖，放到了自己嘴里。

两兄妹在回家的路上，管小丽说：“棒棒糖不能咬的，只能舔着吃，不然你会割破嘴巴，还会上火喉咙痛。我也慢慢舔，等你没有了，我再给你舔小白兔，我们就一人一口地慢慢舔，好不好？”

管小健说好。他就小心翼翼地舔着自己半块橘子糖。妹妹看着他说：“哎，你不要老舔棒子这边，不然会掉的。掉了我才不给你！”

最后，那个最厚道的爷爷，有一次都忍不住叹息地说，公平啊，一正一负，不能天下的好孩子都给了我们管家。爷爷这一句，基本肯定了这世界的公平运作。

现在，管小健看着电话发呆。不打是过不了关的，管小丽肯定要追问过来。七千多块贴进去，妹妹没有骂狠话，算是很心疼老哥了。一千五的电脑再不努力争取，真是说不过去。可是，打这个电话，多么多么难啊！刚才警察那一声哼，他回想起来就心有余悸。真难受啊！最终，管小健还是按重拨键打了出去。电话很久没有人接，管小健几乎没有勇气坚持了，他巴不得那电话就是没有人接，但电话那头却有人的声音了：“说！什么事！”

那声音厌烦至极，听起来怒发冲冠。管小健嗫嚅：“对不起，我真的是见义勇为啊……”

那个警察没有骂他神经病，对方沉默着，也许是咬紧牙关。但终于没有等到管小健拉里拉杂说完，一声惊雷在耳：“谎报案情！半个月了，你才想起说真话？！到底哪一次是真的？你以为警察是你随便糊弄的二百五？！”

“我没有……我只是……”

“笔录是你自己签名的！我们强迫你了吗？再胡扯八道谎报案情，我拘留你！”

警察摔了电话。

管小健第一次想哭了。

这一次的强烈委屈，使他难以自持。给管小丽打电话的时候，他几乎有点哽咽：“……说我报假案……我几乎……连命都搭上了……他说要拘留我……我……”

管小丽听哥哥磕磕巴巴地说，她显得愤怒而安静。

“……我……整夜整夜地睡不着，很痛……伤口其实很痛……更难……受的是……别人，很多人都说我傻……他们的眼神……你说，我到底怎么做才好？”

管小丽觉得她哥哥掉泪了，她也喉头发紧：“哥，你是……对的……”妹妹声音很小，但是……这个低语般的肯定，让管小健哗的泪流满面。他停了好一会儿，他没有办法开口。直到胸口不再肿胀能平缓喘息了，他才说：“我知道我是对的。可是，在现场，当场就有很多人说我傻，我也不想搅这个浑水啊，那你，怎么能见死不救呢？！这也没有什么。男人嘛，总有冲动的时候。后来我也知道，我这样是，很傻，死了都白死，我更不想，范经理和你，担心，我在外面惹是生非，我身后代表一个朝阳企业。所以，我想就算我自己的事，过去也就算了。可是，没想到，他们——更多的人说我二百五。怎么会这样呢？现在，你要我跟警察讲真话，我讲了，警察竟然说我谎报案情！连警察都不相信我了，还有那个，我救过的女人，她为什么连看都不看我一眼？我没有要她出医疗费，可是，她看我一眼，说一声‘谢谢’都不能够吗？我真的就，那么傻吗……”

“你必须找到那个女人。她能证明你。”管小丽说。

“我去哪里找啊，管小健叹气，她根本躲着我。”

“那好，你找报纸。先把这个不仁不义的女人，揪出来！曝光！”

五

管小健没有想到，隔天报纸就登出来了，而且用的是他的原话诉述。那个版面是个读者热线，叫“有话直说”。他按报纸的一个电话打过去的，接电话的人听了，说自己是搞发行卖报纸的，但他听了管小健的话，义愤填膺地给了管小健另一个电话，说那才是读者热线，专门原汁原味地刊登读者的心里话。

管小健对着那个热线电话，痛快酣畅地说了一通。他讲述了事情经过，讲述了他的医疗费用，讲述了他的伤痛和心痛，讲述了警察对他的质疑，讲述了那个被抢包的女人，至今没有露面，更没有对他说过一声“谢谢”，讲述了他的失望委屈。管小健最后说，我真的是傻了吧唧的人吗?

隔天，报纸的市民热线版的头条刊登出来，标题很大，通栏《那个被抢劫的女人，你为什么躲着英雄》。看到报纸后，管小健异常激动，好像已经被人平反恢复了名誉。他请求同楼租住的业务员小苏，帮他买五十份报纸。他要送给高主任、房东，寄给他妹妹，还有办案警察，还有清虚法师等很多关心他的人。小苏不以为然。他放下报纸说：“这不是报纸的态度，它只是登出了你说的话，是一面之词。是不是真的，人家读者和有关部门，还要想一想。不会轻易下结论的。”

管小健非常生气：“我说的都是真话！我讲的都是事实。报纸不相信我，它怎么可能登我说的话？”

小苏说：“这个栏目叫《有话直说》，就是说心里话的意思，所以，都是说话的人自说自话。我不是说你说的不是事实，我是说，别人不会认为这个栏目的话，都是事实。心里话嘛，心里怎么想就怎么说，随便啦。”

“你说什么？！既然是心里话，当然是真话，要不然怎么叫心里话！你这人到底懂不懂心里话啊？掏心窝子的话，报纸就是信任我，才登我的话的！”

小苏看着仍旧一瘸一拐的管小健，苦笑了一下，避过风头，说：“好了好了，我当然是相信你。但是，买那么多报纸送人真的没有必要。”

业务员小苏说对了。管小健喜滋滋地要买五十份报纸广送天下人的时候，那个被抢的女人——萧蔷薇，拿着报纸，就冲到了报社热线大厅。“太不像话！太不像话啦！什么胡说八道的破报纸！今天你们不给我说清楚，我砸你们牌子！出门我就找律师！”

三十多岁的萧蔷薇，一出场，就把热线主任镇住了。姿色中等的萧蔷薇，脸色雪白，随时要休克的样子，却有一种力拔山兮的决绝。主任知道难缠的主来了，一个电话，当日热线值班记者能四和他的女徒弟洪小帽，就被急召回了报社。

主任把报纸拿给能四：“你好好采访这位女士一下，证实事情的来由。我还有个会，你把这摊儿接待好。稿子好了，发我邮箱，我亲自看。”

萧蔷薇冲着他的背影怒吼：“一个胡说八道的报纸！没有调查竟敢乱登，标题还这么大！你们是不是报纸卖不出去，要靠造谣吸引眼球？！”

能四像游泳上岸处理耳朵进水那样，不断地侧着脑袋掏耳朵。实习生洪小帽也看出门道了，凡是有人打上门，师傅都是让他们吼叫个够，等能量耗得差不多了，他才懒洋洋地、温和文雅地询问。

萧蔷薇反复骂了二三十个胡说八道，终于开始比较有条理地陈述。她说：“我还没看到你们这鬼报纸，我们街道办的人都看到了，一个个来问我，平时跟我不好的那些坏人，干脆在我后面指指戳戳。所以，这事情你们不替我昭雪，恢复名誉，我跟你们官司打到底！

“他算什么见义勇为，这个姓管的。当时，我是有看到一个大个子冲过来，他们两个都跑得很快，我的脚崴了，高跟鞋跟也断了。等我过去，人都去医院了。虽然我已经知道，坏人都跑了，我的包没啦，可是，听说那个男人被扎几刀，我还好心好意地提了两斤香蕉去看他。走到医院，警察出来说，他不是为我，是为他自己。是他自己的包被人抢了。哎你说！我是有心去慰问的，他说他是为自己，那关我什么事？我去看他干什么，我又不是神经病，我自己包丢了，一大堆的卡要补办，忙得要死，凭什么，我要去看望他！这人太过分了，你医疗费高了，就想找人分担啊！有这心思你早说，哪怕你假装说，是为我受伤的，我也会假装去看看你嘛，几斤水果我还是买得起的，说不准，我也捐一百两百。可这小人！竟然到报纸上胡说八道！污蔑我躲着他，他算个什么东西？！”

萧蔷薇咕咚咕咚地喝了一纸杯水，然后，狠狠地把纸杯捏扁砸进废纸篓。能四说：“你不喝了？”萧蔷薇瞪了能四一眼，没料到这是个问题，有点发噎。洪小帽不由掩鼻窃笑。“破报社，你就一个纸杯啊！”萧蔷薇恨声道，“那种傻瓜！他没资格跟我说话，我要追查的法律责任是你们！你们！没有调查，就胡说八道！为什么在刊登之前，不问问警察？”

“这个……”

“这个个屁！这个！还这个！我一看报纸就打电话给警察了，他们说，没有记者去调查过！根本没有！我告诉你，政府里有我家的人，你们给我马上去派出所看笔录！瞪大你们的狗眼，看看那个姓管的当时是怎么说的！我限令你们，明天就给我恢复名誉，我的文章也要放到同样位置！我的标题的字，也要这么多，也要这么大！”

能四说：“你给我留个电话吧。我们马上开始调查。你的要求，我们会反馈给领导。现在，你能不能告诉我，当时，那个男人是怎么冲过来的？”

萧蔷薇没有想到这个记者这么快就进入调查，一时不知怎么回答才合适。她想了一下，说：“他好好地就冲过来了。”

“是你叫喊之前，还是之后？”

“当然是我叫喊之后。”

“多远的距离？”

“我哪里知道。反正他跑过来了。”

“你觉得他是过来抢回自己的包？”

“搞不清楚。那个时候，谁搞得清楚！”

“你叫喊后，看到有人过来，你是什么心情？”

“嗯……也没有多想啦。”

“你是说，你呼救之后，有人冲过来追抢你包的人，你没有什么感觉？”

“也有点……高兴吧，因为，我的脚崴掉了，很痛，我肯定追不到那个坏蛋了。”

“那时候，你不认为，那个人是过来帮你的？”

“……我认为又怎么样，他自己都说，他是为他自己。是他的包被抢了。”

“你是当事人，你最清楚当时的情况。我想请你帮我们分析，他的包是怎么被抢你的那个人抢走的呢？”

“你去问他呀！我又不是他肚子里的蛔虫。真是！”

“那个抢包人，先抢了你的包，再抢了他的？”

萧蔷薇沉默。

“或者，他先被抢，然后，你也被同样的人抢了？”

萧蔷薇沉默。

“还有一种情况，”能四说，“会不会很早他就被那个人抢过，当你呼喊时，他一眼认出那个逃跑的人，就是曾经抢他包的人，所以，他追了过去。”

萧蔷薇有点赞许地点头。能四也对她点头还礼：“看来，你比较认同我第三种推测。就是说，前面两种猜测，我肯定没有让你信服。”

萧蔷薇用力点头，说：“对。我敢肯定是他之前被抢过，不一定是我倒霉的那一天。前面你推测的，是不可能。我已经在追那个坏人，坏人怎么可能再抢那个傻瓜的？而在我之前，如果他就抢了那傻瓜的，那傻瓜肯定要追的嘛，他被追，怎么可能再抢我的？”

“真聪明！”能四说，“所以，我一开始就问你距离，我要判断他的视力。不要紧，到时候，我们到现场看，我们会复原那个距离，那就能判断他是不是能一眼认出自己过去的敌人。而且，那个敌人在飞速逃跑。”

“你……”萧蔷薇有点不安地困惑起来。能四说：“没关系，你别急。你这事情我一定调查个水落石出，请你把电话留给我吧。”

六

能四开着他那辆一路熄火的二手车，在雨中吭吭哧哧地行进，终于到了开发区城北的出租楼。洪小帽说：“能四老师，都快十一点了，人家会不会以为我们要他请吃饭啊？”能四看看手机时间，说：“有这个嫌疑啊，但是，那傻瓜很落魄，你就不要转这个心思了。”

开到一个小路口，乱七八糟的都是占道经营的小买卖摊子，一个戴斗笠的家伙，在摩托车后座上卖像是没有放干净血的猪肉还是什么肉，红黑红黑的。能四为了避让他，又差点剐到一个举着雨伞卖玉米甘蔗的板车。洪小帽眼尖：“师傅，那个是不是那个傻瓜？”能四抬头，看到一个大个子，站在一朵小花伞下，黑色西装革履，打着领带，正对他们犹犹豫豫地似招手非招手。

电话里，他说他个子一米八多，黑西装。能四看看他那个急切亢奋的表情，估计就是那个人了。能四冲他挥挥手，一边对徒弟说：“你怎么也叫他傻瓜？真不礼貌。”

管小健过来了。他走得急，一瘸一拐的晃动很大。能四的破车，在这个乱糟糟的路口，也移动不快，还惹毛了几个占道经营的家伙，有人愤怒地擂了他的车尾。管小健到了车前，嘿嘿直笑，说：“你好！你好！呵呵，我忘了告诉你，应该走信用社旁边的那条小路，不然，这里过不去的。”

能四说：“那你上来吧，一起走。”

“不，不，”管小健用手指着自己的臀部，“不好坐，车子一颠，很难受……”

能四看出他虽然诚惶诚恐地兴奋，但看上去也不全是客气。问了方向，能四就把车子掉头。洪小帽色眯眯地说：“长得还真帅啊，像我心目中的英雄。”能四看了徒弟一眼：“知道吗，男人都是傻的才比较帅。要不他们无法传宗接代。聪明的，起码都要长我这样。”

“哦，是哦，难怪师傅比葛优长得还更……大胆些。”洪小帽像小母鸡一样咕咕笑。能四把自己的绿豆眼瞪得目眦尽裂，悻悻地说：“不会吧，我实际没有那么聪明的。”

一行人进了管小健的屋子。业务员小苏已经在屋子里等着，还准备了矿泉水和烟。管小健一直嘿嘿笑着，不断要业务员拿烟递水。业务员看两个记者都不用，便把管小健的病历和医药费单据给记者们看，说：“七千六呢，全部他自己出。”

能四看管小健。管小健说：“可惜当时没有人帮我，不然，我肯定能抓住一个，那个失主的包，肯定也能搞回来了。”管小健显得很兴奋，有激情。能四说：“你把经过仔细地告诉我们一遍吧。”管小健有点吃惊，说：“你们没有看到报纸吗？报纸都登出来了，就是报纸登的那样！”

能四说：“现在，请你重新说一次。详细的，好吗？”

管小健就说了。能四在记录，洪小帽也在记。管小健说了不少，慢慢地脸都红了。

能四说：“那你为什么要告诉警察，你是为自己追包呢？”

管小健求助地看业务员小苏。小苏义不容辞地说：“管先生是个很低调的人，他受的教育，是做了好事不留名，赠人玫瑰，手留余香。功成身退嘛。”

能四似笑非笑地庄重点头。他看着管小健：“你自己说说，好吗？”

管小健说：“我就是那个意思。赠人玫瑰，手留余香，挺好。”

“那你手上有香香就行了，为什么要打我们热线喊冤呢？”

“我是被警察气的啊！”管小健怒道，“他说我谎报案情，还要拘留我！简直太不像话啦！”

“我想问问你，还有谁能证明，你其实是见义勇为，是为别人追歹徒的？”

“那个女的呀！她最清楚嘛！她大叫，我听到了，马上就冲上去了。我看到她还摔倒了。你们找她采访采访！然后告诉警察，我不是报假案的人。”

“问题是……”能四说，“那个女的说，警察告诉她，你是为你自己追包的，你的行为跟别人无关，所以，你在报纸上说的话，她很生气。她打算告我们。”

一直站着的管小健，气得一屁股坐下来，立刻又痛得弹起来，因为腿的伤也没好利索，猛地站直，他直趔趄。洪小帽和业务员小苏双双出手，赶紧搀扶住他。再看管小健，他的眼睛里，泪水微闪。他张着嘴，说不出话了。能四看得有点动容，说：“别着急，我们不是来调查了吗。你想想，还有谁看到了现场情况。”

管小健说：“我给你我妹妹电话！”说着，他就掏出电话要打。

能四说：“你妹妹也在场是吗？”业务员小苏对能四摇头，一边拿掉了管小健的电话，说：“他妹妹在外地，她能证明什么呀。”“对了！”业务员小苏转头对记者，“我们房东老陈是目击者！”

一拨人马就到顶层找房东老陈。老陈一家正在吃饭，听说是记者来了，很客气地放下筷子，说要不要一起吃。能四赶紧说谢谢，说打扰十分钟就走。

房东就说了他在顶楼上看到的经过。管小健听了，一直点头。老陈讲的时候，一直看师徒两人的采访本。最后，老陈说："我说的都是真话，但是，你要是登到报纸上，不可以！我可不想惹麻烦。"

"你会有什么麻烦啊，"能四笑嘻嘻的，"我们天天写坏人坏事，那还不被人剁烂了？"

老陈正色道："我有房子有店面，哪天被人一把火烧了，谁负责？你负责吗？"

"好啦，"能四说，"我们不会说你的真实身份的，你还可以用化名，小猫小狗齐天大圣啊，你随便挑。没有人知道是你。"

老陈说："报纸一登，谁都知道。我又不是傻瓜！我是信任你才对你说的，换别人我还真不说。你不能恩将仇报把我曝光出去！"

"你看，"能四指着管小健，"他为了帮那个女人，被扎了四个窟窿，输血八百毫升。现在，警察不相信他，那个女的也不相信他。你不想帮帮他吗？"

"我早就骂他傻瓜啦！七八千块钱，那个女的起码要付一半！这是最低的，换救我，我全包了，我还给他买营养品。

做人要有良心啊！滴水之恩涌泉相报懂不懂？现在的人，肚子里根本就没有长心！你为这样的人，死了也是白死！我是看透这个世道了，你在我身边杀人我都不管，我就是见死不救，你信不信？！”

“信啊，”能四说，“你现在就见死不救。”

房东老陈讪讪地说：“我那天就跟小管讲了，我可以免他一个月房租。很厉害啦，一千三哪。”管小健哭丧着脸，含糊不清地咕哝说：“房租公司会出的……”

“老陈，”能四说，“你把那个和你一起在天台上工人的电话给我吧。我问问他吧。”

“噢！可以！你问他。他比我看得更清楚。我有他电话，不过，你不要说他是在我家天台上看到的，更不能说我和他一起看到的。你答应我，我才给你电话。”

能四长长地嘘了口气：“好了好了。知道了。”

七

外面的雨似乎比来的时候大了。老陈妻子听说他们要下去看现场，默默地拿了两把广告雨伞出来，也不说话，腼腆地笑着，递给能四、洪小帽。两个记者加管小健和他的朋友业务员，四人从租住楼的后门出来。后门一大片好像是没有人管的菜地，一些莴苣老气横秋地站在雨地里，还有一堆被人才砍掉的、半枯萎的什么豆还是什么瓜，乱糟糟的枝蔓纠缠不清。管小健带他们小心踩过菜地间的积水。

管小健突然收脚，洪小帽差点撞到他。一只黑、黄、白、棕相杂的花猫，嗖的飞上了红砖围墙。管小健呆望着它，不知道在想什么。洪小帽惊呼：“哇，一只猫，那么漂亮的猫！——咦？尾巴……被人砍掉了？！”

猫咪消失在墙外。管小健看着墙头发呆。业务员小苏轻推了他一把，示意他走。管小健一直看着洪小帽，欲言又止。洪小帽扑哧一笑，说：“你是不是喜欢猫？那个野猫尾巴好像断了。”

管小健脸色陡变：“你说它没有尾巴？”洪小帽说：“是啊，砍断的地方，好像黑乎乎的都是血。”业务员又推了管小健一把，说：“轻重缓急！”管小健大惊，问小苏：“你也看到咪咪尾巴没了？”业务员小苏却看着能四苦笑，说：“我哪里去注意它！也许，女记者眼睛看花了。”

“就是断了！”洪小帽说，“毛上都是血痂！”

能四说：“也正常啊。上个月，我接到一个小区居民打热线，说他们那有只猫的眼珠上，被人扎了两根缝被子的长针，猫的眼睛都不能闭。”

管小健脸色灰白。业务员小苏推了他一把：“走啊。”

一行人走到开阔的地方，前面就是搬迁后的废旧工厂遗址了，一个上午的雨，把到处搞得湿淋淋的，很潮。有个黑衣人在白蒙蒙的鱼塘那边大力撒鱼食。管小健把大家带到那根大铁管前，告诉他们他当时就是在这个位置。然后指斜前方百米处，也就是鱼塘和一片杂树之间，说："那个女的在那里鬼叫，她就在那个树边摔倒的，那男的拼命地跑。"

"我们这儿到那有多远啊？"能四说。

"不知道。"管小健说，"没人量过。"业务员小苏说："我看，一百米应该有。"

"那你怎么追得上？厉害啊。"能四对管小健说。

"我没那么傻，我是反抄鱼塘这条路，等于我走近道。这地方我天天走，当然比那些人厉害。"

"难怪。看得清那什么字吗？"能四指着鱼塘边的一面墙上看上去像字的红色块。他说着，自己嘿嘿笑起来。管小健应声而起："母乳喂养好！"

"真厉害！"能四更加嘿嘿笑。"那有什么！"管小健说，"我经常从那里走过，不用看我都知道母乳喂养好。不信，过去你就看清了。"

能四说："洪小帽你跟苏先生过去，就到那个女人摔倒的位置吧。"

洪小帽笑嘻嘻地往那边而去。能四给她发短信，到那里给我做个最难看的鬼脸。洪小帽回复说，我是狐狸精。果然，到那个位置，洪小帽按师傅指示，二话不说，鼓起腮帮、揪下鼻尖、拼命做狐狸状，往这边频抛吊眼梢的狐媚眼。这边，能四和管小健都还勉强看清两人衣服的颜色，但要辨认一张脸，完全不可能。除非管小健是千里眼。能四自己也感到这试验无聊，但还是发短信要洪小帽保持狐狸脸，然后对管小健说："喂，你看得清那女孩儿的脸吗？"管小健说："看不清。这雨天有点雾。"能四说："那天你能看清他们两个的脸吗？""这个……"管小健有点不好意思，分辩说："那么紧张，谁去看脸啊！反正我视力很好。来的时候，半年前吧，我的视力查的是四点五！"

四点五的视力，并没有领略生动可爱的狐狸精脸，洪小帽把鼻尖揪得通红，眼角吊得发涩，只把陪着过去的业务员小苏看得莫名其妙。

装修工的电话，怎么也打不通。房东老陈说就是这个号码，没有错，然后还急人所急地连续亲自打，一样都不通。老陈怒不可遏："肯定又欠费了！过两天就能用了。"老陈骂着粗话，"他经常这样。有一点钱，宁愿赌也不交电话费！"

下午，师徒俩去了区政府边的那个公交站。看附近有个报刊亭，就过去询问半个月前的事。女店主说："啊吓死人啦！第二天我才看到，那么多的血！一地都是啊！"

能四说："知道当时是怎么回事吗？"

"开始不知道，我们又不敢围过去看。后来有对夫妻过来买报纸，才说，他们听别人说，那个被砍的人，好像是帮别人抢包，被流氓扎了很多刀。”

“还有听到什么吗？”

“当时乱哄哄的，一下就散了，我也记不住。都是等车的人，车一来就散掉了。那些人才知道得最清楚了。我们不清楚，道听途说啦。”

他们又去了辖区派出所，几乎给那个当事警察的喷嚏轰出门去。他啾啾啾啾连续地打喷嚏，就在喷嚏间歇搞普法教育，让他们尊重法律的严肃性。说既然没有任何证据，证明管小健是见义勇为，那么，别想让警察来证明他是英雄。

“你是在去做笔录前，听到外面的人议论管先生是见义勇为吗？”

“就算是真，那你现在让我去哪里找他们来做笔录？”

“就是说，那些话，可以肯定是确实听到了，是吗？”

“没有确切的证据，都不能证明。”

八

因为一直打不通天台上目击管小健见义勇为的装修工的电话，这个稿子一直到八天后才见报。见报之前，萧蔷薇每隔两天打来一个电话。一直在教训能四注意这、注意那，并威胁说，如果没有恢复她的名誉，一定有他的好看。稿子有三千字，小报一个整版。有一张管小健扭头看“母乳喂养好”的大照片，读者只知道他在看远方。表情很自然，的确有些帅气和纯真。洪小帽的文艺腔渲染了管小健的帅气。能四老师放任了这个，他把一些文筋都挑出来，做成文眼，放在小标题下。比如：一百米远，他冲了过去；比如：身中四刀，那女的连看都不看我一眼；比如：警察说他是为自己，我当然掉头就走；等等。

很多读者放下报纸就来电声援管小健，有些腿快心热的，干脆带着鸡蛋、线面和钱、蛋糕票什么的来报社，指定要给管小健。但是，报纸没有等到他们期望的目击者来电，一个都没有。来的都是见义勇为精神的发烧友。这样就没有办法和警察进一步交涉。

见报一周，萧蔷薇竟然毫无动静。

有经验的记者编辑，都估计这是大难临头前的平静，萧蔷薇肯定要发难。虽然，报道很客观，把她不去看望英雄的理由，阐述得很充分，但是，还是有很多火眼金睛的读者，打来热线电话，痛责萧蔷薇是个三八、浑蛋、一根筋，不知好歹，活该被抢。有个恶毒到没谱的家伙叫嚣，通知歹徒们，先奸后杀！能四和几个热线记者听了热线录音哈哈大笑。大家心知肚明，女事主萧蔷薇一定要带律师提刀来见了。

没想到，萧蔷薇一直没有来，管小健的电话却来了。这些天，他不时有电话，报告社会的温暖。这不奇怪。洪小帽说。管小健现在成天兴高采烈的，已经成了民间英雄。他非常满意，说社会各界捐了两千多块钱给他，他买了一个电脑，本来是一千五，现在人家少收他五百块，驻厦主任还率员工亲自送上门，表示这是一次难得的热血教育。还有人带了鲜花、鸡蛋和鲜鱼去看望他。

今天的电话很奇怪，管小健在电话里笑了半天，有点扭捏地说，萧蔷薇去看他啦，还带了两斤香蕉。萧蔷薇还帮他整理房间、洗了衣服。能四以为自己听错了，管小健催促说："你们要不要来采访她？"

能四和值班主任对这个消息的反应是，面面相觑了老半天。这当然是新闻。绝对新闻！只是大家一时找不着北。能四最后说，约了踢球呢，明天去吧。主任对萧蔷薇的印象极为糟糕，便也懒得鞭策，只说后天见报吧，反正这种新闻，别家也抢不走。等能四和萧蔷薇联系时，她竟然在管小健家为他煲猪尾杜仲汤。能四只好开车，吭吭哧哧地大老远跑到开发区。他一路心里嘀咕，这女人到底哪根筋搭错了？

还没走近管小健的房间，就看到管小健和萧蔷薇双双齐出，笑靥如花，萧蔷薇还系着一件旧衬衫做的围裙。洪小帽不怀好意地撞了能四老师一下，能四看过去，仿佛是来一家新婚宴尔的人家做客，不禁疑惑地看了洪小帽一眼。洪小帽明目张胆地翻了个白眼。

能四干笑："看来你们很和谐啊。"

萧蔷薇像女主人一样，安排了三人就座之后，拿出了香蕉、金门贡糖等几样茶点。然后，开始泡工夫茶。这个茶具是新的，能四记得原来没有，也许也是萧蔷薇带来的。管小健看着萧蔷薇忙碌，咧嘴直笑。管小健能坐下来了，而且气色非常好，看来这些天，他舒泰极了。

萧蔷薇给能四和洪小帽剥了香蕉皮，硬塞给他们吃。她说："我要说真话！"

能四吓了一跳，说："什么真话？原来你是说假话吗？"

萧蔷薇叹息了一声，挺恳切地说："不瞒你们说，我们全家人都在反复看你们两位的报道。说真的，我们都受到了心灵的洗礼和良心的谴责。其实，像小健他们这样的人真的很不容易。是我错了。我已经以实际行动向小健赔不是了……"

"哎呀，我没事啊，男子汉大丈夫，这点委屈算什么。"管小健急忙说。

萧蔷薇说："他是见义勇为。他是个义薄云天的好汉。我是当事人，整个过程，我清清楚楚。他当然是为了我的包，不惜以生命做代价。我的脚的确是跌伤了，后来鞋跟断了。我到现场的时候，小健坐在地上，坏人都跑了。那个时候，很多人都在夸他义薄云天，英雄卫士。也有很多自私的人，说他傻。我听人家说坏人已经跑了，一方面很扫兴，一方面也不想惹麻烦。我觉得很没意思，就走掉了。不过，后来，我还是买了水果去看他，我也不是那么没有良心的人。可是，到了医院——真的是警察告诉我，他是为他自己，不是为我抢包。我觉得很奇怪，但我想，他自己都不在乎，我又何必认真呢，所以我又转身走了。本来我还一路担心，是不是要给他一点医疗费，这样和我无关，那不是太好了！我何必自作多情。两位记者，我说的句句都是真话，良心话。"

"那你看到管先生打电话到我们报纸诉说，为什么生那么大的气，还要告我们呢？"能四说。"我觉得那样我压力很大，人人都在骂我，好像六七千块钱，就该我出的意思。你想，我是不是有点冤，我去了嘛！再说，我一个离婚的女人，拖着一个马上要中考的孩子，我容易吗？既然警察都那么说了，跟我无关，我当然可以理直气壮。"

"现在，你为什么转变态度了？我以为这个通讯，你会去报社吵架打官司呢。"能四说。

"谢谢你们的报道啊。我不是说了，我们全家都看了，还一直讨论。别让英雄流血又流泪，这就是我转变的原因。我以实际行动来关心英雄，爱护英雄。我希望你们继续报道，一定要让全社会都知道，管小健是见义勇为，那样，派出所就只好改正错误认定。必要的话，我可以去派出所做证。这些话——请你们一定要写上去，因为，这是我的心声。"

当天晚上，能四老师率领他的实习生洪小帽，接受了萧蔷薇和管小健的请吃。在一个还不错的海鲜酒家。萧蔷薇羞惭地说："哎呀，听说上次采访，你们连水都没有喝就走了，这次我在，无论如何也一起吃个便饭。算是我给你们赔不是吧。我请客！"

没有想到，吃饭的时候，萧蔷薇只要不爱吃的，都从自己碗里拨拉给管小健吃。青蒜头啊，爆肥肠啊。管小健始终笑呵呵的。每一次萧蔷薇说什么，他都点头"那是！没错！是那样"地补充。包括萧蔷薇说，他冲向歹徒，一声大喝，放下她的包！歹徒说，关你屁事！管小健怒斥道：路见不平！义薄云天！

管小健点头。萧蔷薇后来竟然给管小健擦嘴边的菜汁。能四和洪小帽看着，管小健有点不好意思，头偏了一下。但萧蔷薇很自然。这时，桌下，能四的脚，被洪小帽狠狠踩了一下。她要表示她慧眼识人。

更没有想到的是，吃完饭还有红包。萧蔷薇给能四和洪小帽一人塞了一个红包。能四受惊，赶紧推辞，说这算什么事！洪小帽更惊慌兴奋，看师傅推辞，也坚决不要。萧蔷薇说："你不收，就是不接受我的诚意。这是我们的心意，请你们树立好一个真实的、义薄云天的英雄，一个真正的、见义勇为的好人。我们社会太需要这种人了！"

能四把红包放在手心里转，转啊转，转得萧蔷薇心里发毛,怕他嫌少。能四却开口了,他说:“你们结婚会不会请我?”

萧蔷薇眼睛一亮，万语千言的样子。她拍了管小健一掌，管小健大声说：“会！会！当然会！我们一定请你！”

能四说：“那好吧。我们收下。反正，到时候还要还你们的。”

洪小帽脑子完全转不过来。能四边走边说：“什么时候结婚？”

“什么时候他见义勇为的证书批下来，我们就什么时候结婚。我们要双喜临门，也是纪念这个英雄的日子。政府有我们的人，只要你稿子出来，估计要不了一个月。”

轮到能四愣了一下，但很快他就迈步走了。

汽车里，洪小帽说：“到底怎么回事啊，老师？怎么跟变魔术一样啊。你怎么知道他们真要结婚？”

能四说：“不结婚不就白忙了。打开红包，看多少钱。”

洪小帽一声尖叫：“五十！报告师傅。”

能四呵呵大笑。回家后，能四打开自己的红包，三百元。妈的，能四骂了一句，就睡下了。第二天，实习生洪小帽就把主标题为《义薄云天》的稿子发到师傅邮箱了。能四改了几个地方，到底还是保留了义薄云天的标题和文中的有关对话。

九

管小健结婚的时候，的确是在被认定见义勇为的那个周末。婚礼比较盛大，管小丽飞过来了，被安排和萧蔷薇娘家人一起坐在主桌。能四也被安排在主桌，但他来交了红包就走了，说有采访。管小丽看管小健急匆匆把她拉到一个像葛优的男人前，说："大记者！能四先生！他是我的媒人呢！"那个人笑了笑："哪里，是他自己义薄云天。"

在新娘子去更换第二套衣服的时候，管小丽把哥哥堵在酒店豪华卫生间的门口。管小丽阴沉着脸说："你这个见义勇为的爸爸，到底能为她那个儿子中考加几分？"

"二十分。"

管小丽说："桌上她亲戚说，一分就可以干掉几百个学生。二十分简直……他妈的！"

"你不知道，斌斌成绩太差，加二十分他也考不到一中。关键以后高考，我还可以为他加分。这是鼓励老百姓见义勇为的政策。不会变的。"

"高考以后呢？"管小丽似笑非笑。

管小健很诧异，说："什么？"

"哼，"管小丽说，"你觉得她很疼你是不是？"

"你还看不出啊，她就是崇拜英雄。一见钟情啊，她总说相见恨晚。"

管小丽不知从牙缝里用力噗出一个什么，她没有再说什么，示意管小健回到灯火酒气喧腾的热闹喜桌中。

新房设在萧蔷薇亲戚借的居室里。宾客散尽，携新娘上花车前，管小健突然大呼管小丽。喝了酒，管小健高声大气，俨然英雄。管小丽过去，管小健大声说：“丽啊，帮我把酒桌上吃剩的所有清蒸鱼都打包带回去，你到后面菜地叫几声咪咪，它们就来了。告诉它们，大吃大喝吧，我结婚啦！”

一只叫清净的狗

清净在慈元寺住了两年多。

这狗一身黄毛，左背侧处却有一团棕黑色的字形斑块，其中三个黑点很明显，师父说，像觉悟的“觉”。外人一经提醒，也觉得极像草书“觉”字，不过，见字底比较潦草含糊。虽说是有心人才看出清净的稀罕，但在尘世，清净这个奇特的毛色块，也让它在街边狗贩子的笼子里脱颖而出，一个男孩子央求妈妈买走了它。

清净那时候有别的名字。它是一个贪玩贪吃、欢乐无忧的狗。男孩子每天还喂它三四口苹果。清净非常喜欢吃苹果。清净丢失之后，剩下的那大半只苹果，在男孩儿家的冰箱里放了两年多，苹果干皱得几乎像蜜饯，但是，男孩子执意不让丢。他认为，只要剩下的苹果还在，总有一天，狗狗就会回来的。

而这两年，清净都在远离男孩儿家几十公里的山上吃素食。两年前，一名善男子在路边捡起了断腿的它。目击者看到，它是在送往流浪狗收容基地的车上，挣脱束缚跳车而逃的。人家以为它死了，懒得停车捡，这才便宜了它的狗命。善男子就把它带进了慈元寺。师父帮它治好了断腿，又给了新名字。这样，清净就生活在蔬菜杂粮、清风送畅的暮鼓晨钟中。师父还养了两只自小被人遗弃的狗，一只叫自在，一只叫善缘。自在和善缘虽然在寺庙长大，对清净却并不欺生。三只狗基本相安无事，有时法师们做早晚功课的时候，三只狗就在法堂里静观、谛听，偶尔也激烈地追打咬架，一般都是清净惹事。法师们淡然无睹，照样诵经。负责照顾三只狗的明慧师有时会分心看它们一眼。

没有人知道清净的过去，没有人知晓红尘深处有半个为它保留的苹果，以及为它永远保留的凡尘温馨。没有人会去猜想清净的未来。在六尘清净的山中，一只小狗生活的其他可能性几乎是零。

但有一天，山下村里一场延续三日的婚庆大喜宴，改变了清净的下半生。

那一天，像往常那样偶尔下山溜达的清净，赶上了一场浩荡红火的婚庆大礼。

那场丰盛铺张、暴饮暴食的大典中，真是炊烟腾腾、红肉滚滚、遍地生香。清净看不到桌面上的完全境界，但在清净眼里，一桌桌的桌子底下的花花世界，已经是不尽美好滚滚来，而喜宴中喧腾于杯觥交错来来往往的人腿，并不怎么驱赶桌边桌下觅食的鸡鸭狗猪们。清净一参加到这个婚庆，就亢奋喜悦，恍然如梦。它坚持了始终。这个延宕三日的村中大典彻底结束后，清净不想回寺庙了。它依然在喜宴遗址附近转悠消食，也在寻觅和等待新的婚庆接着举行。

明慧师找到了它。清净看到明慧很高兴，躬着快乐的背，摇着尾巴过来相见。明慧摸着它的头顶，批评它不可以这样一走多日，然后，明慧师就带清净往山里走。清净却歪着脑袋看看，坐了下来。明慧招招手，继续往前走，再回头，清净却依然坐着，并没有跟着走的意思。明慧很意外，声音高了起来："清净！"

清净的尾巴横扫路面摇了摇。它依然坐着。明慧招手再喊："走啦，清净！"

明慧又走，走得更远。清净看他走远，算是送完了客，起身便转向猪圈那边的几个临时潲水桶。上山进寺的路，当年它一遍就会走了。慈元寺往左，猪潲水桶往右。清净毫不迟疑往右而去，隐身到猪圈后面甘蔗林里去了。

明慧急了，高声大喊："清净！回家！"声音里有了呵斥责骂的怒气。他已经看不见清净，婚庆人家的一老人指了右边猪圈方向，也帮着喊："狗崽，快回去啦！"

明慧又喊了几声，清净完全没有出来的意思。明慧自己在进山的土路口，呆立了一会儿，就快步上山了。两个时辰之后，明慧师又来了。清净不知道明慧师肩上的那口大袋子，能够装下它，所以，明慧师一叫唤，它立刻久别重逢喜出望外地迎出来。明慧师一边摸它的脑袋，一边把它放在袋子中，随后袋子边一提，收口，就把清净一呼隆提了起来。明慧师就这样把清净提抱回了寺里。一路，清净都在扭动挣扎，嘴里嗯嗯呜呜，有时还怪吠几声。明慧师不管，他拍拍它身体，说："好啦，走得我一身大汗啦。"

回到寺里，钻出袋子的清净，使劲抖甩自己的毛。赶上前欢迎的自在和善缘，猛然被清净毛发里散发出的灯红酒绿的香辣浊气，熏呛得轮番打起响亮的喷嚏。

清净掉头就走。它甚至没空跟自在、善缘寒暄一下，兀自就往山下赶。清净的小身影快速移动，带着奔跑的碎步，它走得如此目不斜视、急急忙忙。几个法师都目送着清净，似乎悲悯、似乎挽留、似乎无奈。只有师父微笑。浑身汗湿的明慧师简直想扑上去揪打那个小身子，但看到师父的微笑，也就定在原处喘息一样叹着气。他知道，即使猛追，他也是追不到一心下山的清净的。

婚庆大宴三天的村民家，是个屠夫世家。家里猪虽然不多，但是，家境富裕，而且按当地规矩，屠夫杀猪，内脏都属于屠夫，委托杀猪的人家，想要一个猪肚猪腰什么的，还反过来要向屠夫买呢。所以，屠夫家里的荤腥是非常丰富的，常年下来，人、鸡、狗、猪都是脑满肠肥。清净对这样的人家一见倾心，似乎也是理所当然。回看清净简史，在狗贩子那里吃的是稀粥，在小男孩儿家吃的是狗粮和苹果，跟小男孩儿父亲外出，不慎走丢之后，吃的是垃圾桶边重口味的残羹剩饭，虽然肉饭不多，油盐味精卤汁却是不少的。营养谈不上，品位是上去过的。这一路下来，也算是步步深入地经历了浓烈世间。后来忽然进了山门，成天素食，连饺子都是蒲公英包的。要让这样一只肠胃有历练的狗，保持六根清净，真的不太容易。

所以，清净向往山外面奔腾的尘嚣，是业力，不如说是阅历。自在生在寺院、长在寺院，当然自在了；善缘因为眼疾，从小被人虐待遗弃，能被抱进山门，温饱无忧，福报更是不得了的大了，自然惜福惜缘，纯然未有非分之想。清净就不一样，所以清净难。

几天后，一辆摩托车上山，屠夫老万带着一个麻袋上来了。到了寺院前，停车，卸下麻袋。麻袋一打开，清净天真无辜地钻了出来。

老万说：“看住你们的狗！”

法师们合掌念阿弥陀佛。自在和善缘照样赶过来问候，清净敷衍地抖了抖尾巴，不断拿眼睛看老万，它知道老万在数落它。清净反省自己也没有多大过错，就是喜欢他家罢了。这些日子，它和老万家的猪、狗、鸭都相处和谐，除了与那只黑公鸡打过两小架，晚上睡觉也自觉没占万家多大地方，只是蜷在院子瓜架旁的枯瓜藤堆上。

老万跨上摩托，风风火火地俯冲下山，清净情不自禁送了他一丈远，被明慧师叫住。师父过来。师父一直微笑着，他摸了摸清净的头。清净的尾巴礼貌地摇晃着，眼睛却看着山下的方向。明慧师用力拍了它的头一下，清净困惑地回看明慧，随即触电似的勾头猛咬"觉"字边的部位，咬得又狠又急，好容易缓解抬头，猛地又扭过身子再度猛烈啃噬那个位置。明显是招惹了跳蚤螨虫了，法师们心照不宣散去，只留下清净的小身子久久远眺着山下人烟迷蒙深处，有那么点"绿柳三春暗，红尘百戏多"的感悟与哀婉。

这一个晚上，自在和善缘吃了一肚子萝卜芥菜面条，一前一后在菜地摔跤撒欢；清净纳差，闷闷地来回走动。明慧师不由老盯着它，警惕它一不小心踏上下山的路。清净倒也没有那么走下去，也许被老万的摩托颠怕了。掌灯之后，师父诵经之时，清净蜷在门槛边似睡非睡。不过，它总是睡不安生，不时被跳蚤惊扰，不时触电似的扭过头，狠狠暴咬自己背腹一阵。但是隔日，法师们上早课的时候，清净又不见了。七点多，早课结束，明慧师确认，清净又走了，也许就是连夜下的山。

过了几天，法师们说，还会被送回来吧。也有法师说，清净会自己回来的。

但是，清净没有回来。大半个月后，明慧师憋不住，卷了袋子再度下山。在万屠夫家院子里，正在和一只精瘦黑公鸡扑腾追逐的清净，老远听到明慧的脚步声，立刻支棱起耳朵。听真切了，它放弃黑公鸡，欢天喜地地奔出院子迎接明慧。它无暇细察明慧怒气冲冲的颜色，直扑到明慧脚边，埋头就是一阵舔嗅挨挤。明慧看到清净鼻子上一道明显的疤，看上去是硬物击打的，血痕已经发黑了。黄身子的“觉”字旁边，又添了一小块荔枝大的脱毛，露出扎眼的嫩红色皮肤，不知是否被开水烫到，还是被顽童鞭炮炸的。

明慧把肩上袋子放地上。

清净认出袋子，立刻跳开两步，和袋子保持距离。

明慧说：“来。”

清净后退了一步。

明慧说：“丢人。”

清净尾巴稍微摇了一下。老万家的一只也是黄色的老狗，慢慢踱了过来看究竟。明慧突然起身要抓清净，清净闪挪得更快，明慧狠狠扑过去，清净立刻跑回万家院子，旋即消失在猪圈后面的甘蔗地里。

明慧怒不可遏，捡起一块石头，就往那边砸去。万家的狗冲着明慧厉声吠叫，屠夫家里走出一个手里拿着淘米箩的女人。女人见到明慧，笑了一下。

明慧说："我来带清净回去。"

女人说："怎么带得回去，算了。"

明慧说："庙里的狗，总归是要回去的。"

"算了吧。人都想吃肉，何况一只狗！"女人的表情很轻蔑，她说，"算啦！"

明慧不跟屠夫的女人说，沿着院门竹篱笆过去叫清净。他心里忽起一念，觉得清净如肯跟他走，他就赢了那个女人。他一直叫着清净，但没有声音回应。这个呼唤的时辰里，四周特别静谧，好像所有的人鸟虫牲畜都安静下来。

明慧的声音，忽而明亮，忽而温柔，忽而宽广：清净，清净，回去啦清净……

明慧看到两只白胖醒目的浅色花猪，在食槽边，像是吃喝满足，也像是身体力行地劝慰明慧。它们嗡嗡弓弓很意味深长地出了声，十分快活。明慧再叫，才发现猪圈木板房一角，一只狗尾巴在摇动。狗的身子被木板挡住了，明慧每呼唤一声，那根黄色的尾巴都在隔栏缝隙回应地摇动。

一人一狗就这样呼应着，明慧看着看着，眼泪忽然流了下来。

智 齿 阻 生

一

“你在哪儿，老大？”

接电话的人没有回答，但对方听到了一声轻微的牙缝吸气的声音。

“兄弟我不是要走了吗，还是见见吧老大！”

被电话里的人叫老大的人，还是沉默。他自己也清楚，无论黑道白道，他都不是什么老大。可是对方这么叫，他从来没有制止过。老大，听起来舒服，至少不反感，有一点戏谑又透着那么一些尊崇，模模糊糊地还让人感觉好像有多少马仔供自己驱使一样。

“牙还疼是吧，”电话里的人体贴地说，“不然我带你去找个医生吧？”

接电话的人，肿着半边脸，半秃的眉毛锁着，木然地看着白色门柱外的雨。这是酒店大堂，一个面对一中学校大门的度假大酒店，隔着旋转玻璃门，能看到外面被大雨激腾起的雾气。打电话的人，这几天都在约接电话的人：一起去晨白山骑个马吧？一起吃宫秘私房菜？我们去葡萄山麓的私人会所喝点新茶？说的都不是轩昂张扬的公共空间，但接电话的人一律拒绝了。现在，这么大的雨，对方还在约。

他一口回绝，说："谢了。"

"啊——牙疼不是病，疼起来要命。"对方说，"老大你在哪儿，我过来吧？"

"改日吧，我很难受。"他说着，把电话挂了。

对方心细，听到他牙疼的咝咝声。

吃了止痛药，可是不太管用。他在这里等候中考的女儿，说好的，考完接她回家，回她外婆家。实际上，临中考这两个多月，妻子和女儿都住在外婆家。昨天考一天，都是他妻子在这里送接等候，今天上午她命令他来，因为她有个重要接待。

电话又在沙发上响了，他瞟了一眼，不接。还是刚刚那个人。他一直知道这个人拿他当恩人看，他自己也觉得是恩人，如果不是他，这个人就有至少三年的牢狱之灾。是他找到了那个人最重要的一批发票。所以，不搭理他、怠慢他，不仅是可以的，而且心里还有些施恩不图报的美德享受。这个免去牢狱之灾的人，是个道上的狐狸，做什么事都很上心，待人接物，分寸感极好。就是有那么一种人，你知道他是个做人技术派，不是天性宽厚诚挚的善坯，但是，最多你会不喜欢、不亲近他们，但绝对不会讨厌他们。打电话的人，就是这类人。

昨天一夜他翻来覆去牙疼得冒汗，过去牙疼发作时的剩药、新旧偏方他都用了，包括含新癀片、咬生姜片、漱一比五的味精水。都没有用。今天他一早奔口腔医院，居然忘了是周日。那里只有看上去像实习生冒牌的值班医生。他说要找戚医生，那个受到轻视的年轻值班医生，用讥讽的表情说："你去啊。"

"她在哪间？"他捧着半边肥肿的脸说。

年轻医生斜睨着他不对称的滑稽腮帮子，用说不清是悲天悯人还是幸灾乐祸的轻慢语气说："哪里发财就在哪里。"

"退休了？"

小牙医懒得再回答。他捧着阵阵剧痛的脸，昏昏沉沉地盯着年轻医生老半天，最后说："那个，喂，我忘了带她电话，你给我吧……"

值班医生发出模糊的"切"的声音，把手机放进白大褂口袋，走了出去。

剧烈的疼痛使他明显反应迟钝下来，他干瞪着扬长而去的值班医生背影好一会儿，直到那小牙医快拐弯，他才急呼："喂！你得帮我止个疼啊——"

值班医生并没有回头，他当然听到了身后病人破败的呼喊。一个提着拖把拖桶的保洁人员，驻足，对他慈爱有加地笑了笑，仿佛是帮他确认被医生抛弃的事实。他和保洁员互眨着眼睛，觉得该死的牙齿真是痛不可当，连眨眼睛都痛，简直恨不得把这半边脸都劈了，把那颗牙像抠烂瓜子一样抠掉。那个像实习生的家伙出来了，还把步态弄得飘而不逸、我见犹怜，而且那额前的头发，明显是在洗手间用水收拾过。

病人捧着稀烂发烫的腮帮子，又小心地跟那小医生重新回到他办公室。

“快来个止痛针吧……”

值班医生说：“没用。”

“必须立竿见影，我……”

“谁那么神找谁去啊。”

你他妈的！他并没有说出口，出口的只有“你”一个字。那小医生掏出了手机。他看出小牙医完全是无聊翻看，并非有电话或短信要处理。他在心里骂道，× 你祖宗一百代！一万代！这样暴戾的咒骂，在他吞服了止疼片，回到自己的汽车上后，才觉得有点可笑，不过他也没有笑出来，只是腹腔抖了一下。× 人家万代祖宗，真是气贯长虹呢。他平时不怎么说粗话的，可见牙疼的确使人癫狂。

二

车停在口腔医院简陋的停车场里。从右侧飘进来的雨，把右侧前后坐垫都打潮了，灰色的旧绒布座套，湿了后看上去更脏。雨越来越大了，这辆十多年的老车，现在发出像人久未洗澡后的臭气。他自己也淋湿了。雨越来越大，好在新换的雨刮器咕、咕、咕地刮得很有力。他把车开到那个叫唯德大酒店后面的停车场，然后狂奔进大堂。今天是女儿中考的最后一天，说好他今天负责接她，而且他主动承诺说，下午考完后，要带她去吃日本料理。这个喜欢漫画的女儿，似乎喜欢一切和日本有关的东西。学习成绩中下，偏偏个性嚣张强势，在学校还很有人气。她从不佩服这个当检察官的父亲，她在任何场合都喜欢谴责父亲的毛病：我就是像他，才这么难看！小时候这么说，大人都哈哈笑；现在眼看已经一米五的大人身板了，她再这么苦大仇深地揭批，很多人就干笑，或者假装没听到。小丫头经常让他难堪，他的丑，他怕黑，都被她随口讥讽嘲笑。如果这个丫头不是自己亲生女儿，他觉得真是眼不见为净。

大堂里已经积聚了很多学生家长，潮乎乎、臭烘烘的。他到西面咖啡座里，要了一杯咖啡。他并不喝，即使不牙疼，他也不太喝咖啡。那个长得像实习生的值班医生，开出来的止疼片，终于开始奏效，让他觉得牙疼在缓和。但他还是不信任那个家伙。刚才他让他张嘴，在他的牙齿上敲击半天，最后竟然对第七颗还是第八颗牙齿疼痛沉吟不已，看上去有点装模作样，但他一眼就看出那小浑蛋是真的犹豫不决。医生怎能这样呢？先说是第七颗，后来又怀疑第八颗，后来又回到第七颗。没事！那家伙最后兀自如释重负地说，反正怎么也得消炎后才能拔牙。他的意思是——显然还有足够的时间，判断哪个是真正的坏牙。但这么一来，他心里就更加肯定要找到戚医生。小牙医末了还是告诉他，戚医生在他们家的竹园小区门口开了一个老牙医诊所，连有医保的病人都被拉了好多过去。

从他落座的咖啡座这个角度，可以看到对面学校大门这一边的围墙。虽然雨雾迷蒙，那爬满了茂盛的紫红色三角梅的围墙，依然鲜艳夺目。他想他距离那墙越近越好，等考试时间差不多的时候，他就能看到学生们陆陆续续从大门里出来。他脑海里一下就出现那些学生的样子，长侉侉的蓝白色涤纶校服，衣长过臀、袖长过掌，男生女生们好像都刻意把自己穿成软面条一样的人儿，他们三三两两，有气无力，太监一样走过那四季青葱茂盛的围墙。以前他接晚自习的丫头时，就会把车停在靠围墙那边的马路边。他一般都坐在车里等。有一天，一个交警过来赳赳敲窗汹汹敬礼，令走神的他大吃一惊。警察命令他马上开走。正好女儿到了车前，丫头灵活的小眼睛笑眯眯的，还冲警察比画了剪刀手。

一进车门，丫头说："嘁！大水冲了龙王庙！"

"什么？"

小丫头说："为什么你总开这辆破车？"

"办案方便啊。"

"你就活该！"丫头又说，"人家王丽君爸爸，至少把警帽、警灯放在车上来着。一看就是自己人！"

"这个又丑又厉害的小丫头像谁？"老婆说，"和你一个模子出来，你想赖谁？"

她咄咄逼人的劲头，是翻足了她妈妈的模。

——爸爸，你不敢关灯睡觉？

——哈哈爸爸，原来你比我还怕黑？

——你怕魔鬼！你怕黑！

那时小家伙才四五岁。这些，在当时总是很令他尴尬气恼。这当然是老婆告诉小孩子的。倒是真话，是大实话，他也无可分辩。可是，他就是听了不舒服。

结婚的那个晚上，老婆伸手关灯，他把她拦住了："别！开着吧。"

老婆干瞪着漂亮的杏眼："不是……都……我们还不睡吗？"

"我们开灯睡吧。"

"开灯睡？"老婆几乎喊出来了，"那谁睡得着？"

“我都是这样的……”

“天哪！你怕黑？”

“我只是喜欢亮着睡觉。”

“天哪我的天！你是男人啊！”

“每个人生活习惯不同……快睡吧。”

老婆还是鱼跃似的把灯关了，他也没有再坚持。但老婆后来就发现，他绝不走没有灯光的夜路；独自在家灯光一定要亮到天亮；有一次楼道灯坏了，他半夜出差回来，在楼下打老婆电话，要她带个电筒下来。老婆一听气不打一处来。楼道固然黑，女人的直觉明白，他哪里是要手电，实际就是害怕得想让她下去接他，想让她陪着好安心走上四楼。老婆不愿离开热被窝，在被窝里大声羞辱他、痛骂他、讥笑他。和过去一样，他从不分辩，他沉默。骂够了，老婆下去，气急败坏地把他领上楼。

老婆说：“到底为什么呢？”

他回答不出来。他说：“从小我就喜欢亮。”

“从小你就怕黑！老婆犀利纠正。”

老婆说：“除了怕黑你还怕什么？”

“好像没有了。”

“你怕黑里面的什么呢？”

“我不知道……不踏实吧，因为看不到，心里就不踏实。”

“我们都看不到啊，可是我们知道黑暗中，没有可怕的东西。所以，我们都很安心。”

谈话一般到这里，他就沉默了。老婆往往会穷追猛打：“你肯定是认为黑暗中有东西是不是？小时候，你外婆是不是给你讲了太多鬼故事？”还有，老婆会说：“当年看你稳重安静，还下水救过人，我们全家都以为你是个大男人。所以你丑也没人计较了。没想到，你是个骗子！找你这样的老公，真是太可笑了！”

从小牙尖嘴利的女儿，从会走路起，就看清家里的形势，就会时不时地帮腔她妈妈。老婆后来都是和丫头一起关灯睡。半夜起夜的丫头，居然两三次溜到他房间，恶作剧地悄悄替他关掉台灯。有一阵子，他很不愿意带那个刻薄的小话痨去单位、同学聚会什么的。初三下学期，妻子最终带着丫头去她妈妈家住时，丫头最后的告别竟然是：“老爸，要是你晚上害怕得发抖，我们就还回来陪你住哈。”俩大人并没有离婚，生活上需要互助的方面很多。按他们现在的关系，互助起来也很自然。老婆过来取衣物什么的，会帮他收拾清洁屋子，甚至还会给他煲个汤。有时也留下来一起吃个饭。上个月还特意过来，拉他一起去听了个留学澳洲的出国讲座咨询。他本来不想去的，一年几十万对他来说负担太重，丫头又明显不是读书的料，没必要凑这个热闹。但是，老婆说：“听听又怎么啦？喂！见多识广不好吗？看我们同学同事，看你自己的同学朋友，现在还有多少人家的孩子留在国内！你以为出国还是多么不得了的事吗？”

三

私家牙医戚医生应该是没有周末的。可是，即使今天女儿不中考，他去了恐怕也是解决不了牙齿问题。小牙医说得没错，炎症期间，肯定没人给你拔牙。

独自坐在宾馆大堂的咖啡座里，他一直担心着止痛片会不会很快失效。一琢磨这个问题，感觉那牙疼就明显起来。他强迫自己不要再想牙齿的问题。熬过这两天，一定去看戚医生。有多久没有看到戚医生了，很久了。第一颗智齿作乱的时候，是丫头三四岁的时候。

他把她儿子杀了。那儿子非常帅，剑眉下一对黑眼珠，每时每刻都在骨碌碌地转。所有的检察官都认为，那家伙第一眼让人眼睛一亮，可是，只要看他第二眼基本人人都来气。有种人就是这样，五官俊秀都遮掩不了一股贼气。贪污了十五万，这个贱骨头，竟然把所有非法所得，用来吃喝嫖赌挥霍一空。当时和他搭档的检察官，其实平时还都有些同情孝子的习性，小子你如果把贪污的钱都孝敬了父母，老子也未必杀你。贼骨头的父亲是个身体不好的大学教授，母亲是个医生。处决的时候，没有通知让那父母看儿子最后一面，最后，他看到父母互相扶持着跪在那里，在等接儿子的骨灰。突然地，他就看不下去，赶紧扭头走开了。那是他第一次见到那对夫妻，他们夫妻跪在地上等接儿子骨灰的样子，仿佛一对风烛残年的老人。其实，他们不过五十多岁。那个母亲干瘦而端丽。那个被枪毙的小子，很像他妈妈。

那天回到办公室，搭档在泡工夫茶。他脱制服的时候自言自语般地说，我们真的应该把那小子杀了是吧。

搭档专注泡茶，仿佛没有听到。但是，那天下班，他们一起走下办公大楼的时候，搭档突然说："法律规定如此，十万以上可杀。所有程序合法。""法院判决无懈可击，但是……"他扭头看搭档，"如果我们公诉词写好一点，判个缓刑是不是也可能？"

"你看到他父母去领骨灰了？"搭档一针见血。

好一会儿后，搭档说："那小子还有个姐姐。去年秋天，也是这季节，他姐姐在拍婚纱照的路上，死于车祸。"

俩人都不再说话，走完办公楼外大楼梯，各自散去。

大约一年后，他因为牙疼，意外再见了那小子干瘦端丽的母亲，也就是戚医生。认出她之后，他挂了她的专家号。但她始终好像不认识他。当时，是他牙疼第一次发作。

"阻生智齿，要拔了。"她说。她说话轻柔绵软，还有气血不足似的缓慢拖拉。他想到她那个帅儿子，认为这个声音应该是属于非常溺爱儿子的母亲特有的。毫无原则，宽柔无边。她说比较长的话的时候，你感觉她仿佛在上楼梯需要歇换气。戚医生说："你看哎，它横着长，顶到了它前面的邻牙。它在你颌骨内，是歪的，永远不能萌出到正常的咬合位置。这种牙的牙龈常常会发炎、疼痛，甚至全身发烧，颌下淋巴肿大。还会引起邻牙龋坏、松动、牙槽骨吸收等症状，所以……"

他替她快速地说："得拔掉。"

那次拔牙用了近一个小时，瘦弱的戚医生拔得一头大汗。"嗯，你可能要肿胀比较长时间。"临走，戚医生慢吞吞地交代了几条注意事项：一小时内，所有的血水、口水都要吞下，不可漱口，以帮助血液凝结，伤口复原；回家以后，前两天需要冰敷，两天后再不舒适，则用热敷；如果有发烧现象，第二天可请病假休息……

那颗智齿拔掉后，他整整疼了两天。本来，他请求干脆两边智齿都一起拔了，这样可以节省一次拔牙疼痛。因为，左边也都有发作过的。检查之后，戚医生同意他的看法，确认那里是有一颗同样的阻生智齿，是个大隐患。但是，她不给他拔了。理由是同时麻醉两边（口腔医生称为下牙槽阻滞麻醉），是非常不好的做法，因为整个下颌麻醉后，会容易咬颊咬舌，甚至在睡眠中，可能发生舌后坠引起的窒息。

戚医生慢悠悠地说："过一个月后再来吧。"

结果，这一个医约，相距至今已经过去了十年。现在，他左边的智齿彻底疯狂了。从周三以来，他几乎被摧毁了。他想起了戚医生。

四

"爸，我现在才明白鲁迅为什么说——救救孩子。"

他看着丫头。小丫头使用了凝重语气，这是一种要让你注意她将"很有见地"说话的语调。他附和着但含糊地点了头。父女俩面对面，吃着酒店的商务套餐。牙疼着，他基本吃不了任何东西。因为脸肿，张口说话也费力，所以，他基本不说什么。更重要的是，老婆再三叮嘱，考完不许问孩子任何方面的考试情况。务必让她轻松点，因为下午还要考英语。千万别给她压力。

临近考试结束时间，雨变小了。他看着紫红色三角梅怒放的考场白色围墙，许多孩子从那里散出来，有的跳跃着出来奔向父母，有的看起来心事重重。他猜丫头应该是沮丧万分的样子，因为这人的学习成绩一贯不太好，临考前一个月，照样打游戏机，照样和那些成绩中下游的同学 K 歌、追星。那个他每次听完必定马上就忘掉名字的什么台湾歌星，两千八的贵宾席票，他迫于无奈，找人讨要给了她两张，她和同学欢天喜地地去了。用老婆的话是，大考大放松，轻装好上阵。他心里知道，这不是个读书的货，她能进了二流高中就很好了，可没想到，在那些出考场的学生堆里，她居然是最喜乐的考生之一，一路都见她嬉皮笑脸地和同学，甚至同学的父母打招呼。不知怎的，他一眼洞穿了她的夸张欢庆。他快速买了单，打她电话，她正好打进来。

按计划送她回她外婆家，好午休一下，把下午的英语考完，晚上他请她吃日本料理。外婆那边，也按报纸教的中考菜谱，精心准备了清淡营养的考试午餐。但是，一拉车门，小丫头说："哎呀，这破车怎么又湿又臭嘛！真是。"

他边发动，边叮嘱她坐干燥的左边。小丫头突然说："熄火吧老爸，我们就在唯德吃个商务套餐，稍微休息一会儿考完拉倒啦。"不等他反应，她又说："其实，无所谓啦。"

他不懂她的无所谓指什么。应该是指临时抱佛脚，改变不了什么。

"你外婆那边……"

"我跟她说好啦。反正，我不想在路上折腾来去了。很多同学也在酒店开房休息。我们就随便吃个酒店简餐吧。"

她要了份牛排套餐，给他点了份鳗鱼饭。看得出来，她的胃口并不好，她在硬撑着快活与淡定。"你看吧老爸，我们这一代可能是完啦。你看，哪一个学生脸上没有眼镜？

99.9% 都戴眼镜！”

不知怎么，他笑出声了。这个考场小浑蛋，突然发表这个思想，怎么看都有点滑稽。

“你笑什么？”

“突然觉得你长大了，深刻了。”

小丫头狐疑地审视父亲，最后也笑了，开始大口嚼牛排。牛排似乎没有咬烂，她硬吞了下去。然后，她说：“妈妈说，你一贯学习成绩很好，你上名牌大学，但我知道你的毛病。嘿嘿。但是，老爸，你还是很了不起的，你是我见过的最优秀的检察官。”

他开始警惕她的马屁了。果然，小丫头说：“学习方面，老妈说，我没有遗传你。所以，我明显会被这个教育制度先害死。挣扎不出来嘛。所以啦，老爸，救救孩子！”

他有准备小浑蛋要图穷匕见了，但是，直到这里，他还以为，她是打招呼，万一她考不好，他得动用关系，帮她弄进个离家近点的、不太糟糕的高中。所以，他笑了一下。肿着的胖脸，使他的笑格外艰难而虚假，他还感到牙疼开始发起冲锋了。他必须强制自己把鳗鱼饭吃掉，然后，赶紧吃止疼药。

小丫头说：“鲁迅真的很伟大，老爸！”

他大口吃饭。

“下午我就是考满分，也挽救不了倒霉的命运——老爸，我要出国！”

他差点就被噎住了。

“我要去国外读书！”

他看着她。“王宇浩家庭条件比我们差吧？沈嘉嘉还是单亲家庭，万翱翔他家……”

“这是你妈的意思？”

“大家都这么想啊！说实话，就是我考到一中，我还是想走。”

“怎么突然这么说？”他问，“你不是突然决定的吧？你真要——出国留学？”

孩子点头：“老爸，你懂的，再穷不能穷教育。我相信我到国外，在某方面我一定能发展得比在国内好。”

是，你也许可以进入美国总统竞选班底。他并没有开口，他觉得牙痛排山倒海地袭来，他简直想号叫几声。脑海里又闪过一句什么很恰当的话，但稍纵即逝。牙疼的确使他迟钝。他看了那个气宇轩昂的小脸半天，终是无语，最后竟是急急忙忙地掏出止疼药片结束。就着颇烫的水，他飞快地吞了下去。

“等我在外面过好了，我会把你们都接出去看看。”

他走神了，他看到大堂旋转门那儿，一个熟人正向他走来。就是早上打了几个电话、约见面的人。

五

“你还真在这儿呀老大。”

他有点愕然。那人在小丫头一侧的咖啡座上坐下，同时微笑着歪着头看小丫头，眼光里很是欣喜。“叔叔好！”小丫头很灵活，随即把自己的盘子移开，方便叔叔放手机车钥匙。叔叔说：“要升初中了吧？在哪个小学？”

“人家今天中考！”小丫头说，“我长不高，就是因为像他！”

丫头指向父亲，手臂伸直得像一根长矛。叔叔大笑，随即关切地转脸端详他：“天，脸都肿了？我同学的弟弟，是个好牙医……”

他摇头，看着女儿，他说：“你要午休一下吗？那样下午考试会精神一点。”

那人说：“等等！稍等！”他站起来招手。一个酒店大堂经理模样的“黑西装”快步过来。

“给我一间午休房。”他说。

“对不起，标房早都订光了。”大堂经理彬彬有礼地说。

“那就套房。你给你们老板魏姐去个电话，说四海的四哥已经在这里。要不，我自己打，你马上去给我张罗好。要安静点的，顺便上一份果盘。怎么？是魏姐叫我来的！还不快去！”

大堂经理到底被来人的气势震慑，哈腰转身而去。

那个叫四哥的人边打电话边移步走开。丫头和父亲对看着。父亲说：“真不回外婆家？”

“这点时间还不够路上来回呢！”

“那……在这休息一会儿？手机要记得调闹钟。”

“你不跟我去？”

“你先睡。叔叔找我肯定有事。”

“那我说的话，你可要记得！”

他看着她，知道她是说出国读高中的事。他没有回答。

丫头站起来的时候，突然拍了他的肩膀一下，撒娇撒横的样子，倒也可爱天真。他笑了，说：“先安心考试。这事我们慢慢商量。”

四哥笑眯眯地回到座位，摇头叹息说：“害我一通好找，没想到你竟然在这里当好爸爸。魏姐说看到你了，我还不相信。她要送朋友去机场，觉得你和她不熟，又怕你有公干在身，所以没敢过来打扰……”

他根本不记得有叫什么魏姐的人。即使牙不痛，他也不想问谁是魏姐。

那可是个嚣张茂盛的女人。叫四海的人，脸上出现一种类似向往的又迷惑性的笑容，他说：“她是因为她闺蜜的事，一直敬你十分的。可惜，我们多次邀你，你都不赏脸。”

他还是默然。这当然是一个收获颂扬的话题，但他还是不想跳进这个温泉。他说："有事？"

"没事就不能找老大了？呵呵。"叫四哥的人说："也算有事吧，老哥，我后天去新疆阿勒泰，几个朋友在那里搞金矿。这一去恐怕要很久，所以想和你告个别，以前都是老大关照我……"

"不过是公事公办。"他不领这个情。

叫四哥的人笑着："我心里有数，老哥。没有你，我早玩完了。你是我们褚氏家族的大恩人。"

他注意到，他把老大换老哥了，他提到了褚氏家族。他愣了一下，四哥捕捉到了，呵呵一笑："贱内姓褚。岳父大人、两个舅爷，谁不夸你做人过关。哥，你在江湖上，就是人人心底敬重的大侠啊！"

他觉得这家伙在夸大其词。他和他姻亲们八竿子也打不着，算是哪儿跟哪儿！但他懒得追问，没那个心思，牙疼张嘴也困难。那个叫四哥的家伙，毫不受他暗淡麻木的表情影响，依然春风满怀的样子。他把两块长圆形的车钥匙掏出来，推到他面前。他一眼就看到钥匙上的四个环。"哥，我这一去，一年半载回不来，就是偶尔回来，公司里车也有的用。这车才跑一万多公里，车行朋友说，车不开，容易坏。你呢，就不要开你那个破车了。帮我照顾它吧！加油卡在驾座遮阳板上，大概剩两万不到了吧，用没了我大舅子司机会帮你充……”

他把那两块厚重的车钥匙推了回去。

“哥！他有点急，只是让你帮我照顾它！就像照顾一匹马一样。以后我回来，你再还给我就是！不是送你！”

他摇头。

“唉，你那车太破了！出去也危险。别说嫂子不放心，连我一个粗人看着都担心。这车呢，我只是借你开而已，又不是送你！再说，这车没人开，确实坏得快。你就不能帮帮兄弟这个忙？”

“让别人帮吧。”

“我不信任。”

他放大瞳孔细看四哥这个人。看的时候，已经歪嘴笑了起来。因为四哥现在的表情，几乎就是撒娇的女优。不过，他还是拒绝。他说：“我心领了。你这车太醒目，对我来说，不方便。”

“有什么不方便，借朋友的车不是很正常吗？”

我不是你的朋友。牙疼的人没有把这话说出口。他低头开始摸烟。叫四哥的人，专注地盯着他点着，深吸，然后嘘出一口长气，又把嘘的烟，再度用鼻孔回收。看得出，这个牙疼的人，显然不想再谈这个话题了。四哥试探着，又把两块钥匙坚决塞在他手里，而且把他的手用力握紧，以示彻底地转移。

牙疼的人松开掌心，看着自己手心里的两块铁块般的钥匙，他就像试试手掌关节是否灵活似的，握了握，然后四指一松，两块钥匙直坠掉在了地上。咖啡座铺着地毯，钥匙掉下去几乎没有声音，但它就在他的鞋子旁边。这种蔑视性的拒绝，让叫四哥的人，脸上有点挂不住了。牙疼的人大概看出来了，解释性地轻声说："办案车，不需引人注目。"四哥弯腰把钥匙捡起来，脸色还是有点缓不过来的样子，但他说话的语气已经恢复了悠闲自在。"这样吧，"他说，"我等会儿反正要到车行朋友那儿告别，我干脆把你这破捷达开过去，让他们检查收拾一下，这样嫂子也会放心点。我的车呢就先放这儿，钥匙也放你这儿。等我回头，看你在哪儿，我就把车开来和你换。这样，总行了吧？"

他真的觉得这个人烦。一个人硬撑着潇洒圆熟的气场，来完成这么一个巴结，那个骄傲的心里该有多大的委屈？我真是你兄弟吗？屁。一想到这些，他就感到牙疼与烦躁。他想站起来去休息一下，但身还没动，就立刻想到丫头在午休，一进去肯定要吵醒她。他只好拿起冷冰冰的咖啡，喝了一口。

"哥，说句心里话吧哥，四哥说，阿勒泰这一去我不知是凶是吉。他们几个找了个台湾和尚看了一下，说是此去事业兴旺。但是，散席时，那老和尚突然把我叫住，他细看了一会儿我的脸，摸了个菩提手链给我，叮嘱我西去要注意交通安全——喏，就这个，我都戴着。我的意思是，老大，没有好好感谢你，会是我一生最大的遗憾了。”

被迫被这个真情告白语势推搡进抒情地带，他有点尴尬不自在：“这不像是挖金矿的人说的话。放心吧。我保证你死不了。”

他说了牙痛以来，最长的一句口水话。叫四哥的人敏锐地从这张半肿半冷、久经沙场的丑脸上，看到细微的情感波澜。他见好就收地站了起来，直接推过去一把车钥匙，随即伸手向着牙疼的人，掌心向上。牙疼的人顺从地掏出自己的钥匙串，再摘下捷达的车钥匙，放在那只执拗的掌心上。

六

在日本料理店的小包厢里，一个女人突然在记忆里闪过。穿着日本和服、轻轻把推拉门拉上的服务小妹，一下子就触发了那个记忆开关，连同魏姐。多年前，也是一样的雨天，一个同僚把魏姐引进他办公室，魏姐身后还跟着一个女人。前面的女人是咯咯笑着进来的。“哎呀陈处，我们终于见到传说中的陈处真身了。”说话的女人高大丰腴，一张丰润的大鹅蛋脸，爽利肥美；身后的女人，握着一把湿答答的丝绸小伞，迟疑地不知把伞放哪里好。他看到两只黑棕色的大眼睛，不安而谨慎，一个下垂散乱的走形马尾，让她像是穿过狂风而来。一时间让他分辨不出她年龄的大致，但这是一个从面容到体态，都令人怜爱的美丽女人。

那个高大丰满的女人，不仅有自来熟的轻快，而且魅力张扬。也是，她没有这种天然气场，同僚不敢把她们带进他的办公室，虽然只是十分钟不到。那个像穿过狂风而来的女子，声音奇怪地沙哑，好像有很多黄沙吹进了她的喉咙。他一时有些遗憾性的不适，但更加不适的是，她竟然是江董的小女儿。父亲出事后，她几度从外地赶回来。

江董是个又臭又硬的茅坑石头。规起来后，有两个多月，谁都不敢审他，因为一见面他就破口大骂，还有一次自杀未遂记录。他坚持说自己是冤枉的。后来，案子才转到他这儿。第一次见到江董时，江人瘦毛长，头发胡子披拂，活像个野人。

他说的第一句话是：“你去理发吧。”

他又说：“给自己一点尊严总是对的。”

江董沉默地盯着他，看他葫芦里卖什么药的架势。

开始不谈案子，他给江董烟抽。问明他所爱的牌子，隔天他带一整条那牌子的烟进去，你一支我一支，漫谈瞎聊。有时候，屋子里烟雾浓密熏得蚊子往下掉。他在他的卷宗上，记下了他的生日。那一天，中午时分，依照约定，来人送进了一份丰盛的生日长寿面。太平蛋、猪软排、香菇芥蓝手工面。

江董很意外。

他说：“生日快乐。”

他站了起来，“趁热吃吧。”他说，“本来这是个你接受你妻子孩子祝福的日子。现在，在这个特殊的时刻，我来代表他们，祝你生日快乐。”

那个又臭又硬的茅坑石头，眼睛里忽然满是没出息的泪花。

之后，两人还是那样，兄弟般，一人一支烟地瞎聊。

有一天，他悠悠嘘了一口长气：“五年总经理，五年半董事长，十年啊兄弟，你不过如此。”

江董愣怔着。他看着这个神态疲惫的提审者。提审者在烟雾中眯缝着倦乏的眼睛，迷离地看着窗外，

“……我就不明白，这么大的一超五星酒店，一年的费用是多少？装修维护，日用物品，生活采购，要换是我，怎么也搞它一千万……十年啊，你也就这一点能耐……”

“你……你也会呀？”被审人几乎屏住呼吸。

“我也是人啊，人心有的，我都有。”

被审问者一拳头砸向自己的巴掌：“是啊！你说我那点算什么！”

突破口就这样一点点撕开的。最后这笔账，被告人的律师是这样算的，一碗长寿面，换来了无期徒刑。小江出现的时候，他父亲已经打开了闸口。也许，正是这样，他们一家更加焦急地要拯救他。

搞到他的电话并不难。她独特的嗓子也容易识别。在那个被引见的雨天之后，她打了他两个电话，说想和他私下聊聊。他拒绝了，说忙。第三个电话，那个沙哑的嗓音说："我的假期到期了，明天的飞机。我找到了一样东西，有关我父亲的。你愿意看看吗？"

他沉吟着。她说："求你！也许对他有用。"

他说："好。"说好的时候，他很感谢这个女人使用这么好的理由。如果不是这样，他都没有办法说服自己，接受邀请。他一直就很清楚，从第一眼他就很清楚，这个女人，对他是有吸引力的。他感谢她使用了这个理由。见面就一目了然了，和他判断的一样。那个家里，除了化了淡妆的小江，没有任何人。

她把他领进书房。随即她说："哦，应该落在我房间了，请稍候。"她快步走出书房。随后，他听到她的呼唤："请过来，在这里。"

节奏非常快，这是他没有想到的。一到她的卧室门口，他反而愣了一下。这么点时间，她已经赤裸了，只有脖子上一条细长近膝的、浅金色底的黑圆点丝围巾。她一只胳膊斜抱着自己肩，低垂着脸。他把门关好，她依然没有抬起脸。他走到了她跟前，事实上，走路已经有点艰难，她也听到了他吞咽的声音。她还是没有抬头，只是把脸偏到肩头的那一边，几乎是要把脸藏起来。他伸手抚摸了那张脸，其实还不能算是抚摸，只是刚刚碰到，他看到那个光洁如瓷的肩头抖了一下，那张脸转向了他，只是一下，又低埋下去了。但是，就是这一下，他意外地看到了一种微光，是泪水的细微波光。事后很久，他都难以忘怀。有时也疑惑，是不是看错了。但当时，他觉得是泪光。他在那个赤裸的女人面前站了一会儿，转身离去。他听到那个沙哑的嗓子在后面叫他，他还是没有停留地出了她家的大门。案子处理得很公正。事后，他曾经暗自调侃自己，如果帅一点，人家是不是就不那么委屈？那个事的后遗症是，他只要一听到类似沙哑的女性嗓音，就感到性感迫人。有的女人的嗓子听起来，是拂晓；有的女人是露珠清晨；有的女人的嗓音，会让他想起中午的阳光；有的女人的嗓子是夜晚；而她，而她喑哑的嗓子，让他总是联想到黄昏，那是所有的事物正在失去边界的短暂时刻。

他依然保持着不过夜生活的习惯。除了公干、几个好友同事，他依然不出现在其他灯红酒绿的花样场合。所以，魏姐这样的江湖人士，自然也就随着岁月流逝，不知不觉地淡出了他的记忆。

七

车子交换地在日本料理店门口。料理店门楣上，一排白红相间的长圆形灯笼在夜风里微微摇晃。

他慢吞吞地下楼。穿过门楣下的日本灯笼，就看到那个叫四哥的家伙，站在自己的破捷达车前。他过去把奥迪车钥匙块还给他，抬手指了指奥迪车所停的方位。四哥并不接过钥匙块，只说："刹车片都磨得差不多了，换了；机油、雨刮器也换了；油泵喷嘴我让他们也换了，那里老化了，非常危险。老哥，好人一生平安！我走了。"

他点头。其实他的雨刮器刚换，但他懒得再说。他把奥迪车钥匙再次递给车主。

车主摇头："你留着，我还有一把。车子放我大舅子家车库，你可以随时去借用。噢，顺便给你放了一箱西藏矿泉水，"他一指破捷达，"也许嫂子她们爱喝。别送人了。"

他看着那个叫四哥的人，对他拱手离去。

直到第二天，去戚医生诊所前，他突然发现了那箱矿泉水的不同寻常。

那是一箱用黄色胶带纸封口的矿泉水箱。昨天晚上他没有在意，不就是一箱西藏矿泉水吗，再怎么的，也死不了人的。

昨晚小丫头离开日本料理店，上来时，边打饱嗝边抱怨了一句：“哼，我还是喜欢坐刚刚那辆奥迪！”小丫头的小眼睛在车里鄙视性地睃了一眼，看到了后排座上的小纸箱，发表意见：“这水怎不放后备厢呢？”

他说：“要拿瓶喝吗？”

“才不要！”

他当时想，送女儿到外婆家，顺便把一箱水也卸她家好了。但是，女儿下车时他忘了这箱水，小丫头也忘了。告别时，这个恶作剧的孩子，对他甜蜜蜜地干笑了一声，说：“老爸，你知道你为什么牙疼？是因为你上火了。你知道你为什么上火？是因为不睡觉。知道你为什么不睡觉吗？嘿嘿，是因为我和妈妈不在家，你一个人怕黑，你怕得不敢睡觉！”

他抬手佯装揍她，但他心里还真想给这小浑蛋一下。

一直没有人关注矿泉水。

现在，已经是次日上午了。跟单位请了半天假，他驱车要去找戚医生了。

发动了汽车，他是突然在眼角余光里扫到了车后排那箱矿泉水。他不由得扭转脖子定睛看，他有点发怔，后来他干脆熄火。是哪里不对劲？是胶带。一般矿泉水的胶带都是透明的，它却是黄色的、非常醒目的胶带，看上去胶得格外坚固，但也能看出它和矿泉水不是原配。他出了驾驶座，拉开后车门。端详了好一会儿，又坐进去试探性地捏卡按压了一圈，心里还是没底。里面肯定是有水，一瓶瓶的水，但肯定不全是水。

他掏出钥匙串，选一把尖薄的，使劲划开了黄色胶带。打开了。箱子四周是矿泉水，镶边似的，里面是一方报纸包。他手一触摸上去，第一反应就是钱。几乎同时，他起身把车门拉上、落锁。刚才后车门是大开的。他把报纸打开，只是打开一个角，果然，钱！全部是钱。紧实如砖。他一眼就大致估出价值，得有三四十万元。他抱了一下，沉。他的呼吸就急促起来，他是突然意识到自己呼吸异常，汗也出来了。他从车里往外张望了四周一圈，深呼吸了几次，随后给自己点了一支烟。那一时刻，他失去了牙疼的感觉，他甚至忘记了进入汽车的目的是去看牙医。他只觉得自己失重般地轻浮而起，人却又有种迟钝的麻木感，也许是他的脑子有点休克了。他木然地看着车正前方的花圃旁边，一个花工在给灌木丛喷水，周一上午的寂静的阳光，在他的喷嘴前，出现一个小小的淡淡的彩虹。

这是没有来由的巨款。当然不是什么感谢心意，如果是，这种表达应该在判决生效的那个月出现，最不济也是缓刑期过后。为什么拖了这么多年，现在又如此强烈？还要给奥迪车，这箱矿泉水应该本来就在奥迪车上，是他的坚决拒绝，才让那人想到帮他修整车辆这一出来，然后，才好把水搬到破车里来，是不是，他是有备而来的。

如果昨晚这箱水被人偷了，那就彻底冤死了。这老式的房改房小区，从来就不是规范的小区，也没有像样的物业。小区是开放的，一层住户就是临近市区广严路，中医按摩、绿色有机食品、蜂王浆批发、媚儿换肤美容、咸肉粽、电话卡充值、美甲站，林林总总，好多不死不活的小店，基本租光了一楼住户的房子，也彻底混淆了小区与大街的界限。这个先天不足的小区，物业懒惰又泄气，管理的姿态就是和拖欠物业费的住户连年征战。住户们的车随地停放，被人刮漆是小事，摘了车标、拧走了后视镜、掰了雨刮器、放瘪了轮胎气，甚至砸窗偷车内物品，这都很平常地发生着。他们家是因为丫头上实小、上一中，一直坚持住在这嘈杂的所谓学区房里。去年他们也在新区买了新房，但连装修都没有启动，钱也被挪用给老婆买了辆标致 307。昨晚，这身藏数十万的破车，就这样随随便便泊在邻楼的小高楼侧面，一个通往自由市场巷子口的地方。平时，他早下班会停到更好的车位上，回家也近一点，也靠近小区保安岗亭一些，因为他的车右后门，常常关不死。常常是锁好了，他还要特意过去再检查一下，不然，外人可能一拉就开了，他丢过一提顶级金骏眉。但是，昨晚回来晚了，好位置都被别人占掉了。他就那样随便把车停靠在隔壁楼侧，趁着一楼店面还有灯影，他快步上楼，回了自己独居的家。他甚至匆忙得忘了去拉扯一下老是关不死的后车门。所以，那箱身怀巨款的、黄胶带粘封的矿泉水，就那样在外人随手可取的后排座位上，待了一整夜。

这他妈真是太危险了，谁能不后怕？它完全可能被窃！如果真的被盗，后排座上空空如也，他本人完全可能忘了曾有这箱水存在过，太惊险了——这老狐狸做事也太不靠谱了！或者他妈的，他根本以为我就是那种，天生对这类事心领神会的人？它还可能被整箱卸掉，赠予他人。

它也可能被后排的随机乘员悄悄拿走。

总之，它可能在他毫不知情的多种情况下彻底消失。

凭什么？凭什么送礼送得这么放肆随心，难道老子长得一副贪官聪明相？

牙疼的人，越想越有受辱感，但随之走进了新的认识境界：送礼既然能这样送，受礼人岂非接不接到都是一回事？收了是收到，丢了也是收到，送人也是收到，反过来，是不是也等于，收了也等于没收，接了也等于没接？谁能证明我拿到了它？

牙疼的人在车里触电似的缩了一下，身子都蹿起来了，不是牙疼，而是夹烟的手指，手指被烧到了。他的跳缩，让烟头和一截长长的烟灰一起掉在后排座上。他看到那起码有四五厘米长的烟灰，明了自己已经呆坐了多么长的时间，香烟自燃了四五厘米。

脑海里思绪纷纭，乱云交织。他的表情像个呆子，牙疼欲休克。

这钱能收吗？可以收得神不知鬼不觉？

也许那只狐狸，就是故意选择这种漏洞百出的方式，给他一个好的心理台阶。因为有孔隙，有别的可能性，所以就有抗辩的机会，所以，收件人就有了收下的胆量和理由，敢收，甚至理直气壮。

可是，总会有人细究下去的。是不是？总会有人喜欢洞悉全部的破绽。

失窃说，真的无懈可击吗？不。因为车破，被小偷盯上的可能性很小；即使小偷不嫌弃你的车“偷相不好”，肯定不会砸窗进来，吭哧吭哧地搬走一箱矿泉水吧。

说不知情的情况下送人了吗？——送给谁？拿到水的人，可能一声不吭吗？嗯，受赠人有可能一声不吭地黑走。但是，你送给谁，总不可能不知道。

最后，坐在车后排的人，也是有可能渴了，自己打开箱子，取水喝，但是，一旦开箱，他发现报纸包，通常会猝不及防地问前排的车主：这里面有东西啊！是不是？如果不是这样，就算他胆识过人，认定是黑货，他可能真的把一大包钱塞在哪里顺走，但是，箱子的空缺，拿什么补上？他怎么做才能不被车主发现，不被追偿？

还有一个更加硬碰硬的常情是，没有人会一直把一整箱矿泉水放在车后排座位上，一般人都会把它搬出来，转移到住所、车后备厢什么的，一般还会留几瓶备置于车内使用。

是不是这样？换句话说，车主不可能不管这箱水，任其放置在后排车座上，任其失踪而一无所知。

很多问题需要推敲。

八

戚医生的衰老，让他暗暗吃惊。她不只是苍老，而是，怎么说呢，原来那种干瘦端丽的面容，多少还残余着眉目清晰，可是，现在看上去，不知为何却混沌着一种焦躁与狰狞。今天他走进诊所，第一眼看到她，竟陡生出一些畏缩感。

诊所外间有六七个人，不能断定他们是不是全是病人。其中有一个妇女，在和接待台的女子说话。那妇女手上无所事事地翻着一本书，一边和接待台那名忙里偷闲的多话女子东一搭西一搭地聊着。听起来，女子好像和戚医生是远房亲戚还是什么的。两个女人聊到了戚医生丈夫去世七八年了，聊到了物价，聊到了观音生日。

这期间，戚医生从里间出来了几次。她一出来，外间的人就会安静下来，不管是患者还是陪伴人。大家都一致看着她。他看到，老医生耸立的眼袋上面，一对下垂的眼睛发出雪亮如刺的光，有点贼有点狠，似曾相识。他马上想起十年前那个绑赴刑场的帅气小伙子。老人的头发全白了，比她的白大褂还白，蓝色的口罩耷拉在耳边。他还看到她把一个肉红色的石膏下牙膜，重重掼在一个靠墙的柜子上，好像是制模工序张冠李戴出差错了。她的脸一直就没有高兴过。也许她真的太有名了，顾客永远盈门，以致她被纵容到可以随意把自己的恶劣心情写在脸上，无须考虑任何人的观感。十年不见，戚医生已经和他当年印象里的人，判若两人。他有点后悔专门来找她，因为她让他有点坐立不安。没错，牙疼是他自己的责任，可是牙疼以外的不舒服，只能是戚医生的问题。这是为什么，不安的感觉从心底水蒸气一样不断腾起、弥漫。十年前为什么没有这个感觉呢，是戚医生改变了，还是他改变了，还是他们双方都改变了？是的，昨天之前，他还把她当救星盼望着，今天一早出门前也都是。可是，现在，他很不舒服，沉郁瘀滞。他甚至站起了身，几乎想过门而出了。他没有想到这是逃避，反正就是想走了。要不然不拔，要不然回口腔大医院，随便找个牙医，或者那个浑蛋的小牙医？不就是拔颗早就该拔掉的牙吗？哪里拔不是拔呢，走吧。反正不想待在这儿了。他下意识地想回避那张复杂焦躁的老脸，那个脸就是一个阴郁坐标，阐述着有些人能心领神会的过去与未来。

这时，一个戴着医生帽、助手模样的小个子女孩儿出来对他招手，示意他跟她进了里间。

打麻药前，那个小个子助理问了他好几个问题。他颠三倒四地漫应着。他说外国牙医用心理暗示拔牙，通过引导患者转移注意力，真的可以无麻醉拔牙，注意力被成功彻底转移，就可以不要去疼片。他说自己认为是智齿一定会出状况，但是，曾有个医生坚持是他的七号牙，而不是八号牙出了问题，也就是说，不是最后那个还没有完全露头的智齿有问题。他颠三倒四而且心不在焉地说着，同时为自己脑子反常的混乱暗自羞惭。他其实密切关注着戚医生，但思绪却一直萦绕在西藏矿泉水上。当时他把水搬上了楼，路边的浇花工手里的喷水，已经看不见彩虹。他想到过车祸、飞机失事。大步回到家，他把那报纸包放进了保险柜。小区治安不好，安在衣柜里的保险柜，其实很小。为了塞进这一包钱，他不得不把老婆多年来，在天南地北各旅游景区买的首饰模样的旅游制品，统统清了出来。暂时吧，他想，暂时放放，再做处理。总之，不能在他手上丢了。

“你也可以做到。”戚医生突然开口。他一惊。助理和他蓦然对视了两秒，都一脸面面相觑的意思，但助理很快欢笑了，这个笑，把戚医生突兀的话，解释为幽默。然而，戚医生眼光贼亮地又来了一句：

“你也可以。注意力转移。”

在他听来，戚医生这几个字，字字刻毒。

助理咯咯笑：“对啊，”她发挥说，“专注想一件事，把交感神经阻断。”当时，他在车后排那里足足抽了三支烟，但到底没有拨打送钱人的电话。有一次他找到通话记录，也已经调出了那家伙的电话号，只要一摁通话键就出去了。但是，他终于还是合上了手机，放弃了。手机被扔到副驾座位置上。他需要给自己思考时间。他也觉得自己当然有时间，他有很充分的时间。既然他用这种方式给钱，那么，收钱人就可能一直都没有发现纸箱内的秘密，收钱人当然也不屑去发现，矿泉水不过是稀松平常物，是不是？也许就是等到哪一天他发现它里面是钱的时候，根本想不起来是谁送的水。不，当然，送钱人一定会想方设法提醒收钱人，再远程地行贿（用这个词不好），也不会是断线风筝。除非，除非送钱人已经发生了车祸。他到底是昨天飞新疆，还是今天飞？昨天有没有航班失事的报道？今天能不能等到飞机失事的消息？唔，这个念头不太好，很不好，过了。可是，它又怎么那么真实清晰地难以摆脱呢？如果他暴毙了，一切就简单了。这一箱的钱，自然不便交组织，交了你反而还说不清了，说不定还瓜田李下，你被怀疑不过是交出了冰山的一角，更多的呢……如果有杀人灭口的飞机，是不是一切就轻快起来，是不是？

人心啊，是多么容易受煎熬的易燃易碎品。

这颗多活了十年的智齿，足足拔了一个半小时。戚医生一言不发，额头上老汗汩汩，那个助手不时地为她擦汗，同时不断告诉她进展情况，也好像是把自己的学习判断报告给老师：“邻牙阻挡……骨组织半包埋……切开牙龈……骨去除……牙冠劈开……”

尽管打了麻药，口腔木木的，并不疼痛，但是，不知为什么，他就是感到今天的戚医生，下手比十年前狠，狠多了。从她的口罩上两只眼睛的凶光，从她手起刀落的悍然，还有大刀阔斧的腰肢扭动，他感觉她不是在对付牙齿，而是在对付一种她仇恨刻骨的、她蔑视刻骨的东西。他感到了她锋利的恶毒。这颗苟活十年的智齿，遭遇了最凶狠的对手。不是吗？但这也无可非议，牙医是不会对无辜的好牙齿下手的。这是它活该。

躺在戚医生和小个子助手的怀揽中间，他的嘴巴张大到极限，右边的嘴角肯定被扯到了耳根，他知道自己丑恶至极。他一直闭着眼睛。

九

手术完，牙倒一直不疼。助手预报说智齿拔了至少要疼一两天的，还特别叮嘱了，疼得厉害要在 24 小时内用冰块冷敷，24 小时后用热毛巾热敷，切忌搞混。他驱车到办公室转了一圈，跟领导打了请假招呼，随后在办公室，电访了政法系统几个关键点的同僚、同学，并没有捕捉到四海集团、颜氏家族的什么风吹草动。当然这可能是暂时的。不过，也难说，人不可貌相啊，狐狸也有真善美。也许他还真是实心实意的纯粹感激，除此，还有什么可以分析推断？难不成还是那种大限将至，人在下意识地想要了结美好心愿？

一小时后，拔了智齿的检察官，心境驳杂地回了家。

一进门，他直接走到里间衣柜，打开了保险柜。这一次，他有足够的时间，清点了一下，四十万。四十万多吗？多，天上掉下来的，太多了。他一个月不过六七千元工资，够他不吃不喝挣五六年了，但是，也可以看出它不多，真不多。一个受人尊敬的、生老病死公家全管的职业，不是这区区四十万就能报销掉的；和一个能庇护他人并得到他人庇护且运作良好的关系网络相比，这四十万是绝对不足挂齿的；还有二十七八年才到退休，至少还有两百万的薪金在那儿等着，所以，这四十万的确不算什么；四十万还可以转化为其他数字，比如，大约等于海外求学的两年学费。多吗？怎么算都不多。

把保险柜关上，他打开了电视新闻频道，然后才去洗手。阳台洗手池的流水声，挡不住新闻播音员的声音。他知道自己为什么想听新闻，想听的动机可笑幼稚，但是，当他听到真有飞机坠毁时还是悚然一惊，当然，这并不是他期望的消息：

一名委内瑞拉航空官员称，当地时间凌晨 3 点到 3 点 45 分（北京时间 16 点到 16 点 45 分），一架载有 152 名乘客的客机在委内瑞拉边远的西部地区坠毁。

午睡起来，他给妻子打了个电话。电话一通，他一时不知怎么说才好。妻子先开了腔，问：“拔掉没有？”

他说：“嗯，拔了。顺利。”

妻子说：“本来嘛。”

他问：“什么事？”

“也……没什么事……要不晚上一起吃饭？”

“没空。有个实操训练课。北京来的老师。”

“那下课来吧。”

“今天我没准备过去啊！”

“呃，那……也行。”

妻子突然语调一变：“你一个大男人，开灯睡实在是恶习。我怎么才能让你明白，这世界除了人，根本没有任何可怕的东西！”

他心中刚刚有了一些建设新生活的念头，霎时灰飞烟灭。

“不做亏心事，不怕鬼敲门。你有亏心事吗？”

“几十年我都这样，那你觉得我天天亏心吗？”

“你是怕黑才结婚的吧。”妻子来了一句非常生硬的幽默。

他把电话挂了。

没多久，妻子电话又打进来了。

“小丫是铁了心了，要去美国读高中。我看我们要有心理和经济准备。”

“你觉得我们有条件吗？”他哼了一句。

妻子听出他的阴阳怪气，立刻甩过来一句：“养不教，父之过！谁让你是她爹！我们公司随时散伙你又不是不知道，如果我翅膀硬了，何苦要依靠一个怕黑的男人。”

他再次把电话挂了。

很明显，如果不是他有一份像样的职业，他连一份形式上的婚姻都可能保不住。

十

自从妻子和女儿搬到岳母家住后，他晚上一般都会把客厅灯和卫生间以及他自己睡房的灯，都开着。这是他的活动路径。不关灯。书房、次卧的门，他一律关闭。他不喜欢黑洞洞的样子。有个寺庙的朋友熟悉后，送了他一本《金刚经》，让他放在床头柜。送书那天，素食馆的老板娘，讲了一个小故事。她说她大学毕业后没参加工作前的一段，特别闲，也特别无知，胆大妄为。那天她和几个朋友在江边公园玩牌。玩牌前大家聊过灵异话题，说身边有各种看不见的生命的存在。所以，玩牌席间她玩笑地说，打完牌，她会让这位、这位“好兄弟”陪她回家。她指这位、这位的时候，是在空中瞎指，意为看不见的“那些东西”。没想到，当晚梦魇，半醒半梦间，她感到有两人一头一脚，使劲要把她抬离床铺。她拼命反抗，却四肢无力，挣扎许久，她终于哭号出声。后来隔壁的母亲赶了过来，问明缘由，要她反复念观世音名号。母亲说，搬不走她，是因为她幸好颈子上戴着佛像。听到小故事的那个晚上，他力邀妻子同眠，表现也格外出色。他希望的那样境界也确实出现了，他把自己累得睡着了，妻子则兴奋地为他守夜。这当然不是长久之计。他后悔听这么个故事，在太阳底下，他自己都觉得自己对黑暗的脆弱近乎荒谬。可是，他终是解决不了这个问题。

一个人睡觉，不仅是开着灯，他还习惯背靠墙、脸朝门睡。如果相反，他会觉得自己的背，空荡荡地面临不测的黑暗深渊。他也一直劝说自己，不要再把胳膊和腿，都包在毯子里，但往往睡了一阵子，他就感到不踏实，放弃挑战，他必须把它们都收藏进被毯。从小到大，他都不喜欢座钟的嘀嗒声。

牙齿没有疼，虽然半边脸还是肿着，还有嘴角，也被老牙医撕裂了，喝水的时候，都张不开。看样子，至少撕开了几毫米，但也好像不太疼。西藏矿泉水徘徊在意识中心，以致他上床后，觉得自己好像竟忘了关闭次卧的门。关了，还是没关？这种心不在焉的情况过去是很少发生的。但是，他不愿再爬起来了。他希望自己晚上不需起夜。他也提醒自己，万一起夜，他目不斜视，绝不去检查那门有没有关。

尽管牙不痛，但他一直无法入睡。他最后一次看手机，时间是 3 点 15 分。这之后多久睡着他不清楚，但是，他很快地见到了那个叫四哥的人。

没想到四哥浑身是血，仿佛是红油漆在头顶打翻灌注而下。他和他说话的时候，牙缝里都是血，说一句，血就涌动一下。他倒没有恐惧，只是诧异。四哥解释说："我不在去阿勒泰的航班上，我其实是去委内瑞拉。"四哥说，"你快帮我找找护照，护照被摔没了，是不是被飞机烧掉了？反正，你得帮我搞一本来。养兵千日，用兵一时……"

他困惑地说："你这个样子，还需要护照吗？"

四哥火了，眼睛一瞪，两只眼睛像血泉，两股发黑的血液直接喷到他的身上了，他在闪避中惊醒了。阳光刺眼，女儿在床边，拿着绿色的湿发喷嘴，笑嘻嘻地喷着他的脸。

"妈妈在厨房！我们可怜你这个胆小鬼，今天回来住啦！"

"满房间都是灯！你这个胆小鬼！"丫头继续向他喷水，"快起来！晚上我们一起去曼谷酒店，有一个非常非常好的出国留学讲座！我们老师给的名额！"

他从床上坐了起来，目光发直。梦境还有一种往下的力量，在努力拉扯他回去。

他呆若木鸡。

这世界，为什么不能是永昼呢？

创作谈：失去边界的时刻

——《智齿阻生》创作谈

这是小说中的一句话。原话是“那是所有的事物正在失去边界的短暂时刻”。说的是黄昏，是一个男人对一个女人黄昏般的嗓音感觉，这个女人，以为他能控制她父亲的命运。

我流连这句话。因为每一天，所有事物都有失去边界的时刻；每一个人，一生都有边界模糊的瞬间，甚至更长远的、反复不已的挣扎与混乱。边界模糊，让我们看到了人性的脆弱与复杂。看到了人性真实。

没有经过诱惑的道德，不足以令人踏实称颂，可是，人类天生就是难敌诱惑的动物。区别似乎就是百步十步的关系。马克·吐温的中篇小说《败坏了哈德莱堡的人》中的一袋金币，不就横扫了哈德莱堡所有品性高洁的好人们。所以，小说中，“老大”面临的“边界模糊”，也是每颗人心面临的问题，当然，首先是你能不能到那个“河边”，然后，你“常在河边走”之后，再低头看看自己的脚，湿不湿。如果没有制度的防水膜，仅靠自我品性的高洁腾空，克服地球吸引力隔水而行，是一件不容易的事。也由此，我们看到人心的挣扎就格外耀眼刺目，格外嘈杂、精微、斑驳。我们也许也就更加容易共情。

那么，最终，他能度过这个边界模糊的时刻吗？

把权力关进笼子里之后，不一定没有小说，但权力在笼子外面晃荡，随时诱惑着我们，肯定共生着一个更加驳杂精彩的小说世界。在这个小说里，我想找到它。我做的就是这个努力。

丰满的一天

一

母亲打来电话的时候，陈幼红正在开早会。上周业绩不好，经理在骂人。她是内勤，不跑业务，所以，经理骂人和她没有关系，但是，这时候，她也不想招惹经理，想等会儿再打给母亲。可是，母亲执拗地说："大事！快出来听！"

陈幼红在经理的虎视下，夹着尾巴离席出了会议室。

母亲说："不得了，我刚放下报纸，中央电视台收藏栏目的鉴宝专家来啦！"

陈幼红不明白母亲为什么语气这样，但她从小就知道母亲是有主见的人，所以，她哦了一声，心里有点急，想快点听明白后进去开会。

"你家的那两个古董，还在不在？"母亲说。

陈幼红随口又哦了一声，脑海里也出现了那两个盘碗的样子，但她还是反应平淡。这是她和魏一伦结婚蜜月旅行时，在河南北部一个同学家乡的小集镇买的。当时也是买着玩，其实他们两个都不懂收藏，看小集镇人家摆地摊似的，塑料布上放了好多很古意的东西，都很便宜。陈幼红就有点大地方人应对小地方人的优越心理，蹲在那里仔细翻看。同学说，这里挖出过不少古墓，说不准就买到个千年宝物呢。所以，她一半是好奇、一半是博弈地要买。魏一伦说不要，现在到处都是刁民，刁民这样身段低地摆摊，吃准的就是城里人占小便宜、自以为是的心理。但魏一伦语气婉转，说："哪有那么多古董啊，肯定是假的！"

陈幼红还是买了。新婚蜜月，丈夫还在随和期，何况陈幼红遗传了母亲很有主见的个性。她狠狠砍了价，自己掏钱就把那两个东西买了。那俩东西一个像碟子，另一个应该是古人的碗了。

之后多年，魏一伦一想起来就调侃那两件宝贝，后来更比较明显地嘲笑。陈幼红有一次翻脸了，说这和你魏一伦无关。再后来，大家就不谈古董的事，慢慢地小两口就淡漠了这件事。

随着时光流逝，陈幼红从纤细苗条的新娘子，变成了个倔强而容易心慌的胖子；魏一伦炒股挣过不少，变成了街上非常一般的穷人中的小康。两人偶尔吵吵架，魏一伦脾气不好，尤其是股票行情不好的时候，但陈幼红很沉静倨傲，魏一伦就渐渐安静下来，就像溪流奔流到了大海，生活慢慢复杂平静下来了。这些年，他们一直没有孩子，查来查去，各负其责，因为医生一致认为是女方输卵管不太通畅，男方的精子活力又弱一些。就这样十多年过去了，当年见证新婚蜜月之蜜的两个宝贝，早就退居到了柜子的角落里，几乎被人遗忘了。生活就这样把人们的想象力和激情都打磨掉了。

陈幼红母亲却记得它们。早上读报，一看这鉴宝会的消息她就激奋起来。报上还说，前一次举办的华东六省鉴宝会，过境本地时，专家就发现当地民间宝藏很多，真品率高达 59%。专家吃惊地评说，这和当地人个性保守有关。

陈幼红心有点活络起来。

母亲说："上午来不及了！下午还有半天鉴宝会。你赶紧请假！机不可失。我陪你们去。"

一开完会，陈幼红就给母亲打了电话回去。母亲正在去"的话"家的路上，所以鉴宝话题和展望，说得也不是很透彻。主要说到了魏一伦要不要去鉴宝的问题。陈幼红的意思是，还不知道真假，干脆不要告诉他。母亲沉吟了很久，最后说："我看还是告诉他。假的，他也没什么想头，万一是真品，难不准很多人惦记，一路有个男人护驾，有安全感吧。"

陈幼红没有吭气。这显然是个重要提醒。这与魏一伦无关！陈幼红和母亲，从她少女期就呈现出强强相吸又强强相斥的关系。她们一致不大瞧得起陈幼红的父亲，所以，在两个温和强硬的大小女强人相吸相斥中，倍感孤独的父亲，在陈幼红结婚不久就辞世走人了。魏一伦就代替陈幼红父亲的观众角色，轮到他经常观看两个胖女人，今天相斥、明天相吸的母女亲情。陈幼红有时候真挚地挽留母亲在书房睡一夜，有时候含蓄而又决绝地让母亲快回自己家。那个“的话”，能够和母亲好上，就有陈幼红的努力，也有魏一伦的推波助澜，他觉得岳母还是有自己的小家，各家都比较安逸。母亲开始并不喜欢“的话”，她天生喜欢牙齿整洁、说话利索的男人，唇齿不清、满口官腔的“的话”令她生理上不悦，但是，“的话”是个效益很好国企的处级干部，虽然退休，有房有车，家境不俗，子女经济条件也不错。

二

陈幼红谎称母亲便血，跟部门经理告假回了家。

魏一伦照例在家，在书房的电脑面前。电脑里面是股市行情，或者股吧讨论区之类。每周他外出两到三次，他同学开的一个不死不活的投资咨询公司，他每周二下午要过去开个会，他有个虚职，叫投资顾问；周四下午几个球友固定要去体育中心打球——羽毛球。

陈幼红提着一份快餐往家赶。

她知道魏一伦在家，但她没有按楼道防盗门门铃，而是咬住快餐袋提手，自己掏钥匙开门。上了六楼，到自己家门口的时候，她不知不觉就越发轻微地转动钥匙，门悄悄地开了，家里像无人般安静。她有点为自己隐秘无聊的心思害羞，所以，一进去就大声咳嗽，动静很大地把手袋扔在鞋柜顶上。在电脑前埋头的魏一伦被她惊扰，抬头看了她一眼，又埋头继续了。陈幼红走进厨房。厨房里是他吃剩的方便面汤，菜板上都是切碎遗漏的白菜葱段，还有鸡蛋壳。

陈幼红坐在餐桌上吃自己的快餐。本来她都是一去一天的，魏一伦知道她朝九晚五，可是，她进门，他只是看了她一眼，就算是打了招呼。他真是一点好奇心都没有：你怎么突然中午回家了？为什么不叫我多做一份饭？魏一伦都没有问，当然，问了陈幼红也不一定就告诉他下午有个不得了的鉴宝计划。她还要再想想看。夫妻本是同林鸟，反正他也不相信那两块儿破碗。

陈幼红看了时间，她大约能在家里待四十分钟。她和母亲约好，在鉴宝大会的新时代广场花圃大钟那里见面。买快餐的时候，她特意买了报纸，母亲所报的内容，她又看了几遍。现在又边吃边看。在专家眼里，他们当地好像还真是未经开发的处女地，无论是收藏之心，还是收藏现状，似乎都很混沌。民间藏龙卧虎，到处是被忽略的、漫不经心的宝藏。这个推断，让陈幼红想象力飞驰起来。她想，说不定她的宝贝一亮相，专家眼睛都直了。他们围过来，愕怔唏嘘、难以置信、痛苦叹息而又爱不释手。想到这，陈幼红莞尔。

魏一伦已经路过她，进了卫生间。听动静在洗头。他总是这样，一出门，必定洗头。果然，他出来拿着干毛巾在镜子前大擦湿发。陈幼红说："要出去？"

"外地有个同学来。准备陪他转转。"魏一伦说。

"女同学你就去吧，男同学就别去了。"她说。

魏一伦没有解释男女，而是说："你今天突然回来，怎么啦，下午有事？"

陈幼红有点淡淡不快，他现在才关心啊，如果真是稀世珍宝，和这种男人分享有意思吗？！她说："你要不要跟我去？要陪同学你就别去。"

"你有什么事啊？"

"当然有事。你陪我还是陪同学？"

"到底什么事？我和人家约好了。"

"那你就别跟我去。我的事和你没关系就对了！没事的。你去吧。"

"哎呀，我和人家约在先不是，你现在才说有事。"

“所以你去啊！我又没有反对你去！我随口说的。”

魏一伦使劲擦头发。他随后去了卧室，自己在衣柜里找衣服。陈幼红把快餐盒扔进垃圾桶，就看见魏一伦已经衣冠整齐地出来。魏一伦不胖，一直保持运动，看起来还是年轻。多年前，他曾经建议陈幼红减肥，但是，陈幼红三天打鱼，两天晒网，最后干脆放弃。这个模式就像他们的睡觉方式，陈幼红以前喜欢抱着魏一伦睡，后来，就渐渐地三天打鱼，两天晒网起来，再后来，就全面放弃了，再后来，就分床睡了。

魏一伦在找手机的时候没话找话地说：“你今天跑回家到底什么事啊？要不你叫你妈陪你去嘛。”

“就是我妈要你去的，我是无所谓。”陈幼红脱口而出。说完了她有点莫名的后悔。她现在完全清楚自己的心思了，她根本不想让魏一伦参加什么鉴宝，很清楚，这个宝贝是她个人的。离婚这两只碗也是归她所有。

魏一伦果然停止了寻找动作，说：“你又要去疏通输卵管？”

陈幼红做了个“呸”的表情。魏一伦困惑地走了过来，说：“算了，我已经打定主意，我们不生了。别遭那个罪了！”魏一伦说得其实很轻淡，陈幼红还是有了点触动感。她说：“我要把那两个碗碟拿去鉴宝。”

魏一伦显然没有明白，他的记忆里已经没有那个蜜月旅行所购的所谓古董了。陈幼红站起来，把报纸推给他看，自己到卧室大柜子里翻。魏一伦拿着报纸跟了进来，等看到陈幼红掏出破黄报纸里包的破碗，他轻蔑地大笑起来。

她不动声色地等他笑完。魏一伦知道陈幼红和她母亲一样，越平静表示事情越重大。所以，他把报纸拿起来看看。无非是礼貌，他的心已经出门了。要见的是个网友，当然是女性。他觉得自己也没有什么暧昧的东西，那个女人听起来有不少闲钱，很崇拜他，想寻找一些好的理财建议。女的在岛外，说做完一个美容项目后想约他一起喝喝咖啡，谈谈股票。听声音，还是挺好听的，不过，上次有个类似的交友，却遇上了一个年纪起码大他半轮的女人，虽然有钱，可是，很烦心。声音甜美年轻是有欺骗性的。相反，有个嗓音粗哑的女人，和他网下聊天见面时，却给了他大惊喜。美貌随性，喜欢爱抚。只是，在魏一伦连续推荐的股票都不怎样后，那个嗓音粗哑的女人就隐身了。

等魏一伦看完报纸，陈幼红说："你忙你就别云了，我无所谓。是我妈担心它们万一价值连城，说有个保安总好。"

魏一伦的心，隐隐活络起来。他第一次对那两个旧碗，有了一点期待。

他找到手机，跟女网友发短信说，临时有个重要的投资洽谈，恐怕抽不出身。

三

陈幼红心里也并不十分愿意母亲掺和进来，但是，这事是她发现、热心促成的，她要参加，也是理所当然的。可是，她居然迟到了。

陈幼红在新时代大厦前焦躁地来回踱步。

“的话”有个小别克，自己也会开，第一次约会就用小别克载了她母亲去超市买大米。可是，母亲和“的话”有点意思的时候，那个小别克就经常被他在本地读大学的外甥开走了。气得母亲问：“这车是你自己买的吗？”“的话”说：“如果不是我的车的话，那小子还有车开吗？”今天，母亲照样指望不上代步别克。她原想建议魏一伦早点出门，拐到新村来接她，可是，陈幼红想起“的话”的车子越来越有名无实，有些不高兴，觉得母亲被轻慢了，就偏要看雪上加霜的效果。她说：“我从公司赶回家，煮煮吃吃怕是时间很紧。”母亲立刻说：“没关系没关系，我这有直达公交，你们在大厦前面的花圃大钟那里等我好了。两点半！”

其实陈幼红和魏一伦也迟到了。路上一个小刮擦，两个司机当街理论半天，把整条路搞得像便秘。陈幼红和魏一伦到的时候，已经过点了，他们以为母亲会在那里焦急等待，结果却空无一人，大花圃上的钟已经是 2 点 37 分了，其实已经是 2 点 41 分。陈幼红觉得母亲不该迟到，她做事一贯是安稳有序的。打她手机，却没有人接。她猜她在公交车上，她的耳朵一贯不太好。陈幼红踟蹰着。因为一直无人接听，心里也知道她不会有什么意外，盘算先进去，可是，魏一伦说："我们先进去，她肯定快到了。"陈幼红又不干了，说："不要。除非电话通了。"言下之意，就是怕母亲有什么意外。魏一伦感到了她不动声色的谴责，便袖着胳膊，在花圃大钟的另一头来回走着。陈幼红手袋里放着那两块儿旧碗。

大约在 3 点 10 分的时候，她母亲远远地赶来了。她像个大胖发糕，沉重而虚晃地跑过新时代广场大门。等她气喘吁吁地跑近，其实已经没有速度了，但是，她的身形还是做出了奔跑的动作，沉重而抖动，见到他们几乎喘不出气，一个劲儿地挥手，表示快进场。

陈幼红说："迟就迟了。怎么电话不接也不打一个呢。"

母亲说："特意要充饱电，没想到走得急，偏偏忘了拔下。赶紧赶紧，十九楼！"

母亲看出陈幼红不高兴，但还是进了电梯才抖包袱，说："公交车真是不能坐了！突然有人钱包被偷，大喊大叫，说是两千多美金，非要司机开到派出所。都不知道什么时候被偷的，小偷可能早都下去了，拉我们这些人去派出所有什么用？！"

"那你们去了？"魏一伦说。陈幼红没问。

“这么多美金坐什么公交车啊。”魏一伦又说。

“那还不是！很多人都这么骂。那个失主闹得太厉害，司机只好把车子开到派出所，大家都很生气，有一个赶上班的人，简直要夺那个方向盘了，车子都要扭翻了。司机大喊，失主就站起来保卫司机，说：‘你又不是小偷，怎么这么没有同情心？抓到小偷我赔你十美金好啦。’更多的人喊起来，我们迟到也要扣钱的，你要赔就都赔！失主快哭出来了。真是！我还没开口，我心里想，你耽误了我家鉴宝，你就是两千美金全部赔我，也不过是我家宝贝的一个零头——哎呀，那车里呀，真是乱七八糟啊！”

“最后还是去派出所搜身了？”魏一伦说。

母亲注意到陈幼红没有被这么生猛惊人的意外吸引，她一个问题都没有问。母亲觉得她是生她迟到的闷气，因此也有些意兴阑珊，便敷衍地对女婿说：“去了。警察还不是随便问问，大家又吵着赶上班，赶做事，几下子就算了，留下那人自己在那里了，有什么用。”

四

因为迟到太多，沿途引路岗都撤了，三个人摸来摸去到了鉴宝大会门口，却被两个蓝色西服的先生礼貌挡住，要鉴定通票，说没有票请到左手拐弯的第一个办公室去买。魏一伦说他去买，回来就脸色不好看，原来一张鉴定通票居然要一百块。这鉴宝的边还没有挨到，就去了三百块，三个人脸色都不好看。不过进去就好了，一屋子里气场强烈，充满暴富的隐喻，无数的梦想的翅膀在诡秘地飞旋。

里面是一个可容五十人的会议室，乌烟瘴气，居然都是怀揣宝贝的人。通票上有号，叫到了才能进到里面一个自动玻璃门后面的房间，里面的灯光似乎特别明亮清爽，好像能让所有的宝藏现形。偶尔有穿浅蓝色工作褂的人严肃进出，不知道在忙什么。恍惚间，一屋子好像是医院里等候专家看病的人。

陈幼红和母亲在一个系红带的发财树旁的一角坐下，她们身边有两个男人在讨论一对豁口陶质破烛台。魏一伦没有位置，他就在等候屋里走动，看有个角落几个人在品赏什么，很热烈，就踱了过去。一个穿白色唐装的清瘦长者，在仔细看一个旧瓶子。一位老太太期待地看着他。清瘦长者轻微地叹了一口气，说："漳州窑白釉筒瓶。明代的。"

老太太急问："值多少？"

清瘦长者说："估计在百万。"长者指着老太太包裹宝贝的报纸和提来的塑料袋说："你看这条裂缝，太可惜了！不能这样对待它，这样随便地包裹，怎么还敢挤公交？还转两三次车？"清瘦长者发自内心地摇头痛惜。老太太很惶恐。

有人问：“如果没有这个裂缝，那它值多少？”

老者看了发问者一眼，似乎懒得回答。与此同时，有个干瘦男人，怯怯地问：“周老师，您可不可以帮我看看这面古镜，要是……”

清瘦老者说：“古镜我不是太熟悉，看是可以看一看，你不用当真。”

干瘦男人从一个黑色大书包里，小心抱出了一面童毯包裹的、有很多绿锈的铜镜。老者一看，想说什么欲言又止。随后又拿出放大镜，看了几个细节。大家都声屏气敛。魏一伦发现，岳母不知什么时候也过来了，手里拿着一纸杯的水。发财树那边，只有陈幼红一个人掖着有宝贝的手袋平静地坐着。

干瘦男人体贴而巴结笑着，说：“周老师，您直说，没有关系的。我只是爱好，并不指望它发财的。”

清瘦老人笑笑，说：“我说过，我只是对各代陶瓷有点造诣，所以那方面把握性大一点。你这个古铜镜吧，我看是魏晋时代的，品相虽然差一些，但我估计价值在三十万元以上。不过，还是要到里面让真正的专家看了才算数。我是说着玩的。呵呵，大家不必认真不必当真啊。”

清瘦老者随意翻转着铜镜，说：“这几年，古铜镜价格倒是翻番了。我有个朋友弄到一面从德国回流的西汉铜镜，竟然身价到了三百多万。想想大炼钢铁的时候，多少行家到废品回收站和炼钢厂去捡宝，什么铜镜、铜香炉、铜烛台等，最多的是铜钱，数也数不清，知道吗，我认识的一个人，从那里捡了一百多面从战国到唐宋的铜镜回来。”

人群中唏嘘感慨声如潮水拍岸。更多的人围过来了。

清瘦老人站起来想走开了，陈幼红的母亲笑吟吟地说：“老先生，可不可以劳驾你也帮我们看看？”有个小伙子抢说：“周老师，你刚答应要看看我这个烛台的！”清瘦老先生无奈地看了陈幼红母亲一眼。

等清瘦老者终于移步到发财树这一角时，陈幼红已经对他充满期待了。因为母亲不断把最新鉴宝情况通报给她。有这么一个对各个朝代瓷器都如数家珍的老人，母亲和陈幼红的崇拜之情油然而生，不由梦想飞翔。魏一伦的兴致也高涨起来，眼中的热切不亚于岳母。在很多人争抢清瘦长者时，他用坚定有力的身姿，把老者迎请到守着座位的陈幼红跟前。

陈幼红把报纸包住的两块儿破烂掏出，正在解开时，清瘦老者眉头皱了起来，说：“怎么能够把两件瓷器叠在一起呢？互相碰撞会刮坏的。”

全家人惶然惭愧。母亲和陈幼红急忙把两件宝贝分开，清瘦老者拿起一件，说：“古越窑的。”老者眼神自信：“你看，这外面的褐色是沁进去的脏东西，里面的青绿色才是碗的本色。这个色泽，就是很难得的秘色瓷。”

一个旁观的男人小声惊异：“秘色瓷？！不会吧？胎质不白呢。”

母亲和陈幼红目光温柔地轮番看着老者和那个惊异表现者，只有母女俩自己知道，这个温柔文雅的目光里，暗含着多少警惕和精明的疑虑。

老者不回答，他在专注地看那只碗，兀自微微摇头。魏一伦假装内行地说：“周老师，你确定它真的是秘色瓷？这是我十几年前在河南乡下买的。”

陈幼红说：“那里被人盗挖过好多古墓……”

老者谁都不看，微微点着头，说：“秘色瓷以前一直是个传说，直到后来打开法门寺地宫，人们才终于解开了秘色瓷的秘密。”

陈幼红和母亲温和淡定地微笑着，胖胖的大方脸上，是赞许的意思。只是她们一式绞握手掌的镇定方式，泄露了她们共同的激动。母亲不时看着陈幼红，想交流一下沉着的兴奋，但陈幼红不看她，也不看魏一伦。她只是认真地看着周老师。

清瘦老者的食指，很怜惜地轻轻划过那只碗的两个大小不一的缺口，他说：“秘色越器是唐代创烧的，它的釉含铁量在 0.70% 左右，正是秘色越器的创烧成功，才使越州的越窑成为唐代的一座名窑。其实真正的秘色越窑瓷也只是烧造了一批就停止了。如果这个通过里面鉴定，价格，我实在不敢随便估量……”

人群里有个男声低语：“秘色瓷起码值两百万……”

清瘦老者不语。这种庄重的神态，让陈幼红一家人立刻感到那个男人估价的轻浮。显然，他们家这块秘色瓷，价格远在两百万之上。清瘦老人轻轻打开了另一只碗的包裹报纸。

他怔住了，两眼放光：“哥窑！这是哥窑瓷啊！”

一直很矜持淡定的周老师，居然出现了不能自持的亢奋表情，这个失态的眼神虽然稍纵即逝，但几近贪婪。陈幼红夫妇及母亲全身过电一般，忍不住互相看了一眼，那一时刻，简直千钧一发。魏一伦也不装了，连忙不耻下问：“什么叫哥窑？”

老人仔细看着那只像碟子的碗，说：“如果你这是宋代哥窑，至少价值千万。至少！即使是明清仿制的，也值不少钱。”老者又在微微摇头，他的手指摸遍了那只碗的每一毫米的地方，他甚至闻嗅了一下，这个莫名其妙的动作，连外行都破译出他实在爱不释手。

魏一伦没有注意到，家里的两个女人的双颧在微微发红，陈幼红在给清瘦长者递纸杯的时候，居然被魏一伦碰翻了，他正在给老人递烟。水打湿了两件宝贝，报纸全部湿了。周老师的前襟也溅上了水花，陈幼红连忙掏出纸巾，要帮他擦。母亲敏捷地把碗捧护在胸口。

魏一伦说：“那个秘色瓷，是不是就是绝版了？后人再也烧不出了吗？”

清瘦老者想离去了，魏一伦急忙递上名片，说自己是搞金融投资的，但隔行如隔山，敢问老者什么时候方便，一起坐坐。老人客气地说，自己闲居在家，没什么名片，听说这里有鉴宝盛会，特意从外地过来开开眼界的，讨教就不敢当了。老人又要离去，旁人也在急切拉他，清瘦老者顺势站起来。这时，鉴定里间门口，一个黑西装的工作人员出来了，他使劲拍了下巴掌，全场顿时肃静。

“对不起，我们很抱歉地通知大家，今天下午的鉴宝时间结束了。领了鉴宝通票尚未完成鉴宝的人，可以选择退票，也可以等明天上午再来。主办方决定延期半天。如果大家都不再需要，那么，今天，现在，本次鉴宝盛会就此落幕了。谢谢大家参与！”

有一个声音说：“我不退票！”

魏一伦喊：“明天几点开始？”

五

会议室的人开始散乱了。魏一伦立刻把两只碗包起，放进陈幼红手袋，然后，不由分说，把手袋横挂在自己胸前，然后，警觉异常地环视众人。两个女人一下就意识到，魏一伦的反应是恰当的，这些人可不比街上盲流，全部都是开了眼界的识货人，甚至那个清瘦老人，他最后看到哥窑瓷时，眼睛放光的那个贪婪劲儿，回想起来都令人不寒而栗，令人后怕。这个世道，能帮你的，只有你自己，可信任的，只有你自己，不是吗。

陈幼红和母亲，自动分布在魏一伦两侧，形成护翼。

三人小心翼翼地撤出人群。进了车就比较安全了，但母亲还是环顾四周，看有没有追兵，陈幼红和魏一伦也不由在车里大睁眼睛，严谨扫视路面各类可能伪装的闲杂人员。

“我们分两路走吧。”魏一伦说，“这样目标比较分散。妈，你打的走。”

傍晚了，陈幼红本来还是想送母亲回家，但是，魏一伦镇定果决的语气，让她们一下就强烈感到坐拥价值连城宝贝的沉重。母亲深明大义地点头。陈幼红要给母亲打的费，但母亲坚决拒绝。

魏一伦和陈幼红慢慢驶离新时代大厦。这辆超期服役的二手宝马，除了车标，已经没有几个地方还像宝马，但魏一伦实在没有力量再买新车，一个投资顾问，你总不能买十来万的工薪阶层的车自毁形象吧。

老宝马似乎载不动这两件连城之宝，老熄火。要不等红灯停车，从停车挡就扳不回 D 挡，搞得很多车在后面鸣笛抗议。待了一会儿，又可以扳回来了，继续开。一路这么磕磕巴巴地开。魏一伦说："我们还是换个车吧，那种新款宝马，也就七十多万。"

"也就？"陈幼红微笑，"看你那口气，就像也就七十多块钱的意思。"

"现在，七十万在我眼里，确实和七十块差距不大了。我们是有上千万资产的人。"魏一伦迷人而自信地微笑。

陈幼红撇了个嘴角，她想表达对魏一伦的不屑，她记着他十几年前对她购买古董时的反对态度，记着他对它们一贯的嘲笑和淡漠。她觉得他几乎没有资格用"我们我们"的口气来谈她的两件宝贝。正如之前，母亲迟到后，张口闭口说"我家宝贝""我家宝贝"的口气。这些，对陈幼红都构成了微妙的侵略。说起来，这两只碗的钱，都是她个人出的啊，这和别人有什么关系？

不过，陈幼红心情非常恬适，非常非常恬适。她总想微笑，而且，久违的魏一伦的笑脸和健谈，平心而论，还是有些男人魅力的。他们在汽车里，在磕磕巴巴的汽车里，谈笑风生，带着一点点羞涩。生活，品质一般的生活，打磨销蚀了多少人的温存爱意，到后来，还剩下多少多钙有力的骨头、蛋白质弹性肌肤、青春结实的身形呢。基本都消逝了。

"黄润西不行了，"魏一伦说，"他期货做砸了，很惨。就剩下一辆发财时留下的奔六。现在还开着，还是要维持那个有钱的架势啊。夏天的时候，一个熟人的孩子顺道搭他的车，三十多度的大热天，没舍得开空调，里面热得跟桑拿房似的。润西自己也一头猛汗，前胸后背都湿了。孩子不好意思要求开空调，自己就伸手开窗。‘别别！’润西大叫，赶紧把窗关上，说，‘哪有开奔驰的人，大热天开窗开车啊！别让人笑话！’孩子热得实在受不了，说：‘叔叔，我先下去吧。’”

陈幼红笑，魏一伦也笑，腾出一只手，哥儿们一样拍着副驾座陈幼红胖胖的肩。

“幼红啊，我们的新生活就要开始了。我们要好好规划一下。”魏一伦说。

魏一伦的笑声里有种真诚惜福的感慨，有感染力，他的动作也是大方温暖。以前，在多年以前，他们是有这些亲密举动的，后来，就被生活忽略掉了，甚至包括正常的交流。比如，刚才这个令人捧腹的假富人故事。黄润西，陈幼红认识啊，可是，魏一伦已经不会再回家说了。如果不是今天，两件瑰宝像强心针一样扎进生活，他们是绝不可能这样谈笑风生地唠叨这些甜蜜废话的。他们俩在一个屋子里吃吃睡睡，也真是没什么话想说了。一想到这，陈幼红又有点被人侵略的感觉。做人真没意思啊。陈幼红心里这样闪念着，依然是春风满面。她心底确实是快乐的，她也暗暗检讨了自己后来不是也懒得和魏一伦多说什么，单位里匪夷所思的事啦、好笑的八卦了，都懒得说了，彼此不过吃喝拉撒简单征询。奋力生小孩的七八年前那段，有过杀鸡取卵似的疯狂性事，结果，彼此彻底倒了胃口。不亲、不近、不谈、不性、不即、不离。他们也不知道自己需要什么。现在，两件宝贝要现真身了，就像卤水点豆腐一样，他们突然被激活了，生活状态要彻底被改变了。

六

超期服役的二手宝马，似乎在寻找自己的接班人，在汽车城附近，它不明不白地再次熄火。魏一伦笑道："我看，我们就直接进去开了 747 出来好了。"陈幼红深沉地抿了下嘴角，似笑非笑。魏一伦密切注意她的反应，立刻说："我们要开始习惯以百万为单位思考生活数据了。嘿嘿。"

陈幼红还是抿了抿嘴角。她其实内心轻盈，美好的遐想已经在云蒸霞蔚。但是，她天性能节制情感，她一贯是缜密稳妥之人，再说，万一两件古董最后一钱不值呢？当然，现在这个可能性微乎其微，简直像个无力的笑话，退一万步说，一件是假货，至少还有一件价值连城，这是跑不了的。可是，她遗传了母亲为人处世留后路的习性，永远不会得意忘形，另外，她对魏一伦张口闭口"我们""我们"的用语，敏感又反感。这东西，溯本求源，是我的，是我陈幼红个人的，是我用自己口袋里的钱，在他人的反对下执意买下的，不是什么“我们的”。魏一伦有意模糊所属强化共有，实在令人隐隐不快。如果当初，是他执意要买，并从他钱包里掏钱，这个“我们”才能够成立。

但是，陈幼红一再感到另一种舒适甜润。这是夫妻之间的感觉。这个行将就木的夫妻之情，忽然像冬日的蜡梅，毫无绿意的过渡，就爆出了绚丽的生机。魏一伦的魅力，真是久违了，他也像枯木逢春，机智温存，妙语连珠，生机勃发。虽然这归程一路熄火，后车颇有烦言，但没有影响他的情绪，他不时摇下车窗，宽厚幽默地说抱歉，自嘲人穷车破路挤。

商业中心灯红酒绿奢侈激越。定力过人的陈幼红也难免走神，经过磐基酒店的名品专卖玻璃幕墙时，内心里像美人鱼一样沉睡的愿望苏醒了一个：多么想要一个LV的包啊。那些业务员，来行政办这里领提成的时候，要么讨论着名品，要么肩上挎的、手上戴的、脚上蹬的，上上下下都是让全球潮人心里有数的奢侈大牌。陈幼红一贯衣着得体，但能感到大牌业务员投资性的夸奖，她们无非想一团和气手续顺利点罢了。陈幼红心里是不服名牌的气的，有什么呢，凭什么那么贵，她们用了，也未必漂亮。现在，当她和自己价值连城的千万宝贝，在人流车流里穿行时，她猛然醒悟，那些触手可得的大牌，那些遥远缥缈的奢侈，其实一直蛰伏在她生命的冬季，比如，LV 那个大包，那个不变的稳重图案，和她自信沉静的气质，再天然协调也不过了。现在，春风吹起了。

“我喜欢 LV 的大包。”她脱口而出。

“买呀！”魏一伦说。

“你送我啊。”

“没问题！”

“一万四呢。”

“便宜！我们买！”

“你送我啊？”

“等估好价，就给你买！第一件事就给你买包！”

“是你送我的吗？”

“是呀！”

“是用你自己的钱给我买？”

“咳，我的钱，不就是你的钱吗？”魏一伦笑，“我的什么，都是你的！”

“我就要你——自己的钱——给我买！”“行啊，没问题！”

陈幼红几次要脱口，我的不是你的！但是，她忍住了。她到底抵抗不了魏一伦的温暖喜悦，抵抗不了他久违的、生机勃勃的美妙。

二手破宝马终于把他们送到了家。这期间，母亲已经来过三个电话，关于今晚古董安防问题、关于明日出行安全、关于未来资金规划。陈幼红看出母亲小题大做的深层心思，有点不悦，故意轻描淡写说："拉倒吧，没那么严重，到时没准就是两只破碗！屁也不是。你省省啦！我看就是两只破碗。"

魏一伦说："你妈那个财迷，今晚该睡不着觉了。对了！让她别跟'的话'说！"

"废话，她是什么人！再说这跟'的话'有什么关系！"

魏一伦笑，虽然她精明，但女人说不准，交代一下总好。陈幼红其实也不踏实，便打母亲电话，她老占线。"可能电话没放好。"她说。魏一伦说："是太激动了，嘿嘿。"魏一伦又说，"也可能正跟'的话'汇报呢。"

陈幼红狠狠白了魏一伦一眼。

自从母亲和"的话"有点意思以来，"的话"的三个女儿，看陈幼红母亲就像看横空里杀出的抢匪，没一个给母亲正常脸色，不是伪善礼貌的虚假客气，就是明显的冷淡或公然的猜疑，有个女儿甚至借别人家一个黄昏恋争夺财产的故事，说，还是咱爸省心，咱爸的财产可都给了三个外孙了！他自己什么也不留。另一个女儿就接腔，咱爸要的是真感情。最后一个女儿说，真是，人家未必都是图老爸的钱来的。

母亲把这些对话，转给陈幼红听的时候，陈幼红很生气，说："那你怎么说？"母亲说："我能说什么？我又没有和他明确关系！”陈幼红说：“那‘的话’怎么说？”母亲说：“傻笑！天知道真傻还是假傻！”

“我就不明白你为什么一定要跟他！”

“谁说我一定要跟他？”母亲说，“现在不就是跳舞练剑唱唱歌？”

七

魏一伦今天的脾气特别温和。

车子拐进他们小区要经过一段正在翻新的水泥路，比较狭窄，人挤车、车挤人的，不容易通过。但这会儿下班的高峰期已经趋缓，人不多，魏一伦前面两个老人在慢慢走，一个拄着四脚拐杖，拖着条腿移步，另外一个也许是老伴儿，搀扶着他。魏一伦的车慢慢地跟着他们，没有按喇叭要他们让道，这样居然走了十来米。两个耳背，走得又慢的老人，显然没意识到身后一辆汽车跟着他们慢慢移动，依然慢慢拖擦移行，陈幼红焦急之后忽然感动。

魏一伦基本是个车怒族，有一次，陈幼红母亲搭他们的车，事后说，七公里的路，他按了十二次喇叭，两次摇下窗，挥拳痛斥和威胁路人或其他司机，还在车里说了四次我 ×。母亲这么说，是佐证陈幼红控诉他是个急暴性子，母亲笑着说，陈幼红听了也忍不住笑，立刻想起来魏一伦开车还摇窗啐过其他车唾沫的丑事。母亲笑道，人说开车最见真性情，挑女婿挑媳妇，你跟他（她）跑一天车，什么德行，一清二楚。

如果母亲今天跟车，就会发现她的女婿其实蛮有绅士情怀的。比如，现在。

等老人移行的当儿，陈幼红困乏地打了个哈欠，魏一伦扭脸，就在陈幼红的嘴巴不可遏制地张到最圆最大之际，魏一伦的食指，直指她的嘴巴正中心，看上去就要直捅喉咙。陈幼红笑了，但还是有些紧张。这是热恋新婚时玩的游戏，第一次魏一伦剑指她打哈欠无法关闭的嘴巴时，她吃惊得无以复加，以为手指要入侵，致使哈欠匆忙潦草，但很快明白不过是惊险游戏，两人一起大笑。之后，无论谁打哈欠，另外一个一定赶将过来，剑指十环。那个动作总是带来两个人的无限开怀。

一对老人终于发现后车在陪他们移行多时，赶紧让道，同时点头致歉。魏一伦和他们挥手道别。陈幼红却在想刚才历险的哈欠，不知不觉，他们已经七八年没有玩这个游戏了。

这个晚上，说不出的甜润、宽广。

尽管表面上看，和近几年来的彼此相对常态，他们彼此话不多，但都感受到了对方脸上的宁馨，感受到内心的轻盈，双方似乎都在力图镇定淡泊，表现出对天大惊喜越来越淡定。

这期间，魏一伦轻描淡写地提醒，给你妈去个电话吧。

陈幼红出于对母亲智力的充分信任，直到厨房收拾好才打。这个电话，让她不舒服，母亲居然跟“的话”说了他们家的惊天新闻。

陈幼红说：“妈，你这是怎么想的？不是八字没一撇的事吗？”

母亲做了分辩：一是“的话”主动打电话的；二是她本来压根也不愿说这事，主要是被“的话”二女儿气的。母亲说：“我要图钱，找比他父亲大的官，别人也介绍过的。我和那老头成不成，我都必须告诉她，我们是有千万财产的人，睁开你们的狗眼，看看清楚！”

“你跟他怎么说的？”陈幼红问。

“我就说我们参加鉴宝会了。那里，成百万上千万的东西，多的是！”

“你说我的两只破碗了？”

“说了。我就要让他们一家眼红！我们不是穷光蛋！”

“妈，这碗可能一钱不值。万一真值点钱，我什么人也不想说。我不要人笑话，也不要人羡慕。我只想一个人安安静静地过日子，我不要打扰。”

母亲听出了女儿的批评，也听出了女儿从来不说“我们”，而是说“我”。电话因此静了音。陈幼红想挂电话，到底不敢。母亲说：“‘的话’说，他和我结婚，最好还是先住我这边，省得他女儿们以为我真要谋他的三房两厅！那个嘴最尖的老二，更是狗眼看人低，说什么我的退休金不过比最低保障线多了二百五……”

陈幼红听了非常恼怒，但她此刻不想声援母亲。等估价出来，那个时候，生活任何方面的主控权都在她手上，那个糟老头子母亲不嫌弃他，是他的造化，那几个精明势利的女儿更不过是粪土三堆，走着瞧吧。走着瞧。

陈幼红说：“妈你明天还要去吗？”

母亲显然已经感受到女儿微妙的语气，她审慎而委屈地迟疑着。陈幼红意识到自己的残忍，笑着说：“你不累就再陪我们去好啦。”

母亲释然：“累什么，自家人，你需要我就去。这节骨眼上，自己家人才是最可靠的！”

魏一伦在网上紧急恶补古董知识，关于秘色瓷、青瓷、哥窑。他手里拿着放大镜，不断用新知识来观察当年蜜月所购的地摊货。因为心里已经被清瘦老者打了底，所以，他现在是越看越狂喜，越对照越亢奋。最后他宣布：“这两件宝贝，保守估计，价值两千五百万！老婆啊老婆，你真是仙女下凡啊！这样的慧眼，完全是天生无师智啊！和你的智慧相比，我们这些学问、经验满肚子的投资理财顾问，简直就是行尸走肉。惭愧啊，老婆，谢谢，我们家多亏了你啊！你是我们魏家的神仙！”

陈幼红鄙夷地接受了这个甜腻的马屁。

傍晚起的大风，阵阵敲击拉窗，大好生活里，月色喜人。

浴室里，陈幼红喊：“一伦帮我去晒台收个浴巾！”

魏一伦拿了浴巾，敲门，陈幼红伸手，却拿不到浴巾，伸头一看，魏一伦像天使一样张开翅膀，浴巾在他怀抱前铺展。魏一伦笑，说：“进来。我的城堡。”

陈幼红居然有点羞涩，魏一伦上前一步抱起妻子，一个深呼吸，把肥胖的妻子抱起，直接进了卧室。很久都没有练习了，彼此的身体有点认生。但好在他们的心已经宽广辽阔如月色，包容下万水千山。

缱绻完毕，各自睡去。睡意蒙眬间，魏一伦咕哝：“我就知道你妈要去炫富。”

陈幼红听了不悦，但翻身不睬。

魏一伦咕哝：“她比我们还激动。”

陈幼红说：“你比我还激动。”

八

一大早，母亲打来电话，说：“小魏车况不好，万一半道抛锚了，可是不得了，预防万一，不如让‘的话’接送好了。”陈幼红断然拒绝。

魏一伦说:“大不了我让黄润西的奔驰给我用,只是……”魏一伦看了看钟说，“恐怕时间有点紧了，要不我叫他开过来好啦。我们换车！”

“神经病啊，”陈幼红说，“你要全天下人都知道你家有两千万吗！什么事！”

魏一伦笑，说：“行，行，听你安排！”

陈幼红说：“看人家中彩票的，才五百万就戴口罩、眼镜什么的，听说还有人戴防毒面具去领钱……我现在就理解他们了，我要那么多人注意干什么，又不是坐地分赃、见者有份啊。”

“那还是开我的车吗？”魏一伦说。

陈幼红说：“自然低调一点好啦。我们开你的车去。等鉴定结果一出来，你先护送我妈和我进的士，然后，你的车随后好了。”

魏一伦说：“我这车磕磕巴巴的，真有人打劫你们，我还救不了你们呢。干脆我们一起打的来回好了，不不不，我们直接送银行保管箱。那才安全稳妥。存了东西从银行回来，我们就直接去汽车城挑辆新宝马，你也该去学车了……”

“学车？现在？我们单位正要洗牌清人呢！”

“哎，真是我的傻婆娘！你搞清楚啊，现在，不是你的老板要不要炒你鱿鱼，而是你——陈幼红——想不想炒你老板鱿鱼！懂吗,你的生活已经天翻地覆慨而慷,今非昔比啦！

你已经达到了人生新境界，这个新境界就是，你可以对任何人拍桌子！你有最大的尊严！”

陈幼红忍不住笑起来。这时，电话响了。陌生号码，一接听，居然是母亲的男朋友。从来没有通过电话的人，这个来电让陈幼红意外又别扭。

“哎，小陈，我不放心啊，不稳妥的话，还是危险的。所以，还是慎重点，因为几千万的话，不是几万啊。我的话，还是亲自来一趟吧。本来我的话，是要去打桥牌的，节骨眼嘛，最信任的人不帮的话，不安心的……”

陈幼红冲着魏一伦，把自己肥胖的脸，扭得像天津大麻花。

“不要跟伯伯客气，见外的话不好。我的话知道你们的车坏了，所以，心里急。现在的世道，人心的话都跟疯狗似的，我的话还是亲自接送你们。”

陈幼红五官端正地说：“张伯伯，我们已经在路上了。谢谢你了。”

“那，我和你妈来接你们回来！人多的话好办事，我们小区，上个月一个买早餐的，就被人抢了，她走在……”

陈幼红挂了电话。挂了电话，陈幼红眯缝着眼睛，鄙夷地微笑。电话又响了，她把电话扔给魏一伦，魏一伦说：“我懒得接。”

陈幼红也不接。电话就在沙发上响着。两人各自进行出门前的准备工作。

电话终于无趣地停了。不一会儿又响了起来，还是那个陌生号码。魏一伦说：“我们打的去，你跟你妈说，她可别又去告诉那糟老头子。我看你妈干脆也别去了。”

陈幼红觉得也是。但沉吟着，她怕母亲有想法。电话还在顽强地响。陈幼红用沙发靠枕压住，自己拿了魏一伦的手机，打妈妈电话。

妈妈很快接了，一接就撇清责任地大声说：“我可没有邀他去，是他自己坚决要去的。哼，以前要用他一个车，不是说大外孙在用，就是老三去购物，不然就是小外孙已经偷偷开走，什么时候这么积极主动啊。他爱表现你就让他去吧！我们省油。”

“我神经病啊！”陈幼红说。

“我就知道他自讨没趣，活该。”母亲说。

“好了，我的事跟他无关。我们决定打的去了，所以，不去接你了。你怎么走？”

母亲没有马上回答。陈幼红说：“你可别叫‘的话’送你！我烦！”

母亲说：“我又不稀罕他送！我还不是不放心你。你若嫌人多，我不去也没关系了。”

“你当然要去了。”陈幼红说，“不是说好了的？你也打的去吧。我报销！”

母亲笑："我还没有穷到那个地步。我打的就是了。"

"的话"的电话，居然又响了三次。真是够顽强的。陈幼红厌恶至极地接起，既不想解释为什么不接电话，更不想道歉，哪知"的话"欣喜若狂："哎哟，吓我啊，你们没事吧？"

陈幼红莫名其妙，说："啊？"

"没事的话就好啦，电话通得好好的，忽然的话就没有声音了，连续打就再没有人接电话，我当场就想，是不是车子出事了……"

"什么乌鸦嘴嘛你！"陈幼红怒不可遏，很放肆地吼过去。"的话"竟然也不介意她不敬老，反而谦恭地："我的话不是担心嘛，我这人一贯心细。你没事的话，就好了……"

陈幼红再次掐了他的电话。她说："他再打进来，我就把手机扔下楼！"

魏一伦说："你看，有钱人的脾气已经出来了。好，扔！"

九

陈幼红和魏一伦一起坐在的士的后排。魏一伦提护着电脑包，里面有那两只碗碟。现在，它们不再是旧报纸包裹，而是分别用两块红丝绒包好。魏一伦随时把电脑包在腿面上托起，怕颠簸震伤了它们。两口子很长时间没有并排坐了，行驶间，魏一伦用手挑了下陈幼红的鬓发。陈幼红假装看车外风景，对这个动作没有感觉。车子又开了一段，魏一伦低声说：“哇，你有根白头发呢。”说着魏一伦又挑拨她的头发，说：“我替你拔掉。”

陈幼红说：“早就有了，才发现。”

“哪里，”魏一伦抚摸她的头发，“你的头发一直很漂亮。”

这期间，的士师傅因为在一个检修管道地段抢红灯，差点撞到一个推童车的妇女。一个紧急刹车，让陈幼红的头，撞到了的哥椅背，魏一伦死死护住包，肩膀撞到了陈幼红右臂。

的士司机为推卸责任，大声诅咒那个女人瞎走，早晚会死在路上。

魏一伦骂道：“师傅，你今天开车最好给我小心点！否则你赔不起！”

陈幼红痛得哼哼，说：“看出来了，那个包比我性命重。”

魏一伦笑，一边伸手要抚摸幼红起包的额角。陈幼红打开他的手，那手又温存地抚摸上去。陈幼红说：“这手很无耻。”

“咦，”魏一伦说，“我护的是谁的宝贝啊！这么说真没良心。”

“那你承认这宝贝是我一个人的？”

“夫妻本是一个人，谁是谁啊，法律上还不是有共同财产一说？谈恋爱买的，可以不算，蜜月买的，我不想要也是违法的。有福同享有难同当，这就是夫妻！”

两人一时无话，师傅没话找话地说：“呵呵，上我这车，两分钟我就能搞清楚他们是恋人还是夫妻。我还以为两位是恋人呢。嘿嘿，二位不容易啊！恭喜恭喜。”

魏一伦无声笑了，又抬手摸陈幼红后脑勺。陈幼红甩头，但也微微笑了。

手机响了，是陈幼红母亲打来的。

“太过分了！”她说，“简直厉害得要吃人！他家老大要向你借钱！”

陈幼红立刻就听懂了，是“的话”家的大女儿。母亲既然已经发火了，她就很淡然，说：“她借什么钱啊？你到了吗？”

“在路上。电话接了实在气不过，就干脆给你打过来。她说她孩子出国，正急着要筹一笔款子，看你能不能先借她五十万，应个急。”

陈幼红笑：“是你告诉她我有两千万了。”

母亲说：“我告诉她！我二百五啊我告诉她！肯定是她父亲跟她吹的！他以为他傍大款了呢。那老大平时精得五块钱都要看是不是假币，现在，一开口五十万！五十万，她也真敢开这个口！”

陈幼红笑："好哇，她敢直接跟我开口，我就借。"

"疯啦你？！"母亲叫起来，"你还真把她当一回事呀？那三个女儿是怎么瞧不起我们的，你统统忘了？你给了老大，还有老二，还有老三，他们家我早就看透了。我告诉你，红，'的话'那种男人，我都要重新考虑呢！一分不借！我们不开这个坏头！"

"好了好了，"陈幼红说，"别浪费电话费了，马上就见面了。"

合上手机，陈幼红苦笑："一伦，看来我妈好像已经是大款了。"魏一伦说："是啊，她已经有了很多大款的烦恼。"

两人和好，默契地笑。

出租车在新时代广场停下，陈幼红等魏一伦买单，一起从右边下，这时，她的手机又响了。也是陌生号码。接起来是一个春天般繁花似锦的问候："我说我怎么最近老是左眼跳，原来贵人就在我们家啦。"接着说，"嘿，猜得出我是谁吗？"

陈幼红茫然，对方说："哎哟，连我的声音都猜不出了。"女声咯咯笑着。陈幼红以为是自己久违的同学，却不明白她和谁一家人。对方笑道："幼红，我是丝娜呀！"

"的话"的女儿，尖嘴老三！

陈幼红简直有晴天霹雳的感觉，肯定没有好事，所以，她立刻就鄙夷而愤怒，且不耐烦。但是，她的个性还是温和的，所以，她说："丝娜呀，你好。有事吗？"

"哎呀，你真是我的贵人！你是我们家的贵人！你不知道，我已经半个月没有睡好觉了！我有个同事要去上海，把她家的房子便宜卖给我，这不是机会难得吗，你知道，我们老跟爸爸挤也是不行的，你妈和我爸，也不方便。可是，她那房子一下子要一次性结清，如果我拿不出，她老公的堂弟要接，急煎煎的，可是，我在先啊，但我一下子又拿不出八十八万，正好你成千万富翁啦，太好啦，太及时啦！贵人哪，幼红，你赶紧接济我一百万，因为接过来也要装修什么的，干脆给我个整数，我出来住，你妈妈也……"

"你说段子啊，"陈幼红咯咯笑，"我什么时候成千万富翁了？"

"你们不是有两个一千年的古董？不是鉴定了吗……"

"笑死我了！什么一千年，不过是赝品。几百块钱的破碗。我们只是来上个古董知识讲座，你这样说，丝雅、丝婷要笑掉大牙啦。你赶紧找你们亲姐妹筹钱吧，便宜的房子可不是便宜大白菜，错过了这个村就没有这个店了。拜。"

陈幼红把电话挂了。等她和母亲会合，一起谴责嘲讽完"的话"和他的三个女儿，就商定把手机关机了。母女都一起关机了。

魏一伦笑着点头表示佩服，说："有钱人不是无情无义，是他有本钱无情无义了。"

陈幼红听出他骂人，娇嗔地白了他一眼。

没想到今天来鉴宝的人更多了。陈幼红说：“怎么还这么多人啊。”魏一伦说：“因为想一夜暴富的人数也数不完。”那个清瘦老者还在，有人在给他看一个花里胡哨的大瓷盆。幼红母亲对陈幼红说：“这个周老师，真的很了不起，你看他肚子里有多少学问哪。”陈幼红盯着老人看了一会儿，决定起身过去凑热闹去了。她还没走到跟前，周老师却起身跟那些等候的人们告辞。有人挽留，他笑着摇手坚决走了。陈幼红只好退了回来。

远远地，那个没有被周老师预鉴的男人，明显失落，一个长相像甘蔗头一样，胡子拉碴极干瘦的男人，过去借火的时候，安慰了一句说：“拉倒。这周老师说不准是托，我就没见他说一个东西不好。”另外那个男人不解地看着他。那根甘蔗头却走远了。

叫到陈幼红号码的时候，夫妻俩都被人领了进去，陈幼红母亲也想跟进去，被一“蓝西装”礼貌阻拦，说：“对不起，太太，里面需要非常安静。你们人太多了。”

陈幼红说：“妈，那你就在这等吧。”

里面，一张白色的桌子，就像个手术台。两盏奇怪的灯雪亮而不刺眼地照射着台子。为首的专家穿着便衣，胸前挂着奇怪的眼镜。三个着白大褂的年轻人坐在桌边，考量着进来的人是不是真的身藏瑰宝。夫妻俩表情怯怯的，走近“手术台”的脚步声，消失在厚厚的地毯上，这使他们兴奋而心慌。

一个西服小姐收了魏一伦手里的票，说：“等下，如果要鉴定证书的话，一张五百。”魏一伦连忙鞠躬点头。魏一伦把电脑包打开，小心翼翼地打开一件丝绒布。是那只古碟，就是昨天清瘦老者惊叹的古越窑的秘色瓷。染过发的便衣专家斜瞥了一眼，大手很轻率地抓过，看了看放下，穿白大褂的年轻人也相继拿起，他们显得比较小心谨慎。几个人的交谈，简洁得像接头暗号，完全令人摸不着头脑，虽然魏一伦恶补了一夜古董常识。因为听不懂，他对这些人莫测高深的眼神和短语，更加崇敬。专家最后一次又拿起，在灯下比较仔细地看了看，即对左右徒弟一样的两个年轻人说：

“东西没错。”

陈幼红魏一伦一起感到气管的轻微痉挛。陈幼红用手堵住了嘴，怕自己情不自禁，魏一伦则大张嘴巴，深深呼吸，力图镇静。

专家说：“隋朝的，但是破得太厉害，品相不好，有历史价值而没有经济价值。”

“这个……”魏一伦说，“算破得厉害？”

专家没有回答，他身边的一个徒弟说：“品相太次。没用啦。”

“你是说——不值钱？”魏一伦说。

“怎么只想钱呢？历史价值很高啊，这是无价之宝！珍藏吧。”专家说。

“到底能卖多少钱？我是说，如果我急需用钱的时候。”

徒弟模样的年轻人都笑了，说：“没有经济价值，你买它干吗？一钱不值。”

魏一伦几乎生气了：“那你为什么鉴定是无价之宝？”

那徒弟轻笑：“一钱不值，往往就是无价之宝。这你都不懂？你要鉴定证书的话，请那边走。”魏一伦盯住他。

专家已经不愿搭理这样的鉴宝人，他压根不看魏一伦。陈幼红连忙掏出另一块丝绒布包。这就是昨天震撼到清瘦老者的、令他目光贪婪的“哥窑”。

陈幼红的母亲在外面，焦急得坐立不安。不知怎么的，她有个感觉，陈幼红夫妇出来可能会对她很潇洒地说，不值钱啦，都是假货、地摊货！幼红会说，我早就叫你别激动，我们还是穷人！她肯定一副无所谓的样子。

这个场景的设想，让她感到一丝悲凉。她不由想起幼红死去的父亲。做母亲的，突然感到无言的孤单。人心都是向下长的，她的这颗心，永远向着女儿，至死不悔；而女儿的心，向哪里呢？她没有孩子，不会向下，会不会就因此回向母亲，陈幼红的妈妈，并没有感到有信心。幼红打发丝娜的话，说得多么自然真切啊。你知道哪句是真话？

母亲坚信那东西是真的。她的直觉肯定它们超过千万，它们必定是乡下盗墓人弄出来的。绝对。想到这，幼红母亲一阵潮热。

新时代广场的草坪大钟，是 11 点 47 分。

灰　鲸

“晚上吃什么？”

“简单点吧。哦，曼虹带孩子来参加钢琴比赛。晚上陈远他们要请客，可能我推不掉。”

“哪个人？……谁啊？”

电话里传来丈夫轻微叹息的声音：“我们的班花杨曼虹啊。”

妻子点头。电话里看不见她的点头，只传递出意义不明的无语。丈夫说：“陈远也有叫你……”

妻子说：“今晚我要去健身。我的年卡快过期了。”

丈夫的叹息，变化成一个波澜不兴的深呼吸，浅浅慢慢地嘘了出来，他说：“好累啊。”

妻子有感触地微微点头。电话空白了一会儿，彼此都接收到一种体贴与默契。他们就不再说什么，一起挂了电话。

这是一对平常夫妇。平常的工作、平常的样貌、平常的生活态度、平常的生活品位，经济状态也很平常，儿子上的也是平常的大学。

灰鲸却是不平常的。尤其是西太平洋雌性灰鲸，因为全世界只有三十多头。不比东太平洋灰鲸，西太平洋灰鲸雄雌合计，也不过一百三十多头。作为鲸类研究者，那位妻子的先生，他一直以为这辈子不可能见到灰鲸了。十个月前，那只大灰鲸尸体横“海”而出时，他的同事小吴触摸着灰鲸布满藤壶的身壁，泪水满眶。他倒没有这么显露的情感，但是，他心里有惆怅：从业二十年，终于见到真身了。从今往后，这辈子，是不可能再看见灰鲸了。他的手掌也在大灰鲸粗粝的皮肤上，情感复杂地摸抚着。二十七吨重的灰鲸的体表上，长着当地渔民叫火山口的、学名叫藤壶的小贝类。灰鲸庞大的身躯上，尤其是头胸部，藤壶星罗棋布，这成为灰鲸著名的身体花纹。所有海洋动物、鱼类，恐怕只有灰鲸能够容忍小贝壳们在自己皮肤上安营扎寨。而灰鲸的天敌——虎鲸，就没有人敢在太岁头上动土。即使虎鲸不动杀机，它身上黑白两色的色块，足以令人不安。是不是这样，你就对随和的灰鲸印象良好？

其实不是的，谈不上谁好谁坏了。

杨曼虹又问：“那么，灰鲸是吃素的？”

“不不，它吃鲱鱼卵、群游的鱼类，也吃海胆、海星、寄居蟹……”

杨曼虹的声音是她全身唯一没有变老的部分。遥想当年，他一听到她的声音，就会掌心出汗，如果，声源就在他身边，汩汩出汗的掌心仿佛连接着滴水泉。他对自己失控的手掌，沮丧胜于尴尬。其实，这有什么呢，但这就是他的沮丧之处：他从来不觉得那是爱，他只是被她天籁般的声腔惊扰了。当然，如果对方即时回访，是可能会演变成小爱情什么的，但对方自然没有。直到岁月流逝，他更确信当年不过是年少易惊罢了。现在，他的掌心已经干涸。很多人事，都不再令他掌心潮湿了。很多人很多事，永远不见也永不想念。大学同学会，他都意兴阑珊，何况高中同学会。接到陈远的电话，说了老家三十年高中首次同学会的策划。陈远兴致高亢地介绍了组织筹划情况，他要把短信发去准确的地址电话，以建立同学通信录。他觉得好像是遥远的无聊事，但他一直点头，说：“好，好的。好，好的。”

睡觉的时候，他对妻子说：“陈远叫你也去呢，他老婆也去。说四个人正好开一辆车，三小时车程也不累。”

“神经病。”妻子咕哝了一声，“我又不是你同学！”

他知道，妻子一直不喜欢发达嚣张的陈远。

他睡意蒙眬的时候，听到妻子说：“还有兴致搞高中会，真是神经病。都是老嘎嘎的大肚汉、黄脸婆，相见不如不见呢……”

妻子的话，像闪光灯，一激灵把他从睡眠的沉沦中突然曝光出来，他有吓一跳的感觉，但瞬间又沉沦而去。耳边依稀有声音在叨：他不就是要召集同学们，看看现在他是多么有钱多么成功吗？他那个老婆，天还不冷就穿过膝的貂毛大衣，耳朵吊的、脖子挂的、手腕戴的、指头套的、脚踝圈的，哎呀，这人就是个移动当铺，见一次烦一次……

声音像远方的雾气，缥缈迤逦，他仿佛记得他有低声回应那个雾气一样的声音：……嗯……人家也不容易，一个高中生……打拼房地产……

但其实，妻子没有听到他任何回应，她知道他睡过去了。她自己也很快睡去了。

他是一个人和陈远夫妇回到熹城，参加了同学会。

同学会大会在熹城一中旁边的、正在申报五星级宾馆的熹晟国际大酒店举行，这是一个同学的阔佬舅舅新投资的项目。在一个教室大小的会议室内，本地的同学还张罗了个大红横幅——“熹城一中高二（6）班的三十年大聚会”。

班主任是被同学们用轮椅推来的。数学老师、英语老师，也都衣着整齐、颤巍巍地来了，表情就像孩子过年。有两个女人小心翼翼地踩在墨绿色的吸音地毯上，用眼神窃窃交换了第一次进这么高档场所的不自在。三三两两进来的女人们，让鲸类专家的他，暗自诧异。几乎进来的都是陌生妇女，因为知道她们是同学，他就在记忆的大海里勉力打捞，这样才能在她们的脸上，找到一星半点过去的时光中的少女影子。这些中年女人几乎都变得异常活泼，主动招惹出击男同学，而那些男同学们几乎也都形体松如发糕，不是眼皮浮肿就是臀肥乳厚，不是头发稀疏就是目光无神，一个个远不是当年骨骼轻健、肌肉紧实的高中男生。除了阵阵夸张的寒暄问候之外，放眼都是一派西风凋碧树的感伤景致。

杨曼虹坐到他身边的时候，如果不是她令人心醉的嗓音未变，他决不能相信她就是杨曼虹。她就像一棵被三十年的时光腌制的大头菜，当年她流光溢彩的声音相辅的黑眼睛，不止眼角下挂，还透着一种活泼的凶光，抑或是不耐烦，里面流转的波光早已风干，还有那个曾经精美逼人的下巴，陷落在仿若发面似的脖子与下颌间。那条依然挺秀的小鼻子，却毫无作为地混迹于平庸的脸上。不过，她的身形大抵还行，胸臀有致，虽然第一眼也知道她直着脖颈子挺拔过分。其实，也不单是杨曼虹，几乎所有的女同学们的下巴颏儿，都发酵似的膨松了，有的人直接变成了由字脸、冬瓜脸。一张张无力的大脸，透着对生活的厌倦与妥协。当然，这种久别重逢的兴奋也是真实的。

鲸类专家选了一个角落位置，安静地看着活跃的陈远在热烈接待中。看来本地高中同学也不是很经常见面，所以，他们彼此寒暄得也非常热烈。而一进来，本地组织者就在开篇告知大家，本地同学扣除两个在服刑，一个被“那个”（枪决），一个出差，一个病逝，其余的都来了；在外地工作的十一个同学，除了出国的三个，中风偏瘫的一个，也都来齐了。也就是陈远在开场白时说的，能来的全都来了，高二（6）班的同学们！我们大团圆啦！

迟到的杨曼虹直接走向他的座位，坐在了他的旁边，随手的小夹包还快乐地打了一下他的头。那种只有同学才有的欢心的亲切，其实也令他有点感动。杨曼虹告诉他：“梁柳莉最惨，也最蠢！你想不到吧，一个小小的科级，居然受贿七百多万！回头看，真可悲。”杨曼虹说，“她受贿那么多钱，不过就是让她老公儿子在澳大利亚逍遥，现在只剩她自己在监狱里哭！一个女人，图什么呀！”杨曼虹又说，“那天整理家，我竟然看到曹子祥给我刻的印章，他给我刻的是寿山石啊，可不是普通的橡皮擦。他是偷他爸爸的石头！你还记得吧，那时他特喜欢刻印章，好像给全班的人都刻过橡皮擦印章——他有没有给你刻过？”鲸类专家还没来得及追忆，杨曼虹就接着说，“我就是不理解，你说，他那么一个文静忠厚的人，心怎么会那么狠？就算你遭遇了城管啊、工商、居委会呀什么的，很不公平的待遇，你也不可以拿放学的小学生报复社会呀！七八个小孩儿当场就死了，受伤的十几个，这不是疯了吗！所以，他枪毙的时候，我没有去看望他妻子孩子，我觉得他太狠了。我反正不能原谅他。柳莉被判刑的时候，我去看她爸爸妈妈了，我觉得柳莉是个愚蠢可怜的女人。”

鲸类专家一直点头。他没有看杨曼虹，是出于对那些在发言的同学们的尊重，一直点头，也是对杨曼红的悄然呼应。杨曼虹也知道他虽然只盯着桌上的茶杯，但一直在专注听她说话。当知道他的工作性质后，杨曼虹压低嗓子问了他很多问题。她说她的孩子非常喜欢鱼类，但鲸类专家马上就忘了她的孩子是男孩儿还是女孩儿。他反复告诉她，鲸是动物，不是鱼类。她也一样马上忘记，还是问鲸鱼怎么的又怎么的又又怎么的。同学们在轮流讲话，话筒由一个同学颠东跑西地快乐传递。三位老师说话的时候，同学们还是比较安静，之后，是同学们自由发言。陈远他们规定每人发表感言不超过五分钟。但拿起话筒，总有人忘记时间，有人有莫名的空洞激情，尤其是个别有职场管理经历的人，一见会议的阵势，不由自主地就话痨；也有人有了一些参与各类社团的经验，要大家和自己分享这个分享那个，然后不断合掌感恩；更多的人不知所云、拉拉杂杂地漫谈，总之，滥用时间也无人制止。所以，一些感到发言无趣的同学们，就会与邻近者悄声说着久别重逢的小话。

同学们忽然哄堂大笑，陈远可能说了个黄段子。在杨曼虹不提问的时候，鲸类专家支着耳朵，听了几个同学的发言。这几个男女，都是傻笑着接过前面同学用完的话筒，也基本在复印前面人的话：今天我特别高兴。看到大家心情很激动。

我也不知道说什么好。祝老师同学们身体健康、心情愉快、心想事成、阖家幸福、万事如意！云云。后面接过话筒的，也大致这么说，或者，换一句祝词。再后面，接过接力棒的同学，也大同小异地这么说。

三十年过去，这些人好像变得脑子简单、表情拘谨，或者是比本来的木然与羞涩更加木然羞涩；三十年前的青葱年华里，一个单纯羞怯的表情，会赢得好感和寄望，而三十年后，生活已经把你腌制如咸菜，依然还是一副简单羞涩的纯真表情，那不是迟钝吗，再怎么也有两句被生活针砭针灸过的酸甜苦辣的味觉痛觉啊。至少你有磨砺过的复杂与斑驳。

“哎，你刚才说，”杨曼虹压低嗓子，“那只大灰鲸的标本做了四个月？要这么久吗？”

“不是四个月，是十个月。光分离灰鲸的尾部骨肉，就用了三四十个小时。”

“你是说，用那个高温电箱烤化它的皮肉？”

“只熔化肉。皮是我们先用解剖刀一点一点剥下来的，真皮加表皮，都小心翼翼地剥离下来。我们后来做了两个标本，一个是皮囊的，一个是全骨架的。”

“那多难弄回来呀，十四五米长，要多大的车呀！”

“不，不，是拆开运回来的。骨头一块块的，我们回来再重新组装；皮，经过浸泡、脱脂后拿回来，也是一块块缝制起来的。一般人看不出来。”

“真想带孩子去看看啊！艾，你刚才说它的脂肪很厚，脂肪不就是鱼油吗——噢！那是不是就是营养品深海鱼油啊？”

“哦，不是……”

有人在大喊，全班同学冲着他们笑。有个外号叫赞比亚的热心女同学，把话筒塞在他手上。有几个声音在交错地呐喊，美女！美女！美女！更多的声音在爆笑，大家又回到了高中时光。有一个声音在高叫，我是为了认识太阳而来的！立刻有更多的声音在响亮重复这句话。欢叫声此起彼伏，屋子里到处都是太阳波光。三十多年前，好像还是初中，他的确说过这话，我出生，是为了认识太阳来的。当时，他非常喜欢这一句，出于虚荣心，他并不告诉同学们，这是一首诗上看来的。既然是他的原创，自然就招惹同学们更有兴趣的、欣赏式的嘲笑。三十多年过去了，还是有人没有忘记它。

陈远在主持桌上，敲着鲜花铺满的桌子：“喂！同学们！从一进门，那两个美女就一直在开小会，嘀嘀咕咕不停。晚上是不是该罚酒？！”

大家都叫嚷着：“要！！”

美女，是他高中时的外号。那时候，只要有人叫，他就恼羞成怒，但他个子小，没有反抗和教训人的实力。他当然不是美女。学生时代的绰号，大多都是羞辱调侃人的。他的确有一双比女人还美的眼睛，睫毛又浓又密，尾梢还带翘，再下面是细腻有致的颧骨，但是，再再下面，就是一张肝破裂一样的厚黑大嘴，门牙缝还大得可以双向进出蚂蚁。他的下半张脸，不说一副肮脏相，也的确乏善可陈，自己看着都经常生厌。所以，当同学叫他美女的时候，他有强烈的被嘲讽感。当然，这是三十年前的感觉了，现在，这些都不能让他情绪起伏了。就像，要让他再手心出汗，已经是一件比较不容易的事。

他拿起话筒，环视着大家，其实，他谁也没有定睛细看，他知道他细看也看不出什么。他有礼貌地笑着，最后把眼光虚停在陈远的秃顶上。他说："三十年变化真大，我知道我们大家内在的改变，远比外面看到的还要大，因为有的同学看上去永远不老（一片夸张的笑声，彼此在半开玩笑地恭维身边人），"他让大家胡闹了十秒钟，接着说，"我当然也不是三十年前的我了，那个时候，我以为我来这个世界，就是为了认识太阳的（同学们看到了他的自嘲的笑，又是一片哄堂笑声）。现在，我早已不这样想了。所以，我想，同学聚会最大的好处，就像标杆一样，帮我们确认我们的改变。好吧，我祝愿大家，节哀顺变，力争越变越自在——哀字用重了，我的意思你们懂的。"

杨曼虹瞪大了她的眼睛，她推了鲸类专家一把，看起来有点娇嗔。这亲昵的任性让他几乎起了些微排斥。这一丝反感又立刻让他内疚慈悲。他想，如果时光倒转三十年，他的手心肯定要汨汨出汗的。生活的流年过去，回头看，满地都是水草、泡沫块与肮脏陈旧的珊瑚尸骸，谁的身后还有干净的海滩，撒满退潮后的美丽洁白的贝壳？

杨曼虹后来说，她先打他的电话，因为她想带儿子在比赛前先看看他们研究所的灰鲸馆。后来，饭桌上，那少年说，他需要去问候一下灰鲸，考试才能发挥好。结果，他没有如愿。所以，他考得一般般。可是，考前，鲸类专家的确没有接到她的电话。那几天，他都在海上，在做例行的野外海洋调查。按说，海上通信信号还是稳定的，能通话、能接发短信，只是他们在海上四个队友，两两一组，轮流在观测台观察、记录。注意力都比较集中，所以，都不会玩手机，但电话是会接的。但是，电话确实没有接到。他不明白为什么接不到她一直打的电话，也不好把困惑摊给她看，不然她只会更费解。

那几天天气不算好，风大，忽阴忽阳的。海洋调查，每月必须至少一个航次，一个航次就是在海上四五天，观测范围要覆盖整个南甲海湾，包括东港、石舫岛、安水湾和连云群岛的大片海域。当然没有灰鲸，主要就是白海豚。本来上旬他们小组出海了，但是，第二天就忽遇不测的暴风雨，观测船就近靠岸。随后气温骤降，冷空气南下了。野外调查暂时搁浅，一直拖到下旬，直到前几天，一头白海豚浮尸海面。那是谁？资料库里一比对就查出来了。这么多年每月观察记录积累的数据不是放着玩的。他们很快就辨认出来了：青灰底、头部右腹部有雪花斑点、背鳍有小缺口，没错，南湾种群的一头青年白海豚，NJ037。新机场的爆破清礁，位于安水湾海域的建设用地，处于白海豚保护区。所长怒发冲冠。建设单位说，协议好的，施工方必须使用国际最先进环保的疏浚工艺，使用绞吸式挖泥船挖岩，保护海洋环境，不知怎么落了空，他们还是使用了破坏力最大的炸礁方式。NJ037是一头活泼的家伙，没想到就这样夭折了。

去辨认尸体的时候，他以为小吴会哭。结果还好，他只是鼻子红了，恶狠狠地一句连一句地爆出粗话。五大三粗的小吴，偏偏生了一颗林黛玉的心。南甲湾这五十多头白海豚，每一头海豚个体特征都有详细档案。而对于小吴，它们仿佛就是他豢养的宠物。第一次发现新人小吴情感脆弱，是第一次带他野外调查。那天风浪并不大，新人却吐得抱着船上棕色的塑料桶不放，小组老人都以为他没力气折腾了，这时候，在天猫屿附近，他们看到了一群白海豚。开始以为它们在嬉戏，一头纯白的海豚，一直用自己的背部，把一只幼海豚托出水面。其他成年海豚似乎也在为这个游戏助兴，甚至帮忙托出小海豚。他们在望远镜中观察了不到两分钟，就取得了共识：是海豚妈妈在救小海豚，而且，能够判断，小海豚已经死去多时。这一个种群，不是在嬉戏，也不是进行葬礼，是在努力救援，它们不承认小海豚已经死去，至少，海豚妈妈不同意，所以，它们集体坚持着，以帮助小海豚浮出水面呼吸。

小吴扔下塑料桶，挤上观察台，抢过望远镜。最后，他们的观测小船慢慢靠近这群海豚。那个距离，肉眼都看得很清晰了：那只深灰色的小海豚，显然才出生几天，能看得出它小小的躯体正在腐烂边缘。他们的船小心靠近后，一个人把那只依然在妈妈背鳍上的小海豚取了下来。他已经忘了是谁帮忙取下的，但记得是小吴接过了那只软塌塌的小尸体。那个牛高马大的新人，来不及说什么，跪下来就吐得泪眼婆娑。再相处一段，风雨同舟，野外小组成员就都知道那天他呕吐物里，不仅有胆汁还有些泪花。

这个专业的人，比一般人亲近自然动物吧，但是，伟岸的身体突然来了个林妹妹的心，大家还是有一点冷不防的感觉。那天，观测船带着小海豚，带着白海豚种群的心愿，告别海豚群，慢慢驶远。野外小组成员海葬了那只小海豚。整个过程，所有人都一声不吭。伙伴们都是默契的。小吴似乎一直在呕吐，抑或垂泪。

就是那个时候起，老鲸类专家的他，觉察到自己的老态。十几年前，他应该也会兴致勃勃、情绪饱满。那是呕吐摧毁不了的、超越风浪的“我与你”的连接。现在呢，有点疲惫了，见惯不惊了，有点淡漠了。甚至灰鲸来到。不过，灰鲸那天出现的时候，大家看着发到所长手机里的求证照片，都被惊喜震骇到了，灰鲸！这是他妈的灰鲸啊！

连续驱车四五个小时，野外小组连夜赶到了邻县的大渔村，并于凌晨来到了大灰鲸的身边。它的熟人来了。抚摸、感慨、解剖、去脂。处理好的大灰鲸，被迎回来的时候，得到了一个以它为主的隆重聚会。就像为它置办一个人间派对。这起于他们所长的花哨意志。其实就是一个隆重的葬礼，但所长不好意思承认。它这条生命可不容易。所长说，它死于当地渔民在海里安置的定置网。被定置网缠住的大灰鲸，窒息而亡。解剖结果也证实了。它的肺部有水。

所长是这么开始致辞的。鲸类专家一直不讨厌也不喜欢那个嗜酒如命的所长，他不讨厌也不喜欢所长酒后自恋轻狂；他也一直不讨厌所长酒后对女人、对美、对其他物种生命的珍视把赏奇崛姿态；但他一直觉得，酒醒的所长是虚张声势、天真郑重的。但是，这次，所长要给灰鲸一个告别仪式，或者说一个不知所云的仪式，他内心是宽慰的，说正中下怀也可以。他甚至认为自己一直是蛮喜欢所长的。所长似乎代表了所有那些，他喜欢的但不敢冒犯的做派。

聚会仪式在新办公楼二楼的大会议室进行。大灰鲸的遗骸摆在职代会主席台的位置，都是标本散件，骨骼、皮肤、须板。摆出了它生前 14.8 米的长度。环绕灰鲸的是，一大圈随意铺放的怒放的鲜花，百合、康乃馨、松针之类。灰鲸头部骨骼前，还点燃了三支杯口粗的奶黄色的艺术蜡烛。整个研究所人员，都被办公室短信提示：请穿深色正式服装，但不勉强。本地所有的媒体都偷偷来了。他们认定这是灰鲸追悼会。

所长穿黑色西服致辞。

大灰鲸：

你好。对于一辈子只能见面一次的相遇而言，见面即永别，是一件残忍的事。我们以这个方式聚会，令人悲哀。我谨代表人类，向你表示沉重歉意。

除了比人类篮球场还大的蓝鲸，你们是最壮观的地球生命；在这个世界上，你们还是迁移距离最长的伟大动物，可是，沿海港湾两万公里的洄游，每天近两百公里的跋涉，北上、南下，沿途有多少渔网在等着你们啊。一个伟大的海洋动物，竟淹死于大海——真让人羞于公布你的死因。地球是我们的家园，更是你们的家园。

作为西太平洋朝鲜种群，你们比尚存两万多头的东太加州种群已濒危至极。国际捕鲸委员会 IWC 宣布灰鲸为全球最为濒危的大型鲸类种群。我们甚至至今没有找到你们的繁殖场。我们只找到你们的夏季在萨哈林岛的摄食场。偌大的地球上，你们仅剩一百三十多头。今夕一见，此生再难。

再见，大灰鲸。

沉痛致礼，让我们，向一个伟大的生命——致礼。

所长放下稿纸，走出致辞台，向地面的大灰鲸深深鞠躬。

记者堆里有个扑哧的笑声弹出来，尽管忍俊不禁者立刻嗓子刹车，但是，全场还是有点凛然地寂静了一下。他也想笑，但又笑不出来。他看到所长鞠躬动作的僵硬与笨拙。也许他这辈子第一次使用鞠躬大礼。他看到所长的西服腋下后侧沾满白色狗毛。所长有两只银狐犬，一年换两次毛，据说，每次换毛季，他们家都很像是在过圣诞节，客人闻风逃逸。鲸类专家的笑意像一个水中的气泡，上升着，但还没有升上水面，就消遁无踪了。他领会着狗毛与笨拙鞠躬后面的真诚。此外，还有一种氛围，也许和弥漫低回的音乐有关，会议室里始终弥漫着雾气般的、哀伤难言的背景音乐，这音乐让他呼吸破碎。正痛苦地琢磨着是谁布置了这么贴题的旋律，就听一个像是记者模样的小个子，正和巍峨的小吴窃窃私语，他们在谈论的也是背景音乐，那记者恍然大悟地说：啊，《远离地球》？谁的曲子？

他就走了出去。拨着头发离开地球。他脑子里突然冒出这句话。

包间里，陈远夫妇坐一边，杨曼虹和那个十三四岁的少年坐餐桌另一边。他因为迟到，反而坐到了主位，后来那个少年和妈妈换位置，和他相邻而坐。因为少年要和鲸类专家一起坐。陈远太太说：“你夫人怎么又不来？见她比见市长难。”他笑笑说：“在加班，赶报表呢。”

陈远太太笑，说：“他夫人很像安吉丽娜·朱莉。”

“真的耶？！”杨曼虹表情很夸张，说，“聚会的时候，我求他给我看老婆照片，他竟然说他手机里没有！原来是怕我们吃醋啊！”

“就是！”陈远太太说，“她嘴巴！嗯，那嘴唇特别像！”

陈远说：“所以嘛，他总是舍不得把夫人带出来。”

鲸类专家随他们说笑，脸上也配合着愉快的表情。他心里知道，其实说的人、听的人都知道不是这么回事。他妻子和朱莉有云泥之别。嘴唇是厚的，而且经常忘记闭拢，露着一小块整齐的门牙。这是他很不喜欢的，和性感完全扯不上。他喜欢自然闭合的嘴巴。但是，想到自己肝破裂一样的嘴，便也没有了五十步对一百步的纠正之心。

杨曼虹的这个孩子是二婚还是三婚的结晶，他模糊了，反正同学会就说过了。他不好再问，也没那个好奇心。少年的钢琴比赛成绩似乎很糟糕，杨曼虹不愿接陈远太太反复牵起的话头多谈钢琴赛。对于钢琴比赛，少年满不在乎，说他发挥很好，就是水平比其他参赛者差。他毫不见外，居然劝杨曼虹想开点。他甚至说，他根本不是来参加什么破比赛的，他就是来鲸鱼馆看大灰鲸的。少年宣称：“我出生就是为了来问候鲸鱼的，因为它是地球上最了不起的动物！知道虎鲸吗？”少年问所有人，最后把葵花子似的小眼睛，盯在他脸上。他点头。少年说：“虎鲸最大的特点你知道是什么吗？海上一霸！超级群居！”

少年撇着嘴巴，态度倨傲：“海洋唯一霸主！没有之一！如果世上有我妈说的轮回，那我下辈子就当虎鲸！”

大家都笑。受到鼓励的少年说：“虎鲸是超级话痨！这点像我。因为没有文字，它们就经常开会，信息通报会或问题研讨会。话不投机，它们就吵架，还会讥讽挖苦。你们科学家已经分析出，虎鲸会骂粗话：如果年轻的虎鲸，合作不到位导致捕猎失败，技术娴熟的虎鲸就会满嘴都是，呼——啾啾——哧！翻译成人类的语言，就是——傻 × ！虎鲸的声音可以传播百里，所以，协调围捕的时候，满大海都是虎鲸的命令、咒骂声——了不起吧！波澜壮阔吧？”

他也笑，假装知道是这么回事地笑着，其实，他一无所知，就像在听虎鲸的八卦。杨曼虹歪着头，以少女的神态看他求证：“真的吗？”

少年代他回答：“当然！这是科学研究发现！”

“我再给你们说灰鲸。很奇怪的，鲸类肯定是人类的远古亲戚，除了误伤，所有鲸类，几乎都不吃人。人类多好吃啊，随便弄一个尝尝，都是自带调味品的。但它们不吃。相反，只要人类救了它们，它们就很眷恋人类。去年吧，东南海边有几个渔民救了一头搁浅小灰鲸，费了九牛二虎之力，潜水员啊、冲锋舟啊，他们好容易把小灰鲸推回深海时，那小灰鲸居然又游回岸三次，一副眷恋感恩的样子。”

他依稀记起多年前有这个事，是哪本专业杂志上看到的花边，似乎没有少年描述的生动。但少年再说的，他又一无所知了。少年说：“灰鲸语言很单调，只会‘哼哼’，有时一小时哼五十多下，二十到二百赫兹，频率强度达到一百六十分贝！哼什么呢，听上去是叹息和嘟囔。你们科学家就分析说，是群内交流信号，或气象预报，还有就是失偶、失恋的叹息，要不就是愤懑发泄。灰鲸的天敌是虎鲸，知道吗，如果灰鲸一家子遭到虎鲸围剿，爸爸必定战死。为什么呢，因为灰鲸很奇怪，它们是——男的疼女的，男女疼小的，然后，女的、小的都不疼男的。所以，灰鲸群一旦发生危机，雄灰鲸一定会奋不顾身勇救雌灰鲸、小灰鲸，但是，一旦雄灰鲸落难，就无人可救了，除非它有好基友。”

一桌人又笑了。“你懂什么好基友！”杨曼虹佯怒地拉人来疯的亢奋少年坐下。陈远太太说：“我看辛达雨才是真正的鲸鱼专家呀。”少年腾地从座位上站起，军人般以手碰额：“No！辛雨达！”

陈远摇头叹息：“哥们儿，原来我们都是雄灰鲸啊，一年到头忙来忙去，女的不疼小的不爱，一有危险，死得最快。”

“死得最快？”陈远太太笑着，“我们还在解放路居民楼的那次，半夜小偷进屋，是谁用被子盖头，悄悄说要看你去看的？谁是雄灰鲸呀。”

少年大拇指按鼻孔，四指朝下猛烈扇动，驱屁似的，对陈远做了个无比蔑视的表情。杨曼虹一巴掌打在少年的后脑勺上，出手真重，少年的头前送了一下，又故作洒脱地弹起。这回杨曼虹是真的发怒。陈远有一点难堪，但很轻微，因为夫妇俩经常调侃这个话题，他们一次次回到这个话题，太太的笑容包容慈爱，陈远的笑容诙谐宽厚。陈远太太可能也感到自己有点过分，便嬉皮笑脸地对少年说：“你陈叔叔也喜欢鱼，我们家养过金鱼、锦鲤。噢，还有更可笑的，想知道吗？”陈远太太是真的觉得好笑了，而且她的目标受众是大人。她想消除刚才对丈夫损害的影响。她巡看着桌上的大人们，春风沸人地笑道：“你们知道吧，昨天我们家保姆在清理视听室时，陈远突然拿起本来要丢弃的一堆唱片中的一张，放进 CD 机，然后，就反复播放其中的一首歌。保姆转了一圈提着垃圾袋回头，说：‘那这张就不扔了？’陈远说：‘扔！就是要扔我才再听两遍的！’我们家保姆说：‘你好像就听一首歌啊。’陈远说：‘不，我就爱听里面的一句歌词。’你们知道他听什么？”陈远太太尖声尖气地唱出来，“我像只鱼儿在你的荷塘，只为和你守候那皎白月光……”

“哦——”杨曼虹夸张地拖长音，“看不出啊，陈远还有这么浪漫的一面，他为谁守候皎白月光呀！”

陈远拿起酒杯，示意少年喝一口，说："小伙子，你看，我也曾经是有梦想的一条鱼呢——干杯！"

少年满不在乎地喝了一口，说："我是可以喝酒，我老妈不让！"

大家又笑。

少年站起来，转而向他敬酒。虽然是相邻，少年还是郑重地起身正对："叔叔！我最崇拜的就是鲸类专家！"

他跟那个少年碰杯。少年把杯子里的可乐一口喝光，又亮杯底给他看。他有点喜欢上这个大脑门、眼小如葵花子的臭显摆的单纯少年。本来今晚真是一点都不想出来，但是，这个少年让他的应酬感不那么强烈了。

城市的另一头，那鲸类专家的妻子，在天尚未黑的时候，进了小区。丈夫的同学夫妇叫吃饭，她从来就不想去。虽然同城就他俩是高中同学。说起来，人家夫妇也从没待她不好过，平时挺客气的，也爱招呼吃饭，有时还送优质大米、进口干果之类。聚会了几次，她就尽量逃避。没有什么原因，就是她自己看不惯人家，反正就是不想去，她也知道丈夫是不乐意去的。这一周，他搞海上调查，在租来的渔民小船上，吃的都是面包、方便面；她正好在赶报表，加班总是晚归。所以，最近夫妻俩都吃得潦草没营养。今天，本来计划弄点鲜鱼、时蔬，做一顿可口干净的菜，也可以小酌一点红酒，但是，又不能了。他自然是推托不掉，还是去了，她也不拦，人家有那个班花呢。上次同学会大聚会回来，看得出丈夫有些微的惆怅：大家都在岁月中变丑、变老、变乏味。彼此都是镜子，照出了大好年华都过了保质期。结实有力的身体、披荆斩棘的理解力、灵敏的感觉、过剩的精力、美好的好奇心，说不清哪一天起，就一样一样统统蛀蚀光了，像一篮子迟早要坏掉的蛋。

妻子开门的时候，预想起丈夫聚会归来的困顿失落的小眼神，不由笑了一下。不过，这只是心底里的微澜，但对门邻居顾姐，却站在家门口，迎接了她的心里的笑。顾姐一手拿着煎饼锅子，一边笑吟吟地说："我马上要做韭菜鸡蛋摊饼了，等一会儿，送你们尝尝！"

"不不不，我马上要出去！谢谢了。"她连忙摇手，另一只手在急促地掏钥匙，因为着急，门锁对了好几次才准。一进门，她毫不客气地马上关门。她知道，稍微慢一点，芳邻顾姐就会很自然地进屋，很自然地跟她谈安利的新产品，就像她以前很自然亲切地让他们夫妇俩买走两份养老保险一样。说起来，这是全小区对她最友善最温暖的人，可是，她一见到她就想躲避。

进门前，她就想好了，先做饭，很简单。西红柿蛋包饭，燕丸葱花酸汤。冰箱里有备料，现成的。然后，把两人堆积一周的衣服，涂一下衣领净，塞进滚筒洗衣机慢慢洗去。饭后，她要去嘉庚公园边的那个静心堂别墅，练练瑜伽。她买了年卡，已经快过期了，却总共才去过六七次。今天要去拉拉筋、出出汗。

开门而入，一股不算好闻的，但也绝不难闻的家的气味，扑面而来。她感到自己很想摊手摊脚地歇歇，就像藏身于无人打搅的子宫。今晚就她一个人，有大把的时间呢。可以稍微休息一下吧。不要马上出去，说不定顾姐大门还没关，想着堵她再卖点安利什么的。想着，她去更衣室换了宽松的起居服，顺手抄起扔在床头柜上的iPad，窝进了客厅大沙发里。先休息十分钟吧，上上网，看看微博，松弛一下身心。只是她没想到，从iPad上再抬头时，窗外已是乌漆墨黑，居然一下过去了半个多小时了。房间里，只有iPad在荧荧发亮，她得去开灯，可是，开关在门那里，真懒得起来了，晚饭呢，计划好的西红柿蛋包饭，好像也没有那么想吃了。算了，叫外卖吧。还有衣服！唉，还有一大堆脏衣服没有洗啊。

说起来，这些天加班，吃外卖真有点腻味了，觉得吃了很多地沟油之类的毒物。不过，吃外卖可以省下不少时间，吃完了还要去练瑜伽呢。练瑜伽也不能吃太饱，弄一份沙县小吃的扁肉汤拌面就好。这么想的时候，她发现自己的手机在电视柜上充电，要叫小区外面的那家沙县小吃送餐，必须起身去拿手机。必须爬起来，必须走三四米去拿，唉，算了算了，她给了自己一个懒动的理由：让手机再充一会儿电吧，免得去练瑜伽，电不够用。

她又心安理得地拿起荧荧发亮的 iPad。屋子里只有那一点荧光勾勒着家具线条，还像闪光灯青森森地映照着她的大白脸。时间不知不觉地又被刷掉二十多分钟。好玩的微博、熟人的微博，都看完了，没多大意思，一个脚印都不留；新闻也看完了，包括最容易让人匪夷所思的社会新闻，真的是无聊透顶了，连 iPad 的荧荧屏幕光，她都觉得扎眼了。她闭起眼睛，有气无力地揉了揉太阳穴，真累呀。要不要叫外卖呢，其实也不饿，不吃晚餐也没什么不好，养生呢，再休息一下，我直接去练瑜伽吧。再赖几分钟，就起来换衣服，走。练瑜伽回来，再一起洗衣服吧。

又好几分钟过去了，沙发好像一个柔软的吸盘，牢牢地吸附着她懒洋洋的身子。她有点怜惜自己起来，我真的是累的，没日没夜，键盘敲得我手臂都抬不起来，颈椎僵直，也许我该去牵引了。练瑜伽也是很累人的，老师们总说累得舒服，她没有感觉。有个老师结束的时候，总要学员围坐分享感受。那些汗如雨下的学员们，总是像个心灵大师，分享自己身、心、灵的种种变化与觉悟。她没有。好不容易，那个星期天的早晨，老师让他们把瑜伽垫子直接铺在院子里的草地上，在最后十分钟仰躺在草地上放松冥想的时候，老师在她的眼睛上，各盖上了一片树叶。

分享的时候，她发言说，这个叶子感觉太好了，扶桑叶的气味，让我想起童年，希望每次都这样结束。老师宽容地微笑着，点头。她不明白老师为什么不欣赏这些话，她又想到每次练完筋骨的疼痛与酸胀。其实，练瑜伽是个受刑的活儿啊。想到这一层，她发现自己其实是不太愿意去练的，是不是正是这样，她才会快过期了，还没有去过十次。累呀，心里烦躁得很。不过，前几年，工作压力比现在大，为什么还没有这种焦躁感呢，一个月不过才忙这几天，前两年，工作量是现在的三倍呢。唉，再躺一会儿起来吧。今天本来是想和丈夫一起吃点干净的东西，如果他在，两人一起吃了饭，再一起看两集美剧，有点事做，也就过去了。一个人闲着，好像不行，闲着就生锈了。爱疲倦、总焦躁、懒应酬，见什么都烦。是什么毛病吗，反正不是抑郁，她上网做过抑郁测试，她不是，她也从来没想到自杀什么的，甚至每年单位组织的体检，也没什么大毛病。

已经又是一个半小时过去了，她既没有去取手机，也没有去叫外卖。其间，仿佛听到过敲门声，是那种很礼貌的、有节制的敲门声。笃、笃、笃，当然，也许是错觉。她总觉得顾姐不会轻易放过她的。她完全可能虚掩着门，等着她“马上出去”的身影。说不定还有一大盘煎好的韭菜鸡蛋饼？舌下与腮间，涌出一点津液，她觉得是有点饿了。但她依然不想动。是啊，不吃晚饭也没有什么，就当减肥清肠胃吧。很多养生的人，都不吃晚饭呢。有很多出家人过午不食，人家也活得好好的。嗳，再休息五分钟就起来吧！

她换了个卧姿。等一会儿就起身吧，去上个厕所，需要立刻去厨房接一杯水喝。是挺渴的，怎么这么渴呢，这么想的时候，她的手指还在刷屏。她又换了个蜷卧的姿势。之所以换姿势，是膀胱已经压力大得不行了。就在这时，电视柜上充电的手机响了，是电话，不是短信。在黑灯瞎火的这段时间里，短信提示音已经响过七八次，她懒得接，但是，电话响，她不能不接了。怕单位、怕丈夫有什么急事。

一骨碌爬起来，爬得太急，还趔趄了一下。抄起手机一看，竟然是婆婆打来的。

真是太讨厌啦，她抑制满心的不耐烦，接通了电话。

“喂，”她皱着眉头。

“菲呀，我摘了点八角丝瓜，趁新鲜啊，你赶紧过来拿去吃！”婆婆笑呵呵，听得出非常开心。她重重拔下充电器：“不用不用！我们都不在家做饭的！”

“不值钱的，你跟我们客气什么！”

“不！真不需要！”她气鼓鼓地去门边开灯。灯光有点扎眼。

公公婆婆在天台，种了七八箱的泡沫箱有机绿色蔬菜，每天种菜收菜、翻土施肥捉虫，自得自豪得不亦乐乎。要是送了点菜，就好像给了人多大好处似的。这会儿，她恨透了这个恩惠。

“少在外面吃。”婆婆在电话里说，“自己做饭健康。这些菜是绿色有机……”

“妈！谢谢了。我好多事呢……”她想挂电话，但努力克制住，“你和爸爸留着吃吧，我们真不用。要不送邻居也行。”她看了下时间，8 点 15 分。没想到已经这么晚了，就是去瑜伽房也练不了多久了，而且也没有健身的心了。不出门了！没时间啦！还有一大堆衣服没有洗！她把怒气没来由怪罪到婆婆电话上。但暗暗地又有点轻松，等下就有正当理由，回到沙发上了。也许看两集美剧？

“邻居他们哪有少吃我们的菜啊，这次的又……”

婆婆的固执，非常非常可恶。她觉得自己要尿失禁了。她的声音有点大声了：

“真的不用了！最近很忙，天天加班……或者您先放冰箱，我让你儿子有空的时候过去拿吧。”她尽量克制自己的冷淡与烦躁。

婆婆仍然沉浸在大丰收的喜悦中：“角瓜放久了就老啦，要不这样吧，我让你爸给你们送过来，等一下给你打电话，你到楼下来拿一趟就行了。”

“不用不用！”妻子有些惊慌了，“我这会儿不在家！”

“没事，我们有你们家的钥匙，让你爸爸直接给你们放到家里。”

她完全傻了。

挂了电话，妻子发了几秒钟呆，心里充满怨恨。同时，她也非常清醒：她必须迅速出门，立刻离家。因为，骑电动车的公公，最晚十五分钟，肯定进门。这大晚上的，她狼狈逃离自己的家，这太荒谬了，但似乎又是当下唯一的选择。

外面有些冷。这么晚了，到处弥漫着一股烧塑料垃圾的臭味。她不知道该去哪里，选着树影灯暗处走着，怕公公或什么相关熟人看见。她心里空落落地生恨。路过小区大门外的沙县小吃店的时候，她发现自己并不怎么饿。她更担心在里面吃面，万一被眼尖的送菜老头看见，才真叫倒霉。走着、想着、烦躁着，感到越来越冷，应该带件外套的！她的手指头都冷得有点发麻。该死！今天是计划好要练瑜伽的，应该去的！如果现在直接开车过去，晚课最多迟到一点点，可是，刚才惊慌出门，没有带年卡，也没有带瑜伽服。再折回家取也来不及了，公公随时会出现在家里。

她非常懊恼、极度愤恨，想吼又吼不出来。她不明白自己的生活，为什么好端端就遭到摧毁。她心里怒火中烧，却不知道该对谁发脾气。踽踽独行的她，在横过小区门口的不明不暗、不冷清不热闹的大路上走了两圈，她不知道公公进她家没有。为保险起见，还是再等等再回去。大街的两边，很多店面已经关门，即使开张着，也都是无趣的小店。五金水暖、电气设备、升降衣架、办公文具、装修瓷砖，还有一个永远点着灰溜溜日光灯的便利店。都是很无趣乏味的店。

混杂其中，略微光亮的就是靠小区大门口的沙县小吃店。店外的水池边，一个女孩儿，就着昏昏路灯光，快快地洗着一大捆葱。也许是尾市收来的烂葱。她看着那快快的女孩儿，觉得更冷了。她身子一紧，打着响亮的喷嚏。翻了一遍手机上的通信录，竟找不到想与之聊天的人。她深深吸了一口带雨雾的气，又吐出了一口浊气，她闻到自己肺部深处逸出的难闻化工气息。

下雨了，难怪天比傍晚时冷。她把袖子和领子扣子全部扣上，还是冷。如果是白天，就能看出是那种阴沉沉让人想钻被窝、吃火锅的阴惨雨天。雨倒是一直不急，但阴冷茫茫绵绵不绝，把人的热气慢慢抽光。刘海已经湿了，肩膀也潮潮的发冷，后颈因为寒气生痛僵硬。她只好靠在一个打烊的什么店的卷闸门前避雨。开过去的车前灯光，不断照亮她靠在那个卷闸门，多辆车的灯光，照明白了卷闸门上用喷漆写的狂乱大字：愁你个鬼。她满脑子里想着，等丈夫回来，她一定要歇斯底里发火，狂风暴雨地发作一下，告诉你妈，再也不用送菜来了！浑蛋！我不要她那些破菜！鬼菜！我不稀罕！！她心里想着，丈夫被自己骂了不敢回嘴的样子，感觉舒服了一些。

在冷飕飕、阴沉沉的昏暗路边，又坚持了半小时，她决定回家。她想好了，老人肯定走了。而万一他腿慢，正好和她遇上，她一身风雨，刚加班回来，也说得过去；如果，他比她还晚进门，那她就可以嚷嚷说，哎呀，这么晚！早知道不如我下班拐过去一下，省得您这么辛苦！——太冷了！再不回去，非感冒不可。赶紧回去！

家里居然没有人，和她匆忙撤退时一模一样。她从客厅找到厨房，找到阳台又找进冰箱，到处都没有发现公公送来的菜。还不及她发怒，就在这当儿，她听到门外有钥匙开门的窸窣声。她想也没有想，拔脚直接蹿进卧室，几乎是身体的自作主张，她躲进了衣柜。拉柜门的时候，因为动静大，吓得她能听到自己好一阵明显的心跳。

进来的动静，停在客厅。肯定不是丈夫，他总是懒得自己掏锁开门，虽然，丈夫进门也是一声不吭的。她凭直觉知道，就是公公送菜来了。她竖起耳朵，又悄悄拨开一点柜门，能捕捉到公公在客厅走动的声音，他似乎把雨伞弄倒了，有啪的一声响，闷闷的。脚步声似乎走进了厨房，很快又退出，然后，好像在客厅盘旋着。她听到茶几抽屉拉开的声音，那两个大抽屉，一个放茶，一个放些糕点小食品。抽屉被很重地关上了，这个熟悉的声音，她确定公公开了他们的抽屉。她很不快，但几乎同时，那个脚步声，正在往卧室而来。她一下子停止了呼吸，骤然笼罩的恐惧与慌张，让她一脑子空白。脚步声进来了，他会不会开衣柜的门？

灯亮了。做儿媳的女人死死抓住脖颈，严防死守自己几乎控制不住的尖叫。但脚步声静止了，也许它的主人在巡视他们的床，或者墙上的风景画。那个脚步声，一直是停止状态，而这泯然无声的时间里，一秒钟简直长于一日。柜子里的女人，被这个莫测的寂静，快给逼疯了。

实际上，脚步声的主人，只是停留了一分钟多一点，那个令人窒息的脚步，终于把它的主人带向了客厅。最终，随着大门开启与哐当闭合，它彻底消失在了大门外。

柜子里的女人，从柜子中嗷地扑到自己床上。随即弹起，奔向客厅。角瓜在厨房灶台上。突然，她想起公公进屋时，会发现屋子里客厅、厨房、阳台开着灯。我们不是都没有回家吗？公公会怎么想？难道他刚才开茶几抽屉、越界进入卧室，是在抓小偷吗？她心里堆积着又惊又气、羞愧又沮丧的情绪，嗯，还是很不痛快的愤怒。

她回到厨房，拿起那兜子丝瓜，直接走向后阳台，手起包落，一整包丝瓜，连着尼龙袋子，一起被甩下了楼。那是一片配电房杂草地。

酒店外夜雨蒙蒙，马路两边的路灯下，都团着白雾。

葵花子眼睛的少年，突然跟他说："叔叔，明天上午我就走了。你带我去看看你们的灰鲸馆好不好？"

他瞠目结舌。杨曼虹反应很快："想死啊你！光想着玩！人家叔叔不要回家休息了？！"

他说："不不，我没关系，只是展馆人员五点半就下班了，我们进不去的。”

“咦，不是你们研究所自己的展馆吗？拿钥匙开门进去呗。”少年说。

杨曼虹又打了他的后脑勺一掌，气势粗野，但少年只当风吹帽，根本不看他老妈一眼，“我非常非常想看看灰鲸，叔叔！我非常非常——”

“呵呵，理解。只是，展馆部和我不是一个部门的，我不知道钥匙在哪里，也没有那边负责人的电话……”

“叔叔！我到这个世界上，就是来向大鲸问好的！”

他看着少年似笑非笑。众人都觉得他的表情苦涩而推诿，却不知鲸类专家被少年少不更事的一句话，魂魄依稀回到自己青涩饱满的旧时光，他发现自己手心有点潮了。

少年沮丧垂头，马上又亮起小眼睛：“叔叔！那带我去看看你的办公室！”少年竖起一根细长的指头，目光殷切而狡黠：“看一眼就好！就一眼！然后我打的自己回酒店！就一眼！我死而无憾！”

少年又开始满嘴过山车一样说话。果然，后脑勺又吃了他妈妈一掌。少年照样无感。看起来，母子经常这样不对称地交流，母亲粗鲁溺爱，儿子轻蔑自负。鲸类专家说：“走，跟叔叔走吧。”

少年和鲸类专家，冒着霏霏细雨走进海洋研究所大楼前的木麻黄林荫道。昏暗的木麻黄林荫道上，陈远夫妇的车灯雪亮地远去。他们把杨曼虹送回酒店。门岗老阿伯并不诧异这么晚了有人进院子，但是，三栋大办公楼，几乎都是黑的。少年说：“那个，灰鲸的追悼会是在这个楼开的吗？”

他摇头，手指另一栋楼：“那边。”少年说：“哈，你看过《海豚湾》吗？”

他一时没反应过来，少年说：“就是那个偷拍日本人疯狂捕杀海豚的——没看过？”少年收住脚质询他。“哦，是在日本和歌山县太地町吗，美国人路易·西霍尤斯拍的？最后那些勇敢的志愿者把偷拍片子直送到联合国会议现场的——是不是？”

少年赞许地点头，收回了一触即发的蔑视：“我说呢，你不可能不关心这个——哼，不算鲸，日本人每年杀死海豚就有两三万条，在那个小小的太地町每年要杀掉一千五百多条！海水都红了。难怪杜鲁门说‘把日本人干掉’！——没错，干掉日本人，为海豚报仇！”

“你喜欢钢琴，喜欢鲸类，还喜欢什么？”

“最讨厌钢琴！我只喜欢鲸。”

“能来参加比赛，应该是学得不错啊。”

“那是当然。有天赋，没办法。但我是被逼的。我老爹老妈附庸风雅——这就是你的办公室？！你们鲸类专家的办公室就这么小？”

“还可以啊。”

长手长脚的葵花子眼少年，仔细巡看办公室墙上的鲸类照片、进化图表。随后又弯下腰研究他们摞在柜子边的一摞采样箱。鲸类专家打开一件礼品纸箱，抽出了一个有机玻璃相框，那是专家们拍的各类海洋生物照片，他送那少年。少年接过礼品，表情却十分无赖："叔叔，带我进展馆吧！我想看真正的大灰鲸！"

"你看到的，隔壁大楼都是黑的。进不去。"

"求你啦，叔叔。此生只为这一天！"

少年对他激烈拱手："明年我就初三了，想来也不可能了！叔叔！"

这一个晚上，他感到自己一直被少年牵着鼻子走。但隐约又觉得是走在二三十多年前熟悉的小道上。就在妻子郁闷地在昏暗的小区外大街焦躁游走时，他和少年拿着手电筒，来到了灰鲸展馆所在的大楼。楼道是有灯的，他原计划只是看看是否能从窗子里照进去，也许能满足少年的欲望。就在他们挨着窗子，拿着强光电筒，往里面照时，意外发现拉窗没有扣死。两人爬了进去。

一千多米的展馆灯，包括各种射灯，被全部打开了。

少年在巨大的骨架标本和巨大的真皮标本之间，兴奋得来回嗷嗷叫。他甚至趁主人不注意，翻进标本护栏，奔向大灰鲸。那只擅弹钢琴的超长巴掌，飞快地摸了一把长满藤壶的灰鲸皮，还提了一下搁置地上的骨色巨大鲸须板。在鲸类专家来不及反对时，他拥抱了一下灰鲸，又迅速跳出护栏，若无其事。

“不要触摸！！”他臭着脸，厉色地瞪了少年一眼。少年嬉皮笑脸，说：“手感不错，不知道含不含真皮层？”

他轻微点头。少年看自己触摸过灰鲸的手，搓捻自己的指头，仿佛追忆追捕着刚才的触感。少年食言了，他并未真的看一眼就走，灰鲸的真皮标本之后，他又在大灰鲸巨大的骨架标本前，连续绕圈子，嘴里念念有词，有几次偷眼看鲸类专家是否注意他。他估计他稍有疏忽，少年就会再跳进围栏，去抚摸灰鲸骨头。

“对它，你们有什么研究发现吗？”少年老练地问讯。

“有的。”他答，“我们发现了它有独特的基因型。这个基因型在西太平洋种群中，还没有发现过。”

“是和东太平洋种族串了？”

“有可能，也有可能是过去采样的样本量不够。总之，在学术上，这个发现，是个很重要的补充。”

鲸类专家忽然意识到自己像在论文答辩。而少年也真像个导师一样，闭着葵花子眼，庄重点头。鲸类专家由衷笑了。

少年狐疑地看着他。他目光狐疑的时候，孩子气尽显：“你笑什么呢？”

鲸类专家说：“你以后就懂了。”

灰鲸专家回到家的时候，妻子已经穿着睡衣在看《唐顿庄园》。

“怎么吃饭吃那么久啊。快十一点啦。”妻子说。

“是啊。真累。”他准备去洗澡。

“你今晚脸色不错呢。喝什么酒？”妻子说。

“我没怎么喝。”

“你爸妈送他们种的八角丝瓜来了。我直接送人了。我们反正很多。”

“嗯。好。”他说，然后就去了浴室。

妻子把电视关了。她觉得自己心里又有一种堵滞的感觉，今晚过得沉闷而空虚，非常空虚，可是，那么空虚，为什么又那么滞重呢。她丈夫一回来，那种沉闷感变得很压抑人。她不知道怎么办。

她到浴室门边，怕他在里面听不到，所以用加大的音量说：“叫你爸妈不要再送菜来啦！！下雨天，阴冷得很！！”

听到里面似乎嗯了一声。她又大声说：“你们吃了饭去唱歌了吗？”

里面的声音说：“什么？没有。我带那孩子去了灰鲸馆。”

“半夜去灰鲸馆参观？晚上不是闭馆了吗？”

妻子觉得心口又胀又闷，她抓起洗漱台上的筒梳，梳自己的头发。她喊：“晚上不是闭馆了吗，你们怎么去看啊！”

浴室里传来的声音说："爬窗。"

妻子梳理着自己开始发白的头发，说："班花爬得进吗？"

里面没有声音回答，只听到莲蓬头的哗哗水声。

"你要帮她，她才爬得进去吧。"

"什么？"

妻子突然大声喊问："她爬得进去吗？"

里面说："我们都是爬进去的……"

"浪漫啊……"妻子在外面轻声说，"真是浪漫啊。"

里面又没有声音了。

等他吹干头发，回到卧室，妻子已经上床了。面朝里而睡。他本来想跟她聊几句那个有意思的少年，但看妻子已经睡着的样子，便把手机调了闹钟，关灯睡去。感觉他自己快要睡着的时候，妻子的声音突然响起，又是那种吓一跳的感觉，仿佛被人从悬崖边猛力拽回，他说："什么？"

妻子说："没想到呢，你这么不浪漫的人，居然……"

"没觉得啊……怎么还不睡啊。"

妻子在意他的回答，所以，一时之间，她琢磨不出怎么回应他好。就这点空隙，男人又在睡意中迷蒙远去，像风筝一样地飘远了。突然，他的腰上多了一条腿，这条腿带着怒意，显得很重。他翻了个身，想离开一点，但身上反而又多一条腿。"……快睡吧，我困了……"他含糊不清地嘟囔着。

妻子觉得自己疲乏得毫无睡意，胸腔里有股若有若无的浊气无处发泄。今天这一个晚上都是怎么了？她也不明白自己。懒得见人、懒得起沙发、懒得吃饭、懒得喝水、懒得小便、懒得做瑜伽、懒得接受八角丝瓜、懒得见公婆、懒得见自己。这还不够，还有不对劲的地方，是的，她不可告人地贪污了一段涉及别人的历史，这不单单是懒得说的问题。真是烦躁疲惫啊。为什么我们住这么偏远的小区，市政的灯，到这里都是最暗最不亮的；如果不是刚才用热水猛冲，今天肯定会感冒；瑜伽老师的身材非常好，看她年龄也不小了；班花长没长白头发？身材是不是真的像水桶？水桶还能爬墙翻窗吗？他怎么还有这么浪漫的时候呢。一起生活这么多年了，看不出这些呢。

妻子伸手按开了灯。

他的眼皮呼吸都没动，她便又推了他一把。没什么反应。这对普通夫妇，像夜色中所有普通夫妻那样，是都该入睡入梦了。可是心里有些杂草丛生的妻子，就是不舒服。她当然了解自己丈夫平淡无奇的模样与情怀，就像了解自己的平淡无奇一样，这份彼此的平淡无奇，建立了彼此毫无想象力的信任感。怎么不是过呀，日子一天是一天，乏味的平安也是福报呀。她宽慰着自己，终于让自己起了些睡意。她重新关灯，像猫一样，蜷缩在丈夫若有若无的鼾声里。她最后意识清晰的是，想起了他们唯一的浪漫往事。

那真是莫名其妙的浪漫。这么莫名其妙的浪漫，一度让介绍人以为他们一见钟情，其实，他们自己知道，根本不是这么回事。像他们这样的普通男女，哪有什么一见钟情的本钱，无非就是那一个时间段里，他们同频共振了。

浪漫的底牌，真不浪漫。就是那天，介绍人带着他到女方家，女方的妈妈正在将一个五公斤的方形白油桶里的茶油，分装到几个一斤装的小瓶子里。娘儿俩老是瞄不准，油多次要漏出来，只好赶紧停住。油桶又非常重。小伙子进来，这个粗笨体力活自然就由他来援助。小伙子提抱起油桶倒，姑娘扶地面小油瓶。一切准备就绪。没想到，小伙子很费力地提抱着油桶，正斜着大油桶，对准小油瓶口，敛气专注地要往里倒，姑娘突然扑哧一笑。这一笑，小伙子手控的那个茶油细流就歪洒了，小伙子赶紧住手放下桶。

两人清清嗓子，严肃地再来。好容易上下都对准了油瓶口，双方都屏声静气，大油桶也斜得角度很稳了，那姑娘突然又笑了。是那种憋不住的、喷出来的笑声。小伙子立刻又岔气，连忙住手。姑娘为自己不负责任的行为开脱说，我就是觉得会瞄不准……结果，再来。再来。每次对准了，还没开始倒，她就爆笑。最后，小伙子自己忍不住笑，两人跟轮流爆胎似的，总有一个止不住。到后来，两人只要一抱起油桶，就笑场。地下接油的小瓶子也碰倒了。这个相亲的序幕，没有任何语言，就是反复笑场。有一次，他们彼此肃穆坚定，油已经准准倒入小油瓶有十来秒，但是，姑娘的阵线又垮了，她到底没绷住。她一笑，油立刻歪洒到瓶口外面了，姑娘笑得歪坐在地上。

最后，连介绍人、姑娘姨妈等一拨严肃而困惑的人马赶将过来，考察、整风、助势，没想到，也是看那上下油瓶对准的架势一眼，那些气势凛然的人们中，就总有一个人“扑哧”而笑，最后一个个笑得靠门扶膝，刚裹挟而来的满怀魄力，立刻分崩离析。小伙子再也无法提抱起大油桶，尽管他一再振作精神，但只要一提抱起油桶，必定有更多的人憋不住笑，哪怕没有声音出来，那个快乐发抖的肩头，也会有开心的超声波荡出来，大油桶就怎么也瞄不准那个油瓶口，阵线就垮掉了。结果，好容易屏住气的人们，又一个个哈哈呵呵嘎嘎，仿佛突然都进入了生命不可遏制的喜悦狂欢中。

谁也没有想到，一对普通人的普通婚姻，就这样匪夷所思地笑成了。甚至介绍人还没有出手。

所以，成为夫妇的那个妻子有时会发问，如果那天，我们家不是正好在倒油，你说，我们会走到一起吗？

鲸类专家每次都会在心里回答，不会，肯定不会。但是，他一般还是会自欺欺人地说，会吧，我们有缘。妻子往往会说，我觉得不会。因为，我们都太平淡了。我们这种人，看上去一点意思都没有。

有时候他就会接着说，那为什么倒油就可以呢，难道我们彼此都变得不平淡了吗。

女的就说，是呀，我们都在笑的样子，可能很有意思吧。你笑的样子，让我感到贴心合辙。结婚十多年后的一天，她才告诉他，那天，我妈妈给你和介绍人陆老师煮了酒酿蛋花汤。我把你的碗和我们家的碗，叠在一起放进洗碗池洗。陆老师的最后洗。

他听出来，这是说，笑过之后，她对他就毫不见外了。但是，结婚十年的妻子又说，嗯，也许那天，随便一个男人，只要他和我一起那么笑，我可能都会把他用脏的碗和我的碗放一起洗，也许，我都会愿意嫁给他吧。

他听了也败兴。但反过来想想，不正是那个无穷无尽的笑场，让他毫不设防地接受了女人的平凡平淡，甚至，那个他一贯蔑视的、总不闭拢的厚嘴唇，他也始终没有一点敌对意识升起。如果没有那场上帝安排的笑呢？天知道，他们彼此也知道——两散的结果。

这个细雨霏霏的夜晚，妻子因为心里总是憋闷，总想和丈夫说两句。她蜷缩在丈夫并不伟岸的后背，脑子里盘旋了一句：哎……你说，二十多年前，如果，大油桶倒小油瓶，我们很严肃，倒得很准，你说，我们会结婚吗。

可是，她还是懒得问了。

两人渐渐起了均匀的睡眠呼吸声。丈夫一个翻身，一把卷走了大部分的被子，她在拉扯被子中，隐约听到一声含糊的咕哝，灰鲸……

总有天窗为灵魂而开

——《灰鲸》创作谈

好多年前，我遇到一个海洋学家。他的经历很传奇，他关于传奇的经历讲述得率真而滑稽，但是，我挂一漏万的记忆，就记住了，他曾为一头巨型抹香鲸搞了一个追悼会。其他，他所有故事，之前与之后的，我都忘记了。

我还认识一个植物学家，他的职业身份，好像是园林管理部门的项目负责人。后来我怎么也想不出他的名字，以致我无法再找到他。他告诉我的许多，包括各种花和树的名字，我基本都忘记了，但我记住了他跟我说的一件事，那就是，每天（也许不是每天）天刚蒙蒙亮，他独自开着车，从几乎无人市区干道上而过，汽车里永远是他最喜欢的交响乐。他就在交响乐中，一条一条大街，巡视着所有的行道树和街心花木，这是他一个人的阅兵式。他就这样在交响乐中，开始他每一天的日子。

前年四月，几个作家访问日本，和日本作家交流的时候，大家说到了抹香鲸。那个时候，我已经写完了《灰鲸》。回来后，其中一个著名的团员，他给我看了他写的文章，其中有一段写道，他和他朋友，专门远程跑到海边，去看一头搁浅死亡的鲸：……那天，在岛上，他和老错呆立。看那条鱼。婴儿般的鱼。好像过了很久，他忽然觉得有什么不对，转过头去，只见老错在哭。这该死的王八蛋，他竟然哭！他挣扎了一下，想说句什么，但猝不及防地，他觉得身体内的某个部位一下子松了。然后，他也哭。那天的情况就是这样，两个人，对着一条鱼大哭了一顿。然后，抹抹眼泪，谁也不看谁，转身离去。

看这段时，我的呼吸，像在针眼中行进，等他们哭了，我猛然燥热了。气息粗长。我懂，我明白那个惊动魂魄的无言失语。这是灵魂深处的大漠孤烟，难与人说。也许，我们年轻的时候，可以，我们宣示领土一样宣示我们的精神主权：我们问候冰川，我们问候太阳，我们尊重和平视所有伟大的造物。我就是你，你就是我。

但是，很无奈，谁能让我们永久保持这样的连接？生活的枯燥，打磨着我们的肉体，砥砺着我们的灵魂。生活会给我们很多成就、胜利，给我们自足与犒赏，当然也有沼泽遍地，有严厉的浸埋。总之，我们可能终身固守在一个狭小的坐标系里，左顾右盼数豆子一样，度过自己的乏味一生。我们不知道，除数豆子之外，生命的脉动，本来可以连接世界的恢宏与精微。

人因为精神而辽阔、而自由。一生固摄在一个生活坐标点上，数豆子般用度时光，为我们童年的壮丽视野所拒绝，那是梦想的原始反抗。每个人都有灵魂的天窗，正如小说里，所有被生活腌制如此庸常的高中同学们，依然能同声高喊：我是来问候太阳的！既然如此平庸，是谁——又让我们对此记忆长存？

我们与生俱来的灵魂是可以飞翔的。它有翅膀，翅膀上面有天窗。

但是，我们很难。我们基本忘记了抽离，我们往往抽离不出。

而灰鲸，在我们天窗之上，一掠而过。

图书在版编目（CIP）数据

灰鲸 / 须一瓜著 . -- 石家庄 : 河北教育出版社，
2022. 10
（年轮典存丛书 / 邱华栋，杨晓升主编）
ISBN 978-7-5545-7184-2

I. ①灰… II. ①须… III. ①中篇小说 - 小说集 - 中国 - 当代 ②短篇小说 - 小说集 - 中国 - 当代 IV. ① I247.7

中国版本图书馆 CIP 数据核字（2022）第 156161 号

年轮典存丛书
书　　名　灰鲸
HUI JING
作　　者　须一瓜
出 版 人　董素山
总 策 划　金丽红　黎　波
责任编辑　张　怡　石　姮
特约编辑　张　维　武　斐

出　　版　河北出版传媒集团
河北教育出版社　http://www.hbep.com
（石家庄市联盟路 705 号，050061）
印　　制　天津盛辉印刷有限公司
开　　本　787 mm × 1092 mm　1/32
印　　张　10
字　　数　191 千字
版　　次　2022 年 10 月第 1 版
印　　次　2022 年 10 月第 1 次印刷
书　　号　ISBN 978-7-5545-7184-2
定　　价　48.00 元